日語考試
備戰速成系列

日本語
能力試驗
精讀本

3 天學完 N3．88 個合格關鍵技巧

香港恒生大學亞洲語言文化中心、
陳洲　編著

萬里機構

目錄

第一部分　語音知識

出題範圍	出題頻率
甲類：言語知識（文字·語彙）	
問題 1　漢字音讀訓讀	✓
問題 2　平假片假標記	✓
問題 3　前後文脈判斷	✓
問題 4　同義異語演繹	
問題 5　單詞正確運用	✓
乙類：言語知識（文法）·讀解	
問題 1　文法形式應用	✓
問題 2　正確句子排列	✓
問題 3　文章前後呼應	✓
問題 4　書信電郵短文	
問題 5　中篇文章理解	
問題 6　長篇文章理解	
問題 7　圖片情報搜索	
丙類：聽解	
問題 1　圖畫情景對答	
問題 2　即時情景對答	
問題 3　整體內容理解	
問題 4　圖畫綜合題	
問題 5　文字綜合題	

JPLT N3

音便①：い音便
（おんびん）（おんびん）

「音便」指的是為了「便」於發「音」而在語中 / 語末產生的語音變化。主要有 5 大類，分別是「い音便」、「う音便」、「促音便」、「撥音便」和「（半）濁音便」。首先，「い音便」出現的情況有 3 個：

1. 當 Ib 類動詞的「V きます」「V ぎます」後續「て / た型變化」時，「き」「ぎ」會變成「い」（可參照《3 天學完 N5・88 個合格關鍵技巧》 **43** I 類，II 類，III 類動詞的て / た型變化）。

2. 少量 Ic 類動詞「V る」轉「V ます」型時，「る」會變成「い」。

3. 部分非 I 類動詞的單詞，「き」「ぎ」後接「た行」時也有機會變成「い」。

---

1. 「V きます」：頷きます→頷いて，響きます→響いて，磨きます→磨いて
   「V ぎます」：嗅ぎます→嗅いで，防ぎます→防いで，注ぎます→注いで

2. 「V る」：いらっしゃる→いらっしゃいます，ござる→ございます

3. 「月立ち」→「一日」：つきたち→ついたち（一日讀做「ついたち」，源於「月立ち」的い音便，因為古人認為月亮出現之日，正是每個月的第一天。）
   「埼玉」：さきたま→さいたま

題1 面接官：留学生の陳君ですね。

留学生：_____。

1 さようなら

2 さようでございます

3 さようだよ

4 さようでござります

題2 家にいる人：_____。

これから出かける人：_____。

1 いってらっしゃい／いてきます

2 いいてらっしゃい／いってきます

3 いいてらっしゃい／いってきるね

4 いってらっしゃい／いってくるね

題3 客：素敵な時計ですね。すみません、これを_____。

1 ください

2 くださりませんか

3 くださり

4 くださえ

題4 昨日、静岡の焼津というところに行ってきました。

1 やいづ

2 やきづ

3 やいしん

4 やきしん

2 音便②：う音便

語中的「く」「ぐ」「ひ」「び」「み」會由於以下3個情況變成「う」：

1. 當「い形容詞」連用形（如おいし「い」→おいし「く」）而後續「存じます」、「ございます」等語時，「く」會變成「う」。

2. 少量Ic動詞「Vう」轉「て / た型變化」型時「う」會保留。

3. 部分古典日語。

1.

辭書型	連用型	う音便
はやい	はや**く**	はや**う**（やう＝よう ***）ございます 「おは**よう**ございます」即由此產生。
ありがたい	ありがた**く**	ありがた**う**（たう＝とう ***）ございます 「ありが**とう**ございます」即由此產生。
めでたい	めでた**く**	めでた**う**（たう＝とう ***）ございます 「おめで**とう**ございます」即由此產生。
うれしい	うれし**く**	うれし**う**（しう＝しゅう ***）存じます 「嬉**しゅう**存じます」即由此產生。

*** 古典日語「あ行」＋う（やう）＝現代日語「お行」＋う（よう）
古典日語「い行」＋う（しう）＝現代日語「う行拗音」＋う（しゅう）

> 2.「問う」：と**う**→と**います**→と**うて**（**不變**「とって」）
>
> 　「請う」：こ**う**→こ**います**→こ**うて**（**不變**「こって」）
>
> 3.「弟」：おと**ひと**（ひと＝人）→おと**うと**
>
> 　「妹」：いも**ひと**（ひと＝人）→いも**うと**

題1　元カレ：再びここでお会いできて本当に嬉しいです。

　　元カノ：こちらこそ＿＿＿＿＿＿＿。

　　1　嬉しいだと思います　　　　　　2　嬉しい思います

　　3　嬉しゅと存じます　　　　　　　4　嬉しゅう存じます

題2　親友が結婚相手を欲しがっているので、仲人を務めることにしてあげた。

　　1　なこうど　　　　　　　　　　2　なかひど

　　3　なかびと　　　　　　　　　　4　なこづと

題3　分からないことがあったら、「なぜ」と＿＿＿＿＿＿みることがまず大切では

　　ないか？

　　1　問いて　　　　　　　　　　　2　問うて

　　3　問きて　　　　　　　　　　　4　問んで

題4　来年、宮崎の日向という観光地に行こうと考えている。

　　1　ひうが　　　　　　　　　　　2　ひゅうが

　　3　ひんが　　　　　　　　　　　4　ひゅんが

音便③：促音便
<ruby>そくおんびん</ruby>

語中的「い」「き」「ち」「り」會由於以下 3 個情況變成促音「っ」

1. 當 Ic 類動詞的「V います」「V ちます」「V ります」和 Ib 動詞「行きます」後續「て／た型變化」時，「い」「ち」「り」「き」會變成「っ」（可參照《3 天學完 N5　88 個合格關鍵技巧》 43 I 類，II 類，III 類動詞的て／た型變化）。

2. 「V1V2」般的複合動詞，即兩個不同的動詞組成 1 個新的動詞時，若 V1 是 I 類動詞而且「き」（如「引き」）、「い」（如「追い」）、「ち」（如「打ち」）、「り」（如「取り」）作結，V2 第一個字是「か」「さ」「た」「は」時，V1 的「き」「い」「ち」「り」等有機會也變成「っ」。

3. 針對個別例子，如數字「一」「八」，後接 k（回、階）、s（歲）、t（棟）、ts（通、対）或 p（杯、発）子音的量詞時，「ち」會變促音「っ」（比起「一」，「八」後接 k、t 和 ts 時可以是「はっ」或「はち」）；而後接其他子音的量詞時，一般就保留「いち」「はち」的讀音。

1. 「V います」：手伝<ruby>い<rt>てつだ</rt></ruby>ます→手伝<ruby>って<rt>てつだ</rt></ruby>，飼<ruby>い<rt>か</rt></ruby>ます→飼<ruby>って<rt>か</rt></ruby>，失<ruby>い<rt>うしな</rt></ruby>ます→ 失<ruby>って<rt>うしな</rt></ruby>

「V ちます」：経<ruby>ち<rt>た</rt></ruby>ます→経<ruby>って<rt>た</rt></ruby>，目立<ruby>ち<rt>めだ</rt></ruby>ます→目立<ruby>って<rt>めだ</rt></ruby>，保<ruby>ち<rt>たも</rt></ruby>ます→保<ruby>って<rt>たも</rt></ruby>

「V ります」：限<ruby>り<rt>かぎ</rt></ruby>ます→限<ruby>って<rt>かぎ</rt></ruby>，受け取<ruby>り<rt>う と</rt></ruby>ます→受け取<ruby>って<rt>う と</rt></ruby>，謝<ruby>り<rt>あやま</rt></ruby>ます→
<ruby>謝<rt>あやま</rt></ruby>って

2. 「<ruby>引<rt>ひ</rt></ruby>き＋<ruby>懸<rt>か</rt></ruby>ける」：ひきかける→ひっかける

「<ruby>引<rt>ひ</rt></ruby>き＋<ruby>越<rt>こ</rt></ruby>す」：ひきこす→ひっこす

「<ruby>打<rt>ぶ</rt></ruby>ち＋<ruby>壊<rt>こわ</rt></ruby>す」：ぶちこわす→ぶっこわす

3.

量詞	促音便	後接子音
一回 / 八回	いっかい / はっかい（はちかい）	k
一か月 / 八か月	いっかげつ / はっかげつ（はちかげつ）	k
一個 / 八個	いっこ / はっこ（はちこ）	k
一週間 / 八週間	いっしゅうかん / はっしゅうかん	s
一生	いっしょう	s
一棟 / 八棟	いっとう / はっとう（はちとう）	t
一対 / 八対	いっつい / はっつい（はちつい）	ts
一杯 / 八杯	いっぱい / はっぱい	p

量詞	非促音便	後接子音
一時間 / 八時間	いちじかん / はちじかん	ji
一台 / 八台	いちだい / はちだい	d
一年 / 八年	いちねん / はちねん	n
一枚 / 八枚	いちまい / はちまい	m

題 1　新入社員：トラブルが発生した場合はどうすればいいですか？
先輩：部長の指示に＿＿＿＿＿＿仕事をするものだ。

1　従いて

2　従て

3　従って

4　従んで

題 2　この前試験の際、最終問題で選択肢 A を選ぶべきか、それとも B を選ぶべきか、随分＿＿＿＿＿＿いた。

1　ひくりっかかって

2　ひっかかって

3　ひっくりかかって

4　ひきかかって

題 3　自分の名前が呼ばれているかと思って振り返ってみたら、＿＿＿＿＿＿が空に向かって叫んでいた。

1　てっとり

2　ひっくりかえし

3　それっきり

4　よっぱらい

題 4　両親に恩返しをするために、一生懸命勉強しています。

1　いちしょけんめい

2　いっしょけんめい

3　いちしょうけんめい

4　いっしょうけんめい

音便④：撥音便 <ruby>撥音便<rt>はつおんびん</rt></ruby>

語中的「み」「に」「び」等會由於以下 3 個情況變成撥音「ん」

1. 當 Id 類動詞的「V みます」「V にます」「V びます」後續「て / た型變化」時，「み」「に」「び」會變成「ん」（可參照《3 天學完 N5　88 個合格關鍵技巧》 **43** I 類，II 類，III 類動詞的て / た型變化）。

2. 某些詞為了發音上的方便或加強語氣，會插入一個撥音。這多發生在「な行」「ま行」假名或濁音之前。

3. 某些「ら行」假名，為了發音上的方便而以撥音代替原來的假名，且如上述 2. 一樣，這現象同樣多發生在「な行」「ま行」假名或濁音之前。

---

1. 「V みます」：<ruby>望<rt>のぞ</rt></ruby>みます→<ruby>望<rt>のぞ</rt></ruby>んで，<ruby>掴<rt>つか</rt></ruby>みます→<ruby>掴<rt>つか</rt></ruby>んで，<ruby>畳<rt>たた</rt></ruby>みます→<ruby>畳<rt>たた</rt></ruby>んで

　　「V にます」：<ruby>死<rt>し</rt></ruby>にます→<ruby>死<rt>し</rt></ruby>んで

　　「V びます」：<ruby>転<rt>ころ</rt></ruby>びます→<ruby>転<rt>ころ</rt></ruby>んで，<ruby>及<rt>およ</rt></ruby>びます→<ruby>及<rt>およ</rt></ruby>んで，<ruby>叫<rt>さけ</rt></ruby>びます→<ruby>叫<rt>さけ</rt></ruby>んで

2. ま**ま**る（<ruby>真丸<rt>ままる</rt></ruby>）→ま**ん**まる

　　あ**ま**り→あ**ん**まり

　　お**な**じ（<ruby>同じ<rt>おなじ</rt></ruby>）→お**ん**なじ

3. <ruby>分<rt>わ</rt></ruby>か**ら**ない→<ruby>分<rt>わ</rt></ruby>か**ん**ない

　　あ**る**の→あ**ん**の

題1 いくら＿＿＿＿＿＿＿って、亡くなった人はもう戻ってこないよ。

1　たしなんだ　　　　　　　　2　ふくんだ

3　かなしんだ　　　　　　　　4　かこんだ

題2 久しぶりに駅前のラーメン屋に行ってみたら、なんと＿＿＿＿＿＿＿しまって
いた。

1　ころんで　　　　　　　　　2　つかんで

3　たたんで　　　　　　　　　4　のぞんで

題3 仕事というのは、一人でするより＿＿＿＿＿＿＿したほうが効率が上がる時も
ある。

1　みんなで　　　　　　　　　2　みなさんに

3　みんなさんで　　　　　　　4　みなに

題4 子供：簪ってなんで「かんざし」と呼ぶの？

お母さん：＿＿＿＿＿＿＿に＿＿＿＿＿＿＿のが切っ掛けだったので、そう名付けら
れたんだって！

1　かに / 刺す　　　　　　　　2　かみ / 挿す

3　かび / 刺す　　　　　　　　4　かし / 挿す

音便⑤：（半）濁音便

1. 「濁音便」主要發生在「か行」和「さ行」，這兩行假名接在撥音「ん」之後，很大機會會變成濁音。但如果「ん」前面已有濁音、或者是「な行」或「ま行」假名，則基本上不會發生此現象（可參照《3天學完N4　88個合格關鍵技巧》 14 - 17 連濁①～④）。

2. 「半濁音便」主要發生在「は行」，假名接在撥音「ん」之後，很大機會會變成半濁音（如「散」＋「歩」→「散歩」）。但如果是「ＡんＢん」的形態，則相比起半濁音，Ｂ變濁音（如「三本」是「さんぼん」而非「さんぽん」）的機會大（可參照《3天學完N5　88個合格關鍵技巧》 15 は行變音）。

---

1. 「か行」：賃金（ちん＋きん→きん**ぎ**ん），番組（ばん＋くみ→ばん**ぐ**み）
   「さ行」：近所（きん＋しょ→きん**じ**ょ），演説（えん＋せつ→えん**ぜ**つ）
   「な行」「ま行」：認識（**に**ん＋しき＝にんしき），文句（**も**ん＋く＝もん＋く＝もんく）

2. 「は行」：散布（さん＋ふ→さん**ぷ**），蛋白質（たん＋はく＋しつ→たん**ぱ**くしつ）
   「ＡんＢん」：看板（かん＋はん→かん**ば**ん），半分（はん＋→ふん→はん**ぶ**ん）

題1 日本人にとって、鯛は「目出度い」を連想させるので、<u>縁起</u>の良い食べ物
と見られています。

1 えんおぎ   2 えんおごし

3 えんき   4 えんぎ

題2 <u>論文</u>を書くとき、自分の意見を思う<u>存分</u>書けばいいですよ。

1 ろんぶん / ぞんぶん   2 ろんぷん / ぞんぶん

3 ろんぶん / そんぶん   4 ろんぷん / そんぶん

題3 昨日はなぜか＿＿＿＿＿＿＿のクラスメイトが授業をサボっていた。

1 さんぶんのいち   2 さんぷんのいち

3 さんじいっぷん   4 さんじいっぷん

題4 ＿＿＿＿＿＿＿あんならコソコソせずにはっきり言えよ。

1 インク   2 あんこ

3 もんく   4 うんこ

音韻添加①

<ruby>音韻添加<rt>おんいんてんか</rt></ruby>

「音韻添加」指的是為了易於發音或加強語氣，在前項詞與後項詞中加入一個以往不存在的音，主要有以下 4 類：

1. 「母音添加」：在前項詞與後項詞中將加入一個母音。可參照本書 **16** 短母音的長音化 2b
   <ruby>母音添加<rt>ぼいんてんか</rt></ruby>

2. 「子音添加」：在前項詞與後項詞中將加入一個子音
   <ruby>子音添加<rt>しいんてんか</rt></ruby>

3. 「促音添加」：在前項詞與後項詞中將加入一個促音
   <ruby>促音添加<rt>そくおんてんか</rt></ruby>

4. 「撥音添加」＝「撥音便」（可參照本書 **4** 音便④〜撥音便的 4.2）。
   <ruby>撥音添加<rt>はつおんてんか</rt></ruby> <ruby>撥音便<rt>はつおんびん</rt></ruby>

***「促音添加」有別於「促音便」，因為「促音便」指原有的「い」「き」「ち」「り」等會變成促音「っ」，而「促音添加」是加上本來不存在的促音「っ」。

---

1. 「詩歌」：（詩＋歌→しいか＝ shika → shi**i**ka）
   「富貴」：（富＋貴→ふうき＝ huki → hu**u**ki）
2. 「春雨」：（春＋雨→はるさめ＝ haruame → haru**s**ame）
   「小雨」：（小＋雨→こさめ＝ koame → ko**s**ame）
3. 「と**っ**ても」：（とても→とっても＝ totemo → to**t**temo）
   「や**っ**ぱり」：（やはり→やっぱり＝ yahari → ya**p**pari）
4. 「真ん中」：（真＋中→まんなか＝ manaka → ma**n**naka）
   「そのま**ん**ま」：（そのまま→そのまんま＝ sonomama → sonoma**n**ma）

題1 <u>夫婦</u>というものは、お<ruby>互<rt>たが</rt></ruby>いの<ruby>魂<rt>たましい</rt></ruby>を<ruby>磨<rt>みが</rt></ruby>くために<ruby>出会<rt>であ</rt></ruby>っているとも<ruby>言<rt>い</rt></ruby>われている。

1　ふふ　　　　　　　　　　2　ふふう

3　ふうふ　　　　　　　　　4　ふうふう

題2 今朝<ruby>霧雨<rt>きさふ</rt></ruby>が降っていたので、しょうがなくランニングを<ruby>休<rt>やす</rt></ruby>むことにした。

1 きりあめ   2 きりさめ

3 つゆあめ   4 つゆさめ

題3 <ruby>木<rt>き</rt></ruby>の<ruby>上<rt>うえ</rt></ruby>にある<ruby>林檎<rt>りんご</rt></ruby>が_____で<ruby>美味<rt>おい</rt></ruby>しそうだね。

1 まっくろ   2 まっぱだか

3 まっか   4 まっしろ

題4 <ruby>十五夜<rt>じゅうごや</rt></ruby>の<ruby>月<rt>つき</rt></ruby>は_____でロマンチックですね。

1 まんなか   2 まんかい

3 まんまる   4 まんざら

音韻脱落

「音韻脱落」指的是為了易於發音，在前項詞與後項詞合併過程中，一個以往存在的音被刪除了，而且並無一定的公式。

「河原」： （河＋原＝ kawa**ha**ra → kawara）

「荒磯」： （荒＋磯＝ ar**a**iso → ariso）

「Ｖとく」： （Ｖておく＝ t**e**oku → toku）（可參照《3 天學完 N4　88 個合格關鍵技巧》 **10** 口語變化③）

題1　あそうという日本人の苗字をご存じですか？

1　阿蘇　　　　　2　海女　　　　　3　麻生　　　　　4　安倍

題2　この辺をはだしで歩くのは危険よ。なぜなら、虫や蛇などがたくさんいるからだ。

1　裸足　　　　　2　渡し　　　　　3　私　　　　　4　案山子

題3　お客様：　日本製のスカーフを探しているんですが……

スタッフ：韓国製でもよろしければ、いま安いのが＿＿＿＿＿＿＿よ。

1　ありがとうございます　　　　2　ございます

3　ござらぬか　　　　　　　　　4　ござります

題4　上司：明日何時にお客様と ABC ホテルで食事するか確認＿＿＿＿＿＿＿ね。

部下：はい、了解です。

1　しないで　　　　　　　　　　2　しておきて

3　してまして　　　　　　　　　4　しといて

おんいんゆうごう
音韻融合

「音韻融合」指的是為了易於發音，在前項詞與後項詞合併過程中，兩個音合併為一個音，且多是拗音。

『狩人』：(狩＋人→かりうど→かりゅうど karibido → kariudo → karyuudo)
『胡瓜』：(黄＋瓜＝ kiuri → kyuuri)
『私は』：(わたし＋は＝ watashiwa → watasha)（可參照《3 天學完 N4　88
　　　　個合格關鍵技巧》 **10** 口語變化③)

題1　明日もし暑く＿＿＿＿＿＿子供を連れて遊園地にでもいかない？

　　　1　なきゃ　　　　　2　ないじゃ　　　3　けりゃ　　　　4　きゃ

題2　扉を開けると、我が家の前の道いっぱいに人が充満していて「なんだ
　　　＿＿＿＿＿＿」と驚きました。

　　　1　こりゃ　　　　　2　こにゃん　　　3　にゃんこ　　　4　りゃんこ

題3　学生：先生、たまに一人だけ＿＿＿＿＿＿何もできないと感じるときがあり
　　　　　　ますが……

　　　先生：それは普通よ！そういう時は何も考えずに脳をゆっくり休ませてあ
　　　　　　げましょう！

　　　1　きゃ　　　　　　2　じゃ　　　　　3　ちゃ　　　　　4　にゃ

題4　申し訳ございませんが、この仕事は私＿＿＿＿＿＿できません。

　　　1　きゃ　　　　　　2　じゃ　　　　　3　ちゃ　　　　　4　にゃ

<ruby>音位転換<rt>おんいてんかん</rt></ruby>（音位轉換）

單詞隨着年代的發展，為了易於發音，構成某個單詞的音素排列次序產生變化，如以往 ABCD 的次序變成了 ABDC。當然有時候對單詞的認知不足也會構成音位轉換，特別多見於小孩子與外語學習者。

「<ruby>新<rt>あたら</rt></ruby>しい」：（原本「あらたし」aratashi →「あたらし」atarashi）

古文「あらた」有破舊立新的意思，故「<ruby>改<rt>あらた</rt></ruby>めて」（重新再 V）或「<ruby>新<rt>あら</rt></ruby>たな N」（新的 N）均保留古文原來的音素排列次序，沒有產生音位轉換。

「<ruby>雰囲気<rt>ふんいき</rt></ruby>」：（原本「ふんいき」huniki →「ふいんき」huinki）

「<ruby>舌鼓<rt>したつづみ</rt></ruby>」：（「鼓」是「つづみ」，但「したつづみ」shitatsudumi →「したづつみ」shitadutsumi）

題1 「<ruby>山茶花<rt></rt></ruby>」というのは、<ruby>花<rt>はな</rt></ruby>の<ruby>名前<rt>なまえ</rt></ruby>だけじゃなくて<ruby>日本<rt>にほん</rt></ruby>のある<ruby>童謡<rt>どうよう</rt></ruby>の<ruby>歌詞<rt>かし</rt></ruby>としても<ruby>有名<rt>ゆうめい</rt></ruby>ですよ。

1 さんさか
2 ささんか
3 さんざか
4 さざんか

題2 オタク<ruby>文化<rt>ぶんか</rt></ruby>と<ruby>家電<rt>かでん</rt></ruby>の<ruby>街<rt>まち</rt></ruby>として<ruby>知<rt>し</rt></ruby>られる「<ruby>秋葉原<rt></rt></ruby>」には、<ruby>一度訪<rt>いちどおとず</rt></ruby>れてみたいですね。

1 あきははら
2 あきはばら
3 あきばばら
4 あきばなな

題3　Simulation という英語をカタカナで書くなら、正しいのは＿＿＿＿＿＿です
が、日常生活の中では＿＿＿＿＿と発音したり書いたりする人も少なくあ
りません。

1　シミュルーショソ / シュミルーショソ

2　シミュレーション / シュミレーション

3　シュミルーショソ / シミュルーショソ

4　シュミレーション / シミュレーション

題4　学生：先生、先週海で泳いでいたら、＿＿＿＿＿＿そうになったと聞きまし
たが、大丈夫でしたか？

先生：ワハハ、誰かに＿＿＿＿＿＿たんじゃなくて、泳ぎが下手だったから
＿＿＿＿＿＿そうになっていたんです。

1　さわられ / さわられ / さらわれ

2　さらわれ / さらわれ / さわられ

3　さらわれ / さわられ / さらわれ

4　さわられ / さわられ / さわられ

母音交替（轉音）①

「母音交替（轉音）」，指的是為了易於發音，在前項詞與後項詞合併過程中，前項末尾的母音產生變化。較為常見的有兩個，第一個是前項末尾的「え」母音變成「あ」母音。雖然有學者認為這應該是「あ」母音變為「え」母音的現象，但為了避免混亂，在此割愛，只採用前者意見。

「酒屋」：（酒＋屋 ＝ sa**ke**ya → sa**ka**ya）
「雨宿り」：（雨＋宿り ＝ a**me**yadori → a**ma**yadori）
「金槌」：（金＋槌 ＝ ka**ne**duchi → ka**na**duchi）
「風車」：（風＋車 ＝ ka**ze**guruma → ka**za**guruma）
「爪楊枝」：（爪＋楊枝 ＝ tsu**me**youji → tsu**ma**youji）

題1　七夕伝説によると、彦星と織姫は天の川に住んでいたそうです。

1　あめのかわ　　　　　　　2　あめのがわ

3　あまのかわ　　　　　　　4　あまのがわ

題2　お母さん：だいぶ涼しくなってきたから、学校に行くとき上著も持って行きなさい。

1　うえき　　　　　　　　　2　うえぎ

3　うわき　　　　　　　　　4　うわぎ

題3 あの厳しい田中先生が目の当たりにいると、なんだか胸騒ぎがしてしまいます。

1　めのあたり / むねさわぎ

2　めのあたり / むなさわぎ

3　まのあたり / むねさわぎ

4　まのあたり / むなさわぎ

題4 ＿＿＿＿＿＿ している最中に素敵な女性に会った。目覚めたらすべて夢だったことに気づいた。

1　あまがさ

2　あまやどり

3　あまぐ

4　あまもり

母音交替（轉音）②
_{ぼいんこうたい}

「母音交替（轉音）」另外一些可行的組合比較零碎，雖並非絕對，但可綜合為 3 類：

1. 前項末尾的「い」母音變成「お」母音，主要集中在「木」和「火」字

2. 前項末尾的「お」母音變成「あ」母音，主要集中在「白」字

3. 前項末尾的「い」母音變成古典假名「む」再轉成現代假名「ん」，主要集中在「神」字和「飲」字

---

1. 「木陰^{こかげ}」：（木^き＋陰^{かげ}＝ **ki**kage → **ko**kage）
   「火影^{ほかげ}」：（火^ひ＋影^{かげ}＝ **hi**kage → **ho**kage）
2. 「白石^{しらいし}」：（白^{しろ}＋石^{いし}＝ shir**o**ishi → shir**a**ishi）
   「白雪^{しらゆき}」：（白^{しろ}＋雪^{ゆき}＝ shir**o**yuki → shir**a**yuki）

另外，還有一些字，雖然不像「白」字般，可以同一個字讀「お」母音（白^{しろ}）或「あ」母音（白^{しら}），但如果把這些字的「お」母音轉成「あ」母音的話，可以得出一個類近／鄰接的新單詞，從而可見在這理論底下，含「お」母音與含「あ」母音之間的相互影響關係，詳見下表：

含「お」母音單詞（意思）	含「あ」母音單詞（意思）
顔^{かお}（か**お**，樣子）	皮^{かわ}（か**わ**，皮）
竿^{さお}（さ**お**，船篙）	沢^{さわ}（さ**わ**，沼澤）
遠い^{とお}（と**お**，遠）	永遠^{とわ}／永久^{とわ}（と**わ**，永久）
箱^{はこ}（は**こ**，箱子）	墓^{はか}（は**か**，墳墓）
嘘^{うそ}（う**そ**，胡說）	胡散臭い^{うさんくさ}（う**さ**んくさい，奇怪／蹊蹺）

含「お」母音單詞（意思）	含「あ」母音單詞（意思）
糞（く**そ**，糞便）	臭い（く**さ**い，臭的）
黄色（きい**ろ**，黃色）	きらきら（き**ら**きら，閃閃發光）
黒い（く**ろ**い，黑的）	暗い（く**ら**い，暗的）
野ろ（の**ろ**，原野）	野良（の**ら**，流浪）
室（む**ろ**，家屋/窖）	村（む**ら**，村莊）

3.「神無月」：（神＋無＋月＝ ka**mi**naduki → ka**mu**naduki → ka**n**naduki）
　「神主」：（神＋主＝ ka**mi**nushi → ka**mu**nushi → ka**n**nushi）
　「飲兵衛」：（飲み＋兵衛＝ no**mi**bee → no**mu**bee → no**n**bee）
　「呑気」：（呑＋気＝ no**mi**ki → no**mu**ki → no**n**ki）

題1　東京の神田川にまつわる昭和時代の名曲が多いですね。

　　1　かみたせん　　　　　　　2　かんだせん

　　3　かみたかわ　　　　　　　4　かんだがわ

題2　母親の頭に白髪が少しずつ増えてきたことに気づいて、悲しくなりました。

　　1　しろが　　　　　　　　　2　しらが

　　3　しろがみ　　　　　　　　4　しらがみ

題3 私_{わたし}たちが出_だした「ヤッホー」という呼_よび声_{ごえ}は<u>こだま</u>になって返_{かえ}ってきました。

1 月霊

2 火霊

3 木霊

4 土霊

題4 「<u>火垂る</u>の墓_{はか}」は兄妹_{きょうだい}の愛情_{あいじょう}と戦後日本社会_{せんごにほんしゃかい}の悲惨_{ひさん}な一面_{いちめん}が見事_{みごと}に描_かかれた映画_{えいが}である。

1 はたる

2 ひたる

3 ふたる

4 ほたる

12 ▶ 子音交替

有些單詞會有兩個不同的子音，形成非常類近的讀音，某程度上可以歸納為兩個規律：

1.「b」子音是「m」子音的古代版本
2.「ts」子音是「s」子音的古代版本

1.

單語	古代版本	現代版本
<ruby>煙<rt>けむり</rt></ruby>	けぶり ke**bu**ri	けむり ke**mu**ri
<ruby>寂<rt>さび</rt></ruby>しい	さびしい sa**bi**shii	さみしい sa**mi**shii（然而作為現代官方說法，古典的「さびしい」更具優勢）
<ruby>灯<rt>とも</rt></ruby>す	とぼす to**bo**su	ともす to**mo**su
*** 例外 <ruby>乏<rt>とぼ</rt></ruby>しい	ともし to**mo**shi とぼし to**bo**shi	とぼしい to**bo**shii（作為現代語，「ともしい」已不存在）

2.

單語	古代版本	現代版本
消<ruby>け</ruby>す	けつ ke**tsu**	けす ke**su**
放<ruby>はな</ruby>す / 離<ruby>はな</ruby>す	はなつ hana**tsu**	放す（放開 / 分開 / 拉開距離）hana**su** 放つ（發出光芒 / 發放香氣）hana**tsu** 古代的「はなつ」是兼容了現代「放す」「放つ」兩個意思
*** 例外 言<ruby>い</ruby>い放<ruby>はな</ruby>つ	いいはなつ iihana**tsu**	いいはなつ（作為現代語，「いいはなす」 基本上已不存在）

題1 たばこの煙<ruby>けむり</ruby>が目<ruby>め</ruby>に染<ruby>し</ruby>みていてつらいです。

1　けむし　　　　2　かむし　　　　3　けむり　　　　4　かむり

題2 祖父<ruby>そ ふ</ruby>と祖母<ruby>そ ぼ</ruby>は娯楽<ruby>ご らく</ruby>の _____ 時代<ruby>じ だい</ruby>に生<ruby>う</ruby>まれ育<ruby>そだ</ruby>った。

1　かなしい　　　　2　さみしい　　　　3　まぶしい　　　　4　とぼしい

題3 小<ruby>ちい</ruby>さな子供<ruby>こども</ruby>というのは、少<ruby>すこ</ruby>しでも目<ruby>め</ruby>がはなせない存在<ruby>そんざい</ruby>である。

1　放せ　　　　2　話せ　　　　3　離せ　　　　4　鼻せ

題4 あの政治家<ruby>せいじ か</ruby>は賄賂<ruby>わいろ</ruby>なんか絶対<ruby>ぜったい</ruby>にもらっていないぞと何度<ruby>なんど</ruby>も言<ruby>い</ruby>い放<ruby>はな</ruby>った。

1　いいはなった　　　　　　　2　いいきった

3　いいよった　　　　　　　　4　いいあやまった

13 連声

「連聲」指的是，如以廣東話發音，前面字詞的尾音是 m、n、t 任何一個，而後面字詞的第一個字是「あ行」、「や行」或「わ行」的話，「あ行」、「や行」和「わ行」有機會變成其他讀音。因為聽起來好像與前面字連在一起的樣子，故名「連聲」。可以歸納為以下 3 個規律：

1. 如以廣東話發音，當前面字的尾音是 m 而後面字詞的第一個字是「あ行」、「や行」或「わ行」的話，「あ行」、「や行」或「わ行」有機會變成「ま行」。

2. 如以廣東話發音，當前面字的尾音是 n 而後面字詞的第一個字是「あ行」、「や行」或「わ行」的話，「あ行」、「や行」或「わ行」有機會變成「な行」。由於漢語於宋末元初時基本上已不見 m 尾音，形成近代普通話的基礎（如「三」am → an），可以說如果在這個時代確定的日語單詞，一般都是變成「な行」。

3. 如以廣東話發音，當前面字的尾音是 t（即入聲字）而後面字詞的第一個字是「あ行」、「や行」或「わ行」的話，「あ行」、「や行」或「わ行」有機會變成「た行」。

1.

單詞	前面字詞	後面字詞	連聲
三位 さんみ	三（廣 saam） さん	位 い	さん**い**→さん**み**
陰 陽 おんみょう	陰（廣 yam） おん	陽 よう	おん**よう**→おん**みょう**
*** 感応	感（廣 gam）	応	かん**おう**→かん**のう** *** 不變「かん**もう**」是因為有些 m 字尾的字後接「あ行」、「や行」或「わ行」的話，「あ行」「や行」「わ行」會變「な行」。

2.

單詞	前面字詞	後面字詞	連聲
銀杏 ぎんなん	銀（廣 ngan） ぎん	杏 あん	ぎん**あん**→ぎん**なん**
云々 うんぬん	云（廣 wan） うん	云 うん	うん**うん**→うん**ぬん**
因縁 いんねん	因（廣 yan） いん	縁 えん	いん**えん**→いん**ねん**
反応 はんのう	反（廣 faan） はん	応 おう	はん**おう**→はん**のう**

3.

單詞	前面字詞	後面字詞	連聲
雪隠 せっちん	雪（廣 syut） せつ	隠 いん	せつ**いん**→せっ**ちん**
屈惑 くったく	屈（廣 wat） くつ	惑 わく	くつ**わく**→くっ**たく**

題1 マリア観音とは、江戸時代のキリシタンたちが、聖母マリア像の代用とした観音像である。

1　かんのん　　　　　　　　　2　かんおん

3　みね　　　　　　　　　　　4　みおと

題2 コーチとプレイヤーとサポーターがさんみ一体になって結束していれば、勝利は夢じゃない。

1　産実　　　　　　　　　　　2　酸味

3　三味　　　　　　　　　　　4　三位

題3 昨日、首相の「この問題は私の責任ではないうんぬん」といった発言が大きな波紋を呼んだ。

1　云云　　　　　　　　　　　2　寸寸

3　糞糞　　　　　　　　　　　4　悶悶

題4 お手洗いを昔の言葉で言うなら、せっちんだそうである。

1　拙者　　　　　　　　　　　2　雪隠

3　石沈　　　　　　　　　　　4　設鎮

4

無声化（無聲化）
（むせいか）

「無聲化」，是指當「い」或「う」段被兩個「無聲子音」夾着的時候，「い」和「う」段會相對讀得輕聲，偶爾或只讀子音，甚至有機會被其他音所取代（某些被兩個「無聲子音」夾着的「く」，甚至能變成促音。如例子中的「学生」和「洗濯機」，稱為「無（がくせい）（せんたくき）聲促音化」）。主要出現於以下三種情況：

1. 「無聲子音」指的是 <u>k、s、t、h、f、p、sh、ch、ts、sy</u> 這 10 個子音。其實他們主要是 k、s（包括 sh）、t（包括 ch 和 ts）、h（包括 f 和 p）等能從清音變濁音 / 半濁音 p 的子音，再加上拗音的 sy（不寫 sh 而寫 sy 的原因是以免與さ行的 shi 混亂），這樣就能記下來。但他們夾着「い」或「う」段時，就會出現「無聲化」。

2. 句末的假名是「う」段，如「です」或「ます」的時候也會有「無聲化」的傾向。

3. 但連續的「無聲化」會影響意思的傳達，故一般第 1 個不發「無聲化」，第 2 個才發，如果有幾個合符「無聲化」要求的位置，則一半多留給最後位置發。但如果「無聲化」與「無聲化」之間隔着一定距離，並不太會影響發音的話，偶爾也見一句句子中有超過一個的「無聲化」。如果用羅馬字表示的話，甚麼時候產生「無聲化」自然一目瞭然，試看以下例子：

1. 「拍手」：（はくしゅ ha**k**u**sy**u，「無聲子音」k 和 sy 夾着「う」段，ku 會相對讀得輕聲）
   「学生」：（がくせい ga**k**u**s**ei，「無聲子音」k 和 s 夾着「う」段，ku 只讀 k）
   「でした」：（de**sh**i**t**a，「無聲子音」sh 和 t 夾着「い」段，shi 相對讀得輕聲）
   「洗濯機」：（せんたくき senta**k**u**k**i，「無聲子音」k 和 k 夾着「う」段，ku 不讀，變成促音，亦即是せんたっき sentakki）
2. 作為句末的「～です」(desu)「～ます」(masu)「～行く」(iku) 等。
3. 橋下（日本姓氏之一，ha**shi**shita，前面 shi 發正常音，後面 shi「無聲化」）

| 題 1 | 以下哪個單詞會出現「無聲化」？ |

　　　1 桜（さくら）　　　2 百合（ゆり）　　　3 菫（すみれ）　　　4 菊（きく）

| 題 2 | 以下哪個單詞**不會**出現「無聲化」？ |

　　　1 鉛筆（えんぴつ）　　2 消しゴム（け）　　3 机（つくえ）　　4 薬（くすり）

| 題 3 | 以下哪個單詞有**兩個**合符「無聲化」要求的位置，但卻只能發一個？ |

　　　1 靴下（くつした）　2 右下（みぎした）　3 木下（きのした）　4 山下（やました）

| 題 4 | 以下哪個寒暄句子含有**最多**「無聲化」？ |

　　　1 すみませんでした　　　　　2 ありがとうございます

　　　3 どういたしまして　　　　　4 かしこまりました

拗音的清音化和清音的拗音化

<ruby>拗音的清音化<rt>せいおんか</rt></ruby>和<ruby>清音的拗音化<rt>ようおんか</rt></ruby>

1a. 有些時候為了易於發音，雖然文法上並非正統，但在口語的場合，日本人會將本來包含拗音的名詞發成純清音，是為拗音的「清音化」或「直音化」。主要有兩種。其一發生在「しゅ」→「し」和「じゅ」→「じ」這個層面上。

1b. 另外一種涉及江戶時代的日語子音 kw 和子音 gw 退化成 k 和 g 這個層面上。如「<ruby>官<rt>かん</rt></ruby>」（kan）字，直到江戶後期甚至明治早期仍然讀「クァン」（kwan），不難發現比起現代日語，江戶時代的日語更接近現代普通話發音（guan），這與古代日語模仿漢語一事不無關係。

2. 除了「なければ」→「なきゃ」或「では」→「じゃ」等涉及文法的清音轉拗音，有些時候為了加快速度或令形象更生動，口語的場合，日本人會將本來包含是清音的名詞改為拗音，是為清音的「拗音化」。

1a.

本來讀音	清音化
手術＝しゅ**じゅ**つ	し**じ**つ
提出＝てい**しゅ**つ	てい**し**つ
10, 20, 30……＋量詞 10 歳＝**じゅ**っさい 20 キロ＝に**じゅ**っキロ 30 階＝さん**じゅ**っかい	**じ**っさい に**じ**っキロ さん**じ**っかい

1b.

直至江戶後期為止的音讀	現代音讀	與現代普通話的關係
クァ（**kw**a）＝化、誇、瓜、火、科……	カ（**k**a)	クァ主要對應普通話的 h / k / g+ua，h/k+uo 和 ke
クァイ（**kw**ai）＝会、回、懷、快……	カイ（**k**ai)	クァイ主要對應普通話的 hui 和 h/k+uai
クァン（**kw**an）＝還、歡、寬、観……	カン（**k**an)	クァン主要對應普通話的 h / k / g+uan

2.

本來讀音	拗音化	效果
猫＝ねこ	にゃんこ	**ne**ko → **nyan**ko，貓的形象更傳神
サクサク	シャキシャキ	**saku**saku → **sha**(or **sya)ki**shaki，食物更加酥脆，咔嚓咔嚓。 sakusaku：一般用來形容肉或炸物（如薯片）非常鬆脆。 shakishaki：除了可用來形容肉或炸物（如薯片）不費吹灰之力就能咬碎之外，更能表示吃起來很清脆爽口的蔬菜，這是 sakusaku 難以表達的。基本做法是在清音即 sa 的基礎上加 y 變 sya。
のき	にょきにょき	noki，漢字是「軒」，本來指「屋簷」，拗音化後的 nyokinyoki 形容長條狀的東西如樓宇或竹子接連聳起鱗次櫛比。基本做法也是在清音即 no 的基礎上加 y 變 nyo。
カメラ	キャメラ	**ka**mera → **kya**mera 更接近原來 camera 的英語發音

根據「拗音的清音化」原理,「手術」一詞,有幾種讀法?

　　1　2種　　　　　　　　　　　　2　3種

　　3　4種　　　　　　　　　　　　4　5種

<u>10ヶ月</u>ぐらい日本に住んでいたので、日本語はだいぶ話せるようになったと思います。

　　1　じゅうけげつ　　　　　　　　2　じゅっかげつ

　　3　じゅうかげつ　　　　　　　　4　じっけげつ

「ふなふな」表示「柔軟,容易彎曲」,怎樣令物件的形象變得「更柔軟,更容易彎曲」?

　　1　ふぃなふぃな　　　　　　　　2　ふぃぬふぃぬ

　　3　ふにゃふにゃ　　　　　　　　4　ふによふによ

現代語的「花冠」,古典日語音讀應該怎樣讀?

　　1　カカン　　　　　　　　　　　2　カクァン

　　3　クァカン　　　　　　　　　　4　クァクァン

長母音的短音化和短母音的^{たんおんか}長音化^{ちょうおんか}

※注：上方標題包含旁註假名「たんおんか」（短音化）及「ちょうおんか」（長音化）

1. 有時候為了易於發音，雖然文法上並非正統，但在口語的場合，且前後文脈發生誤解的可能性極低時，日本人會將本來包含長音的部分作部分刪除，是為「長母音的短音化」。

2. 有時候為了增加抑揚頓挫或節奏感，雖然文法上並非正統，但在口語的場合且前後文脈發生誤解的可能性極低時，日本人會將本來不存在的母音延長，是為「短母音的長音化」。通常在以下兩個特定情況下發生：

   a. 「短長」的 2 音節構造中，為了迎合後面長音節，前面的短音節有機會延長，變成「長長」。

   b. 「短短」的 2 音節構造中，前面短音節有機會延長，變成「長短」。

   c. 「短短」的 2 音節構造中，前面短音節有機會加促音（促音會佔 1 拍，亦屬延長，變成「長短」。

   d. 「短短」的 2 音節構造且是比較粗鄙的身份名詞，其後面短音節有機會延長，變成「短長」。

但諸如「女性」（女（短）＋性（長）≠じょうせい）或「夫人」（夫（短）＋人（長）≠ふうじん），即使滿足上述條件，亦不一定產生「短母音的長音化」。因此，與其說是根據規則而產生，倒不如說是一些恣意性的現象。

1.

長母音	短音化
本当＝ほんとう hon**tou**	ほんと hon**to**
学校＝がっこう gak**kou**	がっこ gak**ko**
面倒臭い＝めんどうくさい men**dou**kusai	めんどくさい men**do**kusai

2.

a.「女房」：(女＋房→にょうぼう＝ nyobou → nyo**u**bou)
　「女王」：(女＋王→じょうおう，然而じょおう亦可＝ jyoou → jyo**u**ou)

b.「詩歌」：(詩＋歌→しいか＝ shika → shi**i**ka)
　「富貴」：(富＋貴→ふうき＝ huki → hu**u**ki)
　「夫婦」：(夫＋婦→ふうふ＝ huhu → hu**u**hu)

　可参照本書 **6** 音韻添加① **1.**「母音添加」)

c.「先」：(さ＋き→さっき＝ saki → sa**k**ki)
　「三つ」：(み＋つ→みっつ＝ mitsu → mi**t**tsu)

d.「爺」：(じじ→じじい＝ jiji → jiji**i**)
　「婆」：(ばば→ばばあ＝ baba → baba**a**)

題1　私の趣味は蝶々を集めることですが、内証（＝内緒）にしてもらえる？

1　ちょちょ/ ないしょ　　　　　2　ちょうちょ/ ないしょ

3　ちょちょ/ ないしょう　　　　4　ちょちょう / ないしょう

題2　あれは有名なお寺なので、老若男女の参拝客が跡を絶たない。

1　ろうにゃくなんにょ　　　　　2　ろうにゃくだんじょ

3　ろうわかおとこおんな　　　　4　ろうじんわかものおとこおんな

JPLT N3

題3 たけし：優子、どこにいるの？

優子： たけしのおバカ。＿＿＿＿＿＿ だよ、＿＿＿＿＿＿。

1 こっち 2 そっち

3 あっち 4 どっち

題4 家の中で、旦那さんより奥さんのほうが権力を持っていることを「＿＿＿＿＿＿＿＿」というらしいよ。

1 爺天下 2 婆天下

3 嬶天下 4 ママー天下

作為日本古代方言的遺留物，把「が行」的 ga（類似廣東話的 ga，如「加」）、gi、gu、ge、go（類似廣東話的 go，如「哥」），讀成 nga（類似廣東話的 nga，如「鴉」），ngi、ngu、nge、ngo（類似廣東話的 ngo，如「我」），是為「が行鼻濁音」。雖然日語學習者可以不使用「が行鼻濁音」，但仍有某些地域（特別是日本以東的地域）、職業（如 NHK 播報員的標準日語）或年紀較大的人士有機會會使用，不可不注意。「が行鼻濁音」就是原本的濁音 g 帶有鼻音 ng，就像讀廣東話的「鴉」（nga1）「我」（ngo5）一樣，有些書會寫作「か°き°く°け°こ°」，以顯示與「がぎぐげご」的不同通常在以下 3 個特定情況下發生：

1. 單詞中第 2 拍之後的「が行」音：如「外国」（がいこく）和「国外」（こくがい），前者只能發 ga 而後者可以發 ga 或 nga。

2. 作為格助詞或接續助詞的 が：彼は日本人ですが（接續助詞）、あまり日本語が（格助詞）分からないようです。

3.「連濁」後部的「が行」音可參照《3 天學完 N4・88 個合格關鍵技巧》 `14` - `17` 連濁①〜④）。
   夜汽車（夜＋汽車＝よぎしゃ）
   かき氷（かき＋氷＝かきごおり）
   神々（神＋神＝かみがみ）
   細々（細＋細＝こまごま）

然而，「が行鼻濁音」在以下 5 個特定情況下不會發生：

4. 語首的「が行」音：如「外国」（がいこく），「頑張る」（がんばる）。

5. 某些特定的字。如除了一部分的單詞如「七五三」（しち<u>ご</u>さん）、「十五夜」（じゅう<u>ご</u>や）外，「五」字無論在甚麼位置，如「五千五百五」（<u>ご</u>せん<u>ご</u>ひゃく<u>ご</u>）一般都不會進行「が行鼻濁音」。「御」也是，「親御」（おや<u>ご</u>）也是，只能讀 oya go，而不能發 oya ngo。

6. 擬聲擬態詞：ぐるぐる，げらげら，ごろごろ。

7. 片假名的「が行」音：ガンダム，ゲーム，グーグル。

8. 位於接頭詞（美化詞）「お」「ご」後的「が行」音：お元気（おげんき）、お行儀（おぎょうぎ）。

題1 | **以下哪一個單詞會發生「が行鼻濁音」？**

1　娯楽（ごらく）　　　　　　　　2　十五円（じゅうごえん）

3　言語（げんご）　　　　　　　　4　御挨拶（ごあいさつ）

題2 | **以下哪一個單詞會發生「が行鼻濁音」？**

1　ギラギラ　　　　　　　　　　　2　ごろごろ

3　グーグー　　　　　　　　　　　4　かるがる

題3 | **以下哪一個單詞原則上<u>不會</u>發生「が行鼻濁音」？**

1　小学校（しょうがっこう）　　　2　小学生（しょうがくせい）

3　フランス学校（がっこう）　　　4　学生寮（がくせいりょう）

題4 | **以下哪一個單詞原則上<u>不會</u>發生「が行鼻濁音」？**

1　小川さん（おがわ）　　　　　　2　お仕事（しごと）

3　ご見学（けんがく）　　　　　　4　お下品（げひん）

特別形態的片假名①

本書 18 與 19 的特別形態的片假名①②需要互相比較，故 18 的練習合併在 19 之後。因為傳統的日語本身不含某些諸如 di、va 等的發音，故以往只能用固有的平假名去表達（如老一輩的日本人把 dvd 說成デー ブイ デー），但得出的效果不太理想。因此，近年的片假名為了提升模仿外語的像真度，故特意創造了一些以往不曾見的特別形態。這篇先介紹比較重要的特別形態的片假名「フ」、「ウ」、「ヴ」及「テ（デ）」4 行。

1.

フ行特別形態的片假名	主要模仿對象	例子
ファ	fa	ファン＝ fan
フィ	fi	フィッシュ＝ fish
フュ	fu	フュージョン＝ fusion ＝融合
フェ	fe	フェンシング＝ fencing ＝擊劍
フォ	fo	フォアグラ＝ foie gras ＝鵝肝

2.

ウ行特別形態的片假名	主要模仿對象	例子
ウィ	wi	ウィスキー＝ whisky
ウェ	we	ウェディング＝ wedding
ウォ	wa	ウォーキング＝ walking

3.

ヴ行特別形態的片假名	主要模仿對象	例子
ヴァ	va/vi	ヴァイオリン= violin
ヴィ	vi	ヴィレッジ= village
ヴュ	vi	ヴュー= view
ヴェ	ve	ヴェネツィア= Venezia =威尼斯
ヴォ	vo	ヴォイス= voice

4.

テ行特別形態的片假名	主要模仿對象	例子
ティ	ti	ロマンティック= romantic
テュ	tu	テューター= tutor
ディ	di	ディズニー= Disney
デュ	du	デュエット= duetto =二重唱

特別形態的片假名②

另外還有一些比較零碎但偶爾有機會用的特別形態片假名。這篇繼續介紹「ツ」、「チ」、「シ（ジ）」、「ク」、「ト（ド）」及「イ」等行。

5.

ツ行特別形態的片假名	主要模仿對象	例子
ツァ	za	ピッツァ＝ pizza
ツェ	ze	フィレンツェ＝ Firenze ＝佛羅倫斯 / 翡冷翠

6.

チ行特別形態的片假名	主要模仿對象	例子
チェ	che	チェック＝ check

7.

シ行特別形態的片假名	主要模仿對象	例子
シェ	sha/she	シェアリング＝ sharing
ジェ	ge/je	ジェスチャー＝ gesture ＝姿態 / 手勢

8.

ク行特別形態的片假名	主要模仿對象	例子
クァ	qua	クァルテット＝ quartetto ＝四重奏
クォ	qua/quo	クォーター＝ quarter

9.

ト行特別形態的片假名	主要模仿對象	例子
トゥ	to	トゥモロー＝ tomorrow
ドゥ	do	ドゥ＝ do

10.

イ行特別形態的片假名	主要模仿對象	例子
イェルサレム	je/ye	イェルサレム＝ Jerusalem ＝耶路撒冷

題1　**以下哪個單詞較常以「特別形態的片假名」書寫？**

1　ヒィストリー

2　シィステム

3　ディスコ

4　クィズ

以下哪個單詞較少以「特別形態的片假名」書寫？

1 トゥモロー

2 クォリティー

3 シェイクスピア

4 チェックイン

題 3 **以下哪一個電子遊戲的日文名字包含最多「特別形態的片假名」？**

1 Resident Evil

2 Mario Kart

3 Dragon Quest

4 Final Fantasy

題 4 **外国を旅行した時、他の観光客と意見交換ができるようにいつも＿＿＿＿に泊まります。**

1 シュークリーム

2 シェアハウス

3 ショートカット

4 シャンプー

題 5 **あの＿＿＿＿ドレスを着ている花嫁は実に綺麗です。**

1 ウェディング

2 ウィンドウズ

3 ウァッツアップ

4 ウォークマン

題6 子供の時は＿＿＿＿＿なりたかったですが、今は公務員として市役所で働いています。

1 ヴィーナス

2 ヴェネツィア

3 ヴァンパイア

4 ヴァイオリニスト

題7 手ではなく、＿＿＿＿＿で鼻をかんでください。

1 ティッシュペーパー

2 マンチェスター

3 フォアグラ

4 シェーバー

題8 このホテルの＿＿＿＿＿アウトの時間は午前 11:00 となっています。

1 ツイッター

2 シェイク

3 チェック

4 フェイスブック

出題範圍	出題頻率
甲類：言語知識（文字・語彙）	
問題 1 　漢字音讀訓讀	✓
問題 2 　平假片假標記	✓
問題 3 　前後文脈判斷	✓
問題 4 　同義異語演繹	✓
問題 5 　單詞正確運用	✓
乙類：言語知識（文法）・讀解	
問題 1 　文法形式應用	✓
問題 2 　正確句子排列	
問題 3 　文章前後呼應	
問題 4 　書信電郵短文	
問題 5 　中篇文章理解	
問題 6 　長篇文章理解	
問題 7 　圖片情報搜索	
丙類：聽解	
問題 1 　圖畫情景對答	
問題 2 　即時情景對答	
問題 3 　整體內容理解	
問題 4 　圖畫綜合題	
問題 5 　文字綜合題	

重要名詞①（あ行～か行）

相手（對方）、集まり（集會）、意義がある（有價值）、一流（一流）、命（生命）、お辞儀（鞠躬行禮）、思い出（回憶）、改札口（地鐵／鐵路閘口）、会費（會費）、係（負責人／有關部門）、～加減（～程度，湯加減＝熱水的涼熱程度etc.）、片道⇄往復（單程⇄來回）、各国（各國）、活動（活動）、感覚（感覺）、環境（環境）、感じ（感覺／印象）、期限（期限）、基本（基本）、決まり（規定）、給与（薪金）、教科書（教科書）、行事（儀式）、空席（空位）、苦労（吃苦）、傾向（傾向）、形式（形式）、結果（結果）、決心（決心）、結論（結論）、限界（極限）、現実（現實）、現場（現場）、講演会（演講會）、合計（合共）、交差点（十字路口）、行動（行動）、交流（交流）、故郷（故鄉）、この間（こないだ，前些天）

題1 今人生の＿＿＿＿＿＿＿に立っていて、将来について色々慎重に考えているところです。

1 歩道橋
2 下水道
3 改札口
4 交差点

題2 悪戯はもう＿＿＿＿＿＿＿加減にしなさい。子供じゃないんだから。

1 湯
2 味
3 良い
4 火

題3 今回の事件に関しては、手加減しないつもりです。

1 優しく処理する。
2 厳しく処理する。
3 処理するのに時間がかかる。
4 自ら処理しない。

かかりのものをお呼びしますので、少々お待ちください。

1 パートナー

2 ライバル

3 警察

4 責任者

題5 **意義がある**

1 ボランティア活動は参加することに意義がある。

2 言葉にはそれぞれの意義がある。

3 あの人にも物事をしようとする意義があるけれど、やや薄弱ですね。

4 意義があるなら、こそこそ言わないで直接に私に言ってください。

時間割（時間表）、資源（資源）、事情（緣故／理由）、失業（失業）、実用性（實用性）、実力（實力）、児童（兒童）、自動販売機（自動販賣機）、締め切り（截止日期）、弱点、じゃんけん（石頭剪刀布）、渋滞（堵車）、住宅（住宅）、集団（集團）、集中講義（集中課程）、収入（收入）、終了（結束）、宿泊（住宿）、受験生（應試生）、手段（手段）、主張（主張）、出版社（出版社）、需要（需求）、状況（情況）、条件（條件）、冗談（開玩笑）、情報（資料）、証明（證明）、初級→中級→上級（初級→中級→上級）、職業（職業）、姿（樣子）、整理整頓（整理工作）、責任（責任）、設計（設計）、説明書（說明書）、選択（選擇）、想像（想像）、送別会（餞別）

題1 喧嘩するのをやめて、＿＿＿＿＿＿で決めたらいいじゃない？

1 しゃんはい

2 ちゃんぽん

3 じゃんけん

4 きゃんどる

題2 ＿＿＿＿＿＿のつもりで言ったけれど、まさか相手を怒らせてしまったとは……

1 条件

2 興奮

3 冗談

4 想像

題3 事情によってお断りとさせていただきます。

1 責任

2 環境

3 理由

4 情報

題4 <u>締め切り</u>をすっかり<u>忘れてしまって申し訳ございませんでした。</u>

1 いつまでに仕事を終わらせなければならないかということ。

2 どこで仕事をしなければならないかということ。

3 いつから収入を貰わなければならないかということ。

4 問題があるとき、誰に報告しなければならないかということ。

題5 <u>需要</u>

1 余ったものですが、<u>需要</u>しませんか?

2 君は会社にとって<u>需要</u>な一員ですよ。

3 世の中には<u>需要</u>がなければ供給もないはずだ。

4 アドバイスが<u>需要</u>でしたら、いつでも私に尋ねてください。

22 重要名詞③（た行～わ行）

対象（對象）、大半（大部分）、代表者（代表）、立場（觀點／處境）、短所⇄長所（短處⇄長處）、直後（剛……之後）、程度（程度）、出入口（出入口）、手続き（手續）、問い合わせ（詢問）、特徴（特徵）、中身（内容／内涵）、仲良し（關係好的人們）、日常生活（日常生活）、残り（剩下的）、望み（願望）、拝啓（敬啓）、俳優（演員）、場面（場景）、平均（平均）、本来（本來）、見掛け（外表）、向かい（對面）、面接（面試）、申し訳（辯解／說明）、文句（不滿／牢騷）、要点（要點）、領収書（發票）、留守番（看家的人）、我が国／社（我國／我公司）、割引（折扣）

題1 私の_____にもなって物事を考えてみてもらえませんか？

1 立場
2 程度
3 場面
4 中身

題2 _____だけで他人を判断してはならないというのは、親からの教えです。

1 しかけ
2 見かけ
3 あんかけ
4 出かけ

題3 拝啓十五の君へ……

1 十五の君よ、これからご覧いただければばうれしいです。
2 十五の君よ、これからご覧なさらないようお願いします。
3 十五の君よ、これまでご覧になって何かご意見がありますか。
4 十五の君よ、これまでご覧くださってありがとうございました。

題4 この度、弊社が重大なミスを犯してしまい、誠に申し訳ございませんでした。

1 理由を説明する必要はない

2 理由を説明する必要はある

3 計画を立て直す必要はない

4 計画を立て直す必要はある

題5 留守番

1 田中は只今席を外しておりますが、留守番に戻り次第ご連絡してもよろしいでしょうか。

2 武君の家に行ったら留守番だったので、仕方がなく洋子ちゃんの家を訪ねることにした。

3 家の近くに留守番がありますから、安心に暮らせる。

4 明日から三日ほど家にいないので、留守番をお願いします。

アクセサリー（装飾）、アナウンサー（報導員）、インストール（安装）、エコ（環保）、エネルギー（能源）、エンスト（抛錨）、コミュニケーション（溝通）、サイクリング（踏單車旅游）、サボる（偷懶）、ゼミナー（大學研究班 / 研討會）、ダイヤモンド（鑽石）、テーマ（主題）、添付ファイル（附件）、パーセント（百分率）、パンク（爆胎）、ファッション（時装）、プラス思考⇄マイナス思考（樂觀思維⇄悲觀思維）、ペットボトル（塑料瓶）、プラスチック（塑膠）、プログラム（節目 / 程式）、ボーナス（奬金）、メッセージ（訊息）、リサイクル（循環再造）、レベル（程度）、レンタカー（租車）

題1　取引先のメールアドレスにメッセージと＿＿＿＿＿＿を送りました。

1　アナウンサー

2　プラスチック

3　ゼミナー

4　添付ファイル

題2　論文の＿＿＿＿＿＿はアマゾン地域における＿＿＿＿＿＿についての調査です。

1　ボーナス / レンタカー

2　エネルギー/ アナウンサー

3　テーマ / エコ

4　レベル / パンク

題3　今朝高速道路でエンストが起きたので、会議に遅れてしまった。

1　タイヤに問題があった

2　ガソリンが足りなかった

3　エンジンに問題があった

4　スピード違反をした

題4　**あの学生は時々学校をサボります。**

1　学校を休みます

2　学校をサポートします

3　学校でボランティアします

4　学校の悪口を言います

題5　**リサイクル**

1　彼は「昨年は負けてしまったのですが、今年こそ優勝してやるぞ」とリ

　　サイクルを誓った。

2　古くなったソファーをリサイクルショップに売ることにした。

3　球場で精一杯戦ってくれたライバルにリサイクルを示した。

4　30年も住んでいる家ですから、そろそろリサイクルの時期かな。

預かる（保管）、【自】温まる（變得暖和）⇔【他】温める（把東西弄暖）、当たる（碰到 / 中獎）、甘やかす（寵壞）、謝る（道歉）、嫌がる（不願 / 討厭）、失う（失去）、疑う（懷疑）〜切る（〜光，飲み切る＝喝光）〜終わる（〜完，話し終わる＝說完）、（汗を）かく（流汗）、悲しむ（悲傷）、効く（有效）、気がする（總覺得）、気付く（意識到）、気に入る（喜歡）、気にする（介意）、気になる（有意）、繰り返す（重複）、苦しむ（痛苦）、断る（拒絕 / 事先說好）、転ぶ（跌倒）

題1 子供というのは、過ちを_____成長していくものではありませんか？

1 悲しんで

2 繰り返して

3 失って

4 転んで

題2 _____おきますが、今回は責任者ではなくヘルパーという形でお手伝い致します。

1 断って

2 気にして

3 預かって

4 当たって

題3 彼女は僕のあげたプレゼントが気に入らないようです。

1 めちゃめちゃ好きな

2 どちらかと言えば好きな

3 好きも嫌いもない

4 好きじゃない

題4 場合によっては、子供を甘やかす必要がある時もある。

1 鞭でめちゃめちゃ体罰する。

2 好きな飴を沢山食べさせる。

3 経験になる一人旅をさせる。

4 自分の将来は自分で考えてもらう。

きく

1　今日きてくれてありがとう。明日もきいてくれないかな？

2　包丁でその肉を細かくきいてくれたら助かるわ。

3　もしもし、もしもし、ききますか？

4　この間いただいた薬はたいへんきいています。

重要I類動詞②（さ行～な行）

従う（跟從）、示す（表示）、救う（救）、騙す（騙）、【自】溜まる（自然累積）⇔【他】溜める（收集某東西）、黙る（沉默）、試す（嘗試）、保つ（保持）、畳む（摺疊 / 倒閉）、頼る（依靠）、掴む（揪住）、注ぐ（注入）、似合う（合適 / 相配）、握る（握住）、【他】伸ばす（拉長 / 延伸某東西）⇔【自】伸びる（自然伸長，變糊）

題1 皆さんは日頃たまったストレスをどのように解消していますか？

1 締まった　　　　　　　　2 堪った

3 溜まった　　　　　　　　4 困った

題2 会社の同僚に弱みを＿＿＿＿いるので、その人の言うことに＿＿＿＿ことになっている。

1 騙されて / 頼らないといけない
2 騙されて / 従わないといけない
3 握られて / 頼らないといけない
4 握られて / 従わないといけない

題3 ほら、麺が＿＿＿＿いる！さっさと食べないとまずくなるよ。

1 ついで　　　　　　　　　2 のばして

3 つかんで　　　　　　　　4 のびて

題4 そろそろだまっているのをやめてもらったらどうですか？

1 ずっと寝ている。　　　　2 ずっと何も言わない。

3 ずっと泣いている。　　　4 ずっと何も食べない。

| 題5 | **たたむ**

1 御飯を作ったのは僕だから、悪いけど、食器を<u>たたん</u>でくれないかな。

2 経済が悪くなったせいか、あんな大きな会社も<u>たたむ</u>なんて信じられ
ない。

3 たけし、顔に大きな傷が出来たけど、どうぜまた誰かと<u>たたん</u>だでし
ょう？

4 悪い政治が続いていたせいで、あの国はまもなく<u>たたみそう</u>です。

26

重要I類動詞③（は行～わ行）

流行る（流行）、【自】広がる（有形的東西如「面積」、「範圍」等擴大，但也會與某些無形的東西諸如「ウィルス」（病毒）等一起使用）⇔【他】広げる（擴大有形的東西如「面積」、「範圍」等）、【自】広まる（無形的東西如「知識」、「影響」等傳播）⇔【他】広める（擴大無形的東西如「知識」、「影響」等）、拭く（刷）、防ぐ（防止）、微笑む（微笑）、【自】纏まる（整理好 / 湊齊）⇔【他】纏める（整合某東西）、招く（邀請）、迷う（迷惘）、【自】回る（自己轉動）⇔【他】回す（轉動東西）、目指す（以……為目標）

*** 另外，有一種說法是「広がる」既可以是「自然現象」，亦可以是「人為結果」，相比之下「広まる」主要是「人為結果」，但因為中間的灰色地帶多，比較曖昧，在此割愛。

題1 赤ちゃんの微笑みほどかわいいものはないよね。

1 くしゃみ   2 わらみ

3 こころみ   4 ほほえみ

題2 お陰様で、お客様が多くなったため、店を＿＿＿＿＿＿ことにしました。

1 広げる   2 広める

3 広がる   4 広まる

題3 本当かどうか分かりませんが、部長がクビになった噂はあっという間に会社中に＿＿＿＿＿＿。

1 広げた   2 広めた

3 広がった   4 広まった

題4 君、これ、なかなかのアイディア商品じゃないか？はやりそうだよ。

1 人気がなさ 　　　　　　　　　2 間に合い

3 人気がで 　　　　　　　　　　4 間に合わなさ

題5 ふせぐ

1 犯罪をふせぐためには、「自分は大丈夫」と思わないことが重要です。

2 収入をふせぎたいのですが、アドバイスをいただけませんか？

3 名門大学に入ることをふせいで日々猛勉強している。

4 どうしよう、彼からのプロポーズを受け入れるかどうかすごくふせいで

いる。

諦める（放棄）、憧れる（憧憬）、預ける（存放東西於某處）、与える（給予）、【自】現れる（某東西出現）⇔【他】現す（表現出某東西）、売れる（暢銷）、恐れる（恐懼）、数える（計算）、【他】加える（加入某東西）⇔【自】加わる（某東西加入）、超える／越える（超越）、避ける（避免）、支える（支持）、確かめる（確認）、尋ねる（確認）、【他】近付ける（讓 A 東西接近 B 東西）⇔【自】近付く（接近某東西）、、務める（擔任）、述べる（敘述）、認める（承認）、求める（要求）、別れる（分開／分手）

基本上重要的 IIa 動詞已列在《3 天學完 N4　88 個合格關鍵技巧》 22 ▶ 20 個 IIa 動詞（上一段動詞）的記憶方法），此書只述 IIb 動詞。

題1　本日の司会者は、わたくし、山田に<u>つとめ</u>させていただきます。

1　認め　　　　　　　　　　2　勤め

3　求め　　　　　　　　　　4　務め

題2　親も子供もいる身ですから、誠に勝手ではありますが、この危ない仕事は＿＿＿＿＿させていただきたいですが……

1　与え　　　　　　　　　　2　憧れ

3　避け　　　　　　　　　　4　恐れ

題3　本＿＿＿＿＿目＿＿＿＿＿近付け過ぎると、視界に入る文字数が少なくなります。

1　を／が　　　　　　　　　2　に／で

3　で／は　　　　　　　　　4　を／に

あきらめるのはまだ早くないか？

1 辞める

2 差し上げる

3 夏が終わる

4 現れる

題 5 **預ける**

1 3時間ほど荷物を預けてもらうのにはおいくらかかりますか？

2 旅行の間に、うちの犬を預けてくださいませんか。

3 10000円、お預けします。御釣りは3750円でございます。

4 ちょっと急用ができてしまったので、子供を預けたいのですが……

日語中有些動詞屬於動詞 1 和動詞 2 的 結合形式，稱為「複合動詞」，一般是動詞 1 的連用形（ます型刪除ます）+ 動詞 2，比如「立ち止まる」（停步）、「立て替える」（墊支）等。N3 程度較重要的複合動詞如下：

あり得る（有可能）、受け取る（收取）、追いかける（追趕）、追い越す（超越）、追いつく（追上）、思い付く（靈機一動）、着替える（換衣服）、組み合わせる（組裝）、付き合う（交往）、出会う（邂逅）、出来上がる（完成）、取り上げる（拿起／採用）、取り入れる（拿進／引進）、取り消す（取消）、乗り越える（渡過【難關】）、話し合う（商量）、振り返る＝振り向く（回頭看）、振り込む（存錢）、呼びかける（呼叫／號召）、割り込む（插隊）、

題1 （マラソン大会の中継：）たった今、2 位だった加藤選手が鈴木選手を_____、暫定 1 位になっております。

1 邂逅って　　　　　　　　　2 追い越して

3 追いかけて　　　　　　　　4 追い付いて

題2 最新技術_____わが社_____取り入れた結果、先月に比べて今月の売り上げは 2 倍も上昇しました。

1 を / に　　　　　　　　　　2 が / から

3 から / が　　　　　　　　　4 に / を

題3 おい、もう佐々木にお金を振り込んだのかい？

1 騙した　　　　　　　　　　2 借りた

3 払った　　　　　　　　　　4 返してもらった

ふりかえる

1 奈々子ちゃん、結婚を前提に、お<u>ふりかえり</u>をしましょう。

2 昨日家に帰る途中、何回か誰かに「たけし君、たけし君」と<u>ふりかえら</u>
<u>れた</u>のですが、周りに誰もいなかった。

3 過去を<u>ふりかえれ</u>ば、大きな過ちを犯したことに始めて気づいた。

4 3時間かけて、やっとすべてのパズルを<u>ふりかえれた</u>。

ありえる

1 お尋ねしたいのですが、ご家族は何人<u>あり得ます</u>か？

2 「大人なのに大きすぎる夢を<u>あり得ている</u>なんて子供のようだ」と言わ
れたことがある。

3 最近は本から色んな知識を<u>あり得て</u>、頭がよくなった気がする。

4 貸していただけるなら、少しでも構いませんので、3000ドルは<u>あり得</u>
<u>る</u>のでしょうか？

29

重要Ⅲ類動詞①（あ行～お行）

握手する（握手）、朝寝坊する（早上睡懶覺）、暗記する（背誦）、移動する（移動）、居眠りする（打瞌睡）、依頼する（請求 / 委托）、印刷する（印刷）、引退する（引退）、引用する（引用）、影響する（影響）、延期する（延期）、援助する（援助）、延長する（延長）、応援する（支持）、横断する（横過 / 横渡）、応募する（報名參加 / 應徵）、おんぶする（背起某人）

題1　見て、たけし君、また英語の授業でいねむりしているよ。先生に怒られるのも時間の問題……

1　威眠り　　　　　　　　　　2　胃粘無理

3　居眠り　　　　　　　　　　4　要眠り

題2　昨日我が子に花火を見させようとして＿＿＿＿＿＿＿してやったら、腰を痛めてしまった……

1　おんぶ　　　　　　　　　　2　わんこ

3　こんぶ　　　　　　　　　　4　うんこ

題3　出版社にチベット旅行の感想文を書くように＿＿＿＿＿＿＿された。

1　引用　　　　　　　　　　　2　依頼

3　印刷　　　　　　　　　　　4　横断

題4　あさねぼうができるのは、ある意味子供の特権ですね。

1　朝早く起きる　　　　　　　2　夜早く寝る

3　朝遅くまで寝る　　　　　　4　夜遅くまで寝ない

　応募する

1　親として子供のやりたいことを心から<u>応募する</u>のは当たり前だ。

2　雑誌に書いてある仕事はまだ<u>応募して</u>いらっしゃいますか？

3　雑誌に書いてある仕事を<u>応募したい</u>のですが……

4　親が<u>応募して</u>くれたおかげで、難関を乗り越えました。

30

重要III類動詞②（か行）

解決する（解決）、解散する（解散）、開始する（開始）、回収する（回収）、
外出する（外出）、改善する（改善）、回答する／解答する（回答／解答）、
確認する（確認）、我慢する（忍受）、歓迎する（歓迎）、観察する（観察）、
感謝する（感謝）、期待する（期待）、記入する（寫上）、協力する（齊心協力）、
許可する（允許）、記録する（記録）、禁止する（禁止）、経営する（經營）、
継続する（繼續）、下車する（下車）、欠席する⇄出席する（缺席⇄出席）、
検査する（檢査）、検討する（研究可行性）、合格する（合格）、交換する（交換）

題1 | 坂本君は「我慢するにもほどがあるよ」と言い出して会社を辞めたらしい。

1　にくまん　　　　　　　　　　2　かまん

3　がまん　　　　　　　　　　　4　わまん

題2 | 意見がまとまらなかったのが原因で、国会は再び＿＿＿＿＿＿した。

1　解答　　　　　　　　　　　　2　解散

3　記録　　　　　　　　　　　　4　回収

題3 | ＿＿＿＿＿＿なしに館内を撮影するな。

1　歓迎　　　　　　　　　　　　2　期待

3　許可　　　　　　　　　　　　4　協力

題4 | とちゅうげしゃができるミニバスっていいよね。

1　よく乗ること　　　　　　　　2　真ん中から乗ること

3　真ん中で降りること　　　　　4　ただで乗ること

検討する

1 この事業に参加するかどうかについて、検討させていただきます。

2 パソコンの調子が悪いみたいで、早速業者に検討してもらった。

3 生産部の課長として、責任を検討するように上司に命じられた。

4 QC（Quality control）とは、出来上がった製品の品質を検討する部門である。

撮影する（拍照或拍電影）、参考する（参考）、賛成する⇄反対する（賛成⇄反對）、支給する（支付）、実感する（切身感受）、借金する（借款）、失望する（失望）、指定する（指定）、指導する（指導）、出勤する（上班）、出世する（出人頭地）、処理する（處理）、診断する（診斷）、推薦する（推薦）、推測する（推測）、請求する（要求 / 索取）、節約する（節約）、宣伝する（宣傳）、尊敬する（尊敬）、存在する（存在）

題1 一日前のキャンセルということで、ホテル側に 50% のキャンセル料を<u>請求</u>された。

1 せきゅ

2 せいきゅ

3 せきゅう

4 せいきゅう

題2 大学院の修士課程を申し込む前に、先生に＿＿＿＿＿状をお書きになっていただきました。

1 参考

2 借金

3 推薦

4 存在

題3 余命が 3 か月しかないと＿＿＿＿＿された彼ですが、なんとその後 30 年も生きていた。

1 宣伝

2 指定

3 指導

4 診断

題4 **出世してから、つまり出世払いでも構いませんよ。**

1 子供が生まれてから払うこと

2 仕事を失ってから払うこと

3 昇進してから払うこと

4 退職してから払うこと

題5 **実感する**

1 もう独身ではなく結婚していることはまだ実感していない。

2 いまテレビでサッカーを実感しているのは鈴木アナウンサーです。

3 人間が火星を旅行するという偉大な計画はそろそろ実感されそうだ。

4 フィクションの物語ですから、登場人物はもちろん実感しないよ。

抱っこする（抱）、注目する（留意／關注）、調査する（調査）、通過する（通過）、通学する（上學）、通勤する（上班）、停止する（停止）、入手する（得到）、発見する（發現）、発表する（發表）、判断する（判斷）、比較する（比較）、否定する（否定）、募集する（招募）、真似する（模仿）、命令する（命令）、優勝する（優勝）、遣り取りする（互做某個動作／交談／合作）、要約する（摘要／概括）、予測する（預測）

題1 大人の言葉やジェスチャーを＿＿＿＿＿しようとする赤ちゃんは実にかわいいです。

1 予測

2 真似

3 判断

4 発見

題2 出張で3か月間会えなかった我が子を空港で見た瞬間、思わず彼を＿＿＿＿＿した。

1 いっか

2 だっこ

3 のっり

4 あっじ

題3 このタイプの車は生産数量が限れているので、にゅうしゅするのは無理でしょう。

1 手が離れる

2 手で繋ぐこと

3 手をたたくこと

4 手に入れること

やりとり

1 この店は<u>やりとり</u>だけじゃなく天ぷらもおいしいことで有名ですよ。

2 「やられたら10倍も<u>やりとり</u>する」とは彼のライバルに対するやり方です。

3 一度も会ったことがないけれど、ペンフレンドと5年間手紙の<u>やりとり</u>をしている。

4 いくらビジネスの世界とは言え、そんなことをするのは、人間として<u>やりとり</u>だよ。

題5 **要約する**

1 英語が分からないので、レポートはそのまま日本語で<u>要約</u>してもらえませんか？

2 彼女には結婚の<u>要約</u>をした人がいるそうです。

3 次の文章を読んで、内容を100字以内に<u>要約</u>しなさい。

4 このレストランは大変人気があるので、<u>要約</u>しないと入れませんよ。

33

重要い形容詞

羨ましい（令人羨慕的）、惜しい（可惜的）、恐ろしい（可怕的）、目出度い（可喜可賀的）、気が長い（有耐性的）⇄気が短い（沒有耐性的）、気が早い（衝動的）、きつい（過分的 / 嚴厲的 / 太緊的）、くだらない（無價値的）、悔しい（後悔的）、詳しい（詳細的）、親しい（親近的）、酸っぱい（酸的）、鋭い（尖銳的）、たまらない（受不了的）、貧しい（貧窮的）、醜い（醜陋的）、面倒臭い（麻煩的）、もったいない（浪費的）、宜しい（好的 / 可以的）

題1 若い頃やりたかったことを実行する勇気がなかったのが今となって<u>悔しい</u>です。

1 よろしい　　　　　　　　2 くわしい

3 まずしい　　　　　　　　4 くやしい

題2 気の短い彼のことだから、きっと＿＿＿＿＿＿に違いない。

1 もうあきらめた

2 まだやり続けている

3 またわらった

4 さらに長くなった

題3 会社で聞いたうらやましい話は、家に帰ってもなかなか忘れられない。

1 いいなあと思った

2 面倒臭いと思った

3 恐ろしいと思った

4 目出度いと思った

題4　**くだらない**

1　果物を買うなら、山田スーパーが最もくだらないでしょう。

2　くだらないことで泣くんじゃない。もう子供じゃないんだから。

3　なかなかくだらない値段だから、欲しいけど買えないよ。

4　あのような家にくだらないでずっと会社で働く社員はなかなかいないよ。

題5　**もったいない**

1　もったいなければ、明日から我が社の一員として一緒に働きましょう。

2　まだ中一の学生に大学の入試問題をやらせるとはもったいないですね。

3　参加費用のかからないイベントですから、なにももったいないよ。

4　まだ使えそうなので、捨てるのはもったいなくないですか？

34

重要な形容詞

明らかな（明確的）、当たり前な（理所當然的）、可哀そうな（可憐的）、けちな（一毛不拔的）、重大な（重大的）、正式な（正式的）、正常な（正常的）、相当な（相當多的／好的）、大量な（大量的）、確かな（準確的）、適度な（合適的）、不思議な（難以想象的／不可思議的）、迷惑な（帶來麻煩的）、有効な（有効的）、有利な（有利的）、有力な（有希望的／有根據的）、豊かな（豐富的）、僅かな（僅有的）

題1 それは火を見るよりも＿＿＿＿＿事実ですから、弁解無用です。

1 明らかな 　　　　　　　　2 重大な

3 正式な 　　　　　　　　　4 有効な

題2 後輩の竹内君の研究成果は＿＿＿＿＿努力と時間によるものでしょう。

1 適度な 　　　　　　　　　2 正常な

3 豊かな 　　　　　　　　　4 相当な

題3 ＿＿＿＿＿金額ではありますが、貧しい子供のためにぜひ寄付させていただきます。

1 けちな 　　　　　　　　　2 不思議な

3 わずかな 　　　　　　　　4 迷惑な

題4 次期の会長は、川本部長が最も有力な候補だと思われています。

1 筋肉がある 　　　　　　　2 皆に愛される

3 選ばれなさそうな 　　　　4 勝てそうな

題5 当たり前

1 この条件だと、わが社よりも取引先のほうが当たり前になりますよ！

2 当たり前にいるのはクラスで背が一番低い渡辺君です。

3 当たり前なことをしただけですから、気にしないでください。

4 難しい問題を10秒もかからず解けた君はやっぱり当たり前だね！

35

重要副詞①（畳字）

各々(各自)、方々(各位)、屡々(屢次)、少々(稍微)、度々(多次)、偶々(偶然 / 碰巧 / 並非必然) ⇔ 偶に（偶爾 / 有時候）、所々(到處)、近々(不久就會)、次々(一個接一個)、遥々(千里迢迢)、日に日に（一天比一天）、日々(每天都)、別々(分別)、まあまあ（馬馬虎虎）、益々(愈來愈)、態々（【善意的】特意）

題1 この地域では、土地の所有権をめぐる民族紛争が**屡々**発生する。

1 るる

2 しばしば

3 つねづね

4 くそくそ

題2 ＿＿＿＿＿＿＿ご迷惑をかけまして申し訳ありません。

1 態々

2 度々

3 各々

4 別々

題3 お客様、本日も＿＿＿＿＿＿、＿＿＿＿＿＿ご来店頂きまして誠にありがとうございます。

1 態々/遥々

2 度々/近々

3 各々/益々

4 別々/所々

題4 月の形はは**日に日に**うすくなっていく。

1 昨日は三日月でしたが、今日は満月です。

2 昨日は満月でしたが、今日は三日月です。

3 昨日に比べて今日は丸くなりました。

4 昨日に比べて今日は丸くなくなりました。

1 <ruby>生<rt>せい</rt></ruby>は<ruby>偶々<rt>たまたま</rt></ruby>あるものですが、それに対して死は<ruby>必然的<rt>ひつぜんてき</rt></ruby>なものです。

2 <ruby>毎日<rt>まいにち</rt></ruby>ではありませんが、テレビは<ruby>偶々<rt>たまたま</rt></ruby>にしか<ruby>見<rt>み</rt></ruby>ない。

3 いくら<ruby>馬鹿<rt>ばか</rt></ruby>な<ruby>人<rt>ひと</rt></ruby>でも<ruby>偶々<rt>たまたま</rt></ruby>には<ruby>良<rt>よ</rt></ruby>いことを<ruby>言<rt>い</rt></ruby>うって<ruby>諺<rt>ことわざ</rt></ruby>がありますよね。

4 <ruby>毎回<rt>まいかい</rt></ruby>ご<ruby>馳走<rt>ちそう</rt></ruby>になるのは<ruby>申<rt>もう</rt></ruby>し<ruby>訳<rt>わけ</rt></ruby>ないので、<ruby>偶々<rt>たまたま</rt></ruby>お<ruby>昼<rt>ひる</rt></ruby>ぐらいおごらせて

くれ！

36

重要副詞②（あ行～さ行）

あっという間に（電光火石之間）、改めて（重新）、一瞬（一刹那）、一体（究竟 / 到底）、いつの間にか（不知不覺間）、いよいよ（終於）、きちんと（有條理）、結局（最終）、こうして（就這樣）、先程（剛才）、早速（即時）、従って（因此）、実に（實在太）、実は（其實）、少なくとも（最少 / 最起碼）、実際（實際上）、順番（順着次序）、せっかく（難得）、そのまま（按照原來的樣樣）

題1 いよいよ最後の軍人も戦死した。＿＿＿＿＿、この国は滅びてしまった。

1 こうして
2 順番
3 少なくとも
4 きちんと

題2 ＿＿＿＿＿ご紹介させていただきます。営業部担当の石原一郎と申します。

1 実に
2 改めて
3 一瞬
4 結局

題3 音楽を聞きながら散歩していたら、いつの間にか大きな屋敷の前に来てしまっていた。

1 誰もいなさそうな
2 いつもなら分かる
3 いつも分からない
4 分からないうちに

題4 せっかくのお仕事ですが、今回はご辞退いたします。

1 私にしかできない
2 一生懸命頑張っていた
3 なかなかないような
4 探せばいくらでもあるような

題5 <u>一体</u>

1 <u>一体</u>の条件が整えば成功するだろう。

2 サイレンが鳴った瞬間、彼らは<u>一体</u>に起き上った。

3 これ<u>一体</u>どういうことか説明してみろ。

4 先生が教えてくださったことは、<u>一体</u>忘れないだろう。

37

重要副詞③（た行〜な行）

多少（或多或少）、直ちに（立即）、ちなみに（順帶說一下）、ちゃんと（正確 / 如期 / 整潔 / 早就）、ついでに（順道）、ついに（終於）、同時に（同時）、どうか（請務必）、どうせ（反正）、突然（突然）、という訳で（因此）、とにかく（無論如何）、共に（共同）、なお（另外 / 而且）、なんとか（設法 / 勉強）、なんとなく（沒有確實原因 / 總覺得）

題1 精一杯長さを測ってみましたが、＿＿＿＿＿＿＿誤差はあるかもしれませんので、ご了承ください。

1 ついに

2 多少

3 という訳で

4 早速

題2 ＿＿＿＿＿＿＿急いで逃げても雨に降られていることに変わりはないから、ゆっくり行こう。

1 どうせ

2 どうか

3 なお

4 なんとか

題3 なにかをするときに、**ついでに**という気持ちがあったほうが、他人のためにも、自分のためにもなる。

1 ゆっくりする

2 時間を無駄にしない

3 いろんな意見を聞く

4 機会を利用する

題4 **なんとなく**今日中いいことがありそうな気がする。

1 理由が分かるから

2 理由は分からないけれど

3 理由があればいいが

4 理由があってもなくても構わない

題5 **なんとか**

1 <u>なんとか</u>綺麗な花だろう。

2 社長は<u>なんとか</u>23歳の女性だったなんて、実にびっくりした。

3 洋子がしばらく恋<u>なんとか</u>したくないって言った翌週に新しい彼氏がで

きたんだって。

4 心配するな、人生って<u>なんとか</u>なるよ。

比較的に（比較）、必死に（拼命）、再び（再次）、別に（沒有甚麼特別）、まさか（難道 / 真想不到）、まもなく（馬上）、まるで（好像）、むしろ（寧可）〜めに（〜點，薄めに＝淡一點 etc.）、もしも（如果）、物凄く〜（〜得要命，物凄く寒い＝冷得要命）、要するに（換言之）、わざと（【惡意的】故意）

題1 前回は少し味が足りなかったので、今回は＿＿＿＿めにしてみた。

1 こい
2 こ
3 うす
4 うすな

題2 赤字が完全になくなった訳じゃないですが、会社の業績は＿＿＿＿安定している。

1 まさか
2 ひっしに
3 もしも
4 比較的に

題3 母親：何か欲しいものがあって、言ってごらん。

子供：べつに……

1 言いたいけど、すこし恥ずかしい。
2 「ほしいもの」の意味が分からない。
3 他に欲しいものがある。
4 欲しいものなんかない。

題4 そのゼミナーはあまり勉強にならないよ。要するに時間の無駄ということ。

1 大事とされる
2 簡単にいえば
3 重要なのは
4 なくてもよさそうで

題5 まるで

1 今飼っている猫は体がまるでしっぽも長いです。
2 彼女が描いた猫の絵は本物にそっくりで、まるで生きているようです。
3 そんなことで諦めるなんて君まるくない。
4 賛成する人は、紙にまるでをつけて下さい。

第三部分　文法比較

出題範圍	出題頻率
甲類：言語知識（文字・語彙）	
問題 1　漢字音讀訓讀	✓
問題 2　平假片假標記	✓
問題 3　前後文脈判斷	✓
問題 4　同義異語演繹	
問題 5　單詞正確運用	✓
乙類：言語知識（文法）・讀解	
問題 1　文法形式應用	✓
問題 2　正確句子排列	✓
問題 3　文章前後呼應	✓
問題 4　書信電郵短文	
問題 5　中篇文章理解	
問題 6　長篇文章理解	
問題 7　圖片情報搜索	
丙類：聽解	
問題 1　圖畫情景對答	
問題 2　即時情景對答	
問題 3　整體內容理解	
問題 4　圖畫綜合題	
問題 5　文字綜合題	

本書 **39** 與 **40** 「時間的表示①②」需要互相比較，故 **39** 的練習合併在 **40** 之後。

所需單詞類型： **A 類～V る /V ている /V ない / い形 / な形＋な /N の（する /**
している / しない / 安い / 有名な / 出張の）
B 類～V る /V た /N の（する / した / 訪問の）
C 類～V ている /N の（している / 会議の）
V-stem（飲み、食べ、散歩し）

1.

I. 何日も雨が**降ったり止んだりしていく**うちに、春はまもなく終わりだね。
（就在**持續**地下了又停，停了又下的雨季期間，春天馬上就會結束了。）

II. 部屋でテレビを**見ている**うちに、なんと雨が降りだしていた。（在房裏看
電視之際，外面竟下起雨來。）

III. **知らない**うちに、雨が降りだしていた。（就在不知不覺之中，竟下起雨
來。）

IV. 雨が**止んでいる**うちに、直ちに家に帰りなさい。（趁着雨停之際，趕快回
家吧！）

V. 雨が**降らない**うちに、直ちに家に帰りたい。（趁着還沒下雨，想趕快回
家。）

VI. 雨が**弱い** / まだ**小雨の**うちに、直ちに帰りなさい。（趁着雨勢還弱 / 還是
微雨，趕快回家吧！）

VII. 急に雨が**降る／降った**際は、このようなレインコートが役に立つ。（突然下雨之際，這樣的雨衣會很有用。）

VIII. この国では急に雨が降ることが多いが、**その**際、このようなレインコートが役に立つ。（這個國家經常會突然下雨，遇上這種情況，這樣的雨衣會很有用。）

IX. **走っている**最中に急に雨が降ってきた。（正在跑得興起的時候，突然下起雨來。）

X. **引っ越しの**最中に急に雨が降り出した。（搬家正在進行得如火如荼之際，突然開始下起雨來。）

XI. 4月に入って、雨に降られたせいか桜も徐々に**散りかけ**ている。（進入4月，不知是否因為被雨水敲打之故，櫻花也慢慢的在凋謝着。）

XII. 個人的には、**咲きかけ**の桜より、**散りかけ**のほうが美しく見える。（個人認為，比起正在開着的櫻花，慢慢凋零着的更見美態。）

***「うちに」可理解為「在……的期間，產生了變化」或「趁着」，關鍵在於後句。如果後句是一些涉及「變化」或「結果」的句子，如上述 I.~III.，「うちに」很多時表示「期間」；相反如果後句是涉及「命令」或「願望」之類的句子，如上述 IV.~VI.，「うちに」則大多表示「趁着」。此外，即使是「在……的期間，產生了變化」，也可以分為 2 類。1 類是「多次／重複發生的期間，產生了變化」，故多與「何回か」「何度も」等詞做配合，如 1.I. 的雨「下了又停，停了又下」就是一個例子；1 類是類似英語的 while，純粹是在「在……的期間，產生了變化」，如 1.II. 和 III.，在這個意義上，「うちに」「最中に」分別不大。硬是要說的話，「最中に」更加強調正處於事情的高潮，且有「真っ最中に」這種強調形態。如下面 XIII. 比 XIV. 更能表現出當時正唱到歌曲的最高潮有英語 chorus 的味道。

XIII. 気持ちよく**歌っている**（真っ）最中に急に停電してしまった。（正唱得起勁之際，突然停電了。）

XIV. 気持ちよく**歌っている**うちに急に停電してしまった。（高歌之際，突然停電了。）

所需單詞類型： V た（入った、見 (み) た、帰 (かえ) ってきた）
　　　　　　　 V-stem（分 (わ) かり、出来 (でき) 、帰 (かえ) って来 (き) ）
　　　　　　　 V て /N（働 (はたら) いて、始 (はじ) めて、卒業 (そつぎょう) して / 来日 (らいにち) ）
　　　　　　　 N（3 代 (だい) 、2ヶ月間 (げつかん) ）

1.

I. 運動会 (うんどうかい) が**終** (お) **わった途端** (とたん) **に**、雨 (あめ) が降 (ふ) り始 (はじ) めた。 (運動會一結束，竟然馬上就開始下雨了。)

II. 雨 (あめ) が**止** (や) **み次第** (しだい) 、運動会 (うんどうかい) の開幕式 (かいまくしき) を始 (はじ) めようと考 (かんが) えている。 (我們打算雨一下完，就馬上開始運動會開幕禮。)

III. そちらの雨 (あめ) が**止** (や) **み次第** (しだい) 、すぐ連絡 (れんらく) してください。 (你那邊的雨一下完，就馬上聯絡我。)

IV. 一昨日 (おととい) 雨 (あめ) が**降** (ふ) **り始** (はじ) **めて以来** (いらい) 、何処 (どこ) にも行 (い) かないでずっと家 (いえ) にいる。 (自從前天開始下雨以來，每天都呆在家，哪裏也沒有去。)

V. 今年 (ことし) **6 月 1 日以来** (いらい) 、雨 (あめ) が降 (ふ) り続 (つづ) けているせいで何処 (どこ) にも行 (い) かないでずっと家 (いえ) にいる。 (自從今年 6 月 1 日開始，可恨每天都下雨，使我每天都呆在家，哪裏也沒有去。)

VI. **三日間** (みっかかん) **にわたって** 1200 ミリを超 (こ) える雨 (あめ) が降 (ふ) った。 (經歷整整 3 天，下了超過 1200 毫米的雨。)

VII. **三日間にわたる雨量**はなんと 1200 ミリだった。（整整 3 天的雨量，竟然有 1200 毫米。）

***「途端」和「次第」的最大不同在於，前者後接句不可含有「意志」或「命令」等意思，多伴隨帶有意外性的「變化」，如 I.；反之，後者則多後接着「V たい」或「V てください」等含「意志」，「祈求」甚或「命令」等的句子，如 II. 和 III.。

題1 約 30 年に_____この大学に勤めてきたので、明日が最終日と思うと、実に感無量です。

1　よって

2　わたって

3　もとづいて

4　かけて

題2 映画を見ている真っ_____に寝てしまうなんて、もったいなかったね。クライマックスのシーンだったのに……

1　場合

2　うち

3　際

4　最中

題3 昨日家に_____お風呂に入った。その後ゆっくりとテレビを見ていた。

1　帰るとすぐに

2　帰り次第

3　帰った途端に

4　帰って以来

題4 ミラー君が本国のアメリカに_____一度も連絡が来ていませんが、元気にしているのかな？

1　帰るとすぐに

2　帰り次第

3　帰った途端に

4　帰って以来

| 題5 | 病気というのは、気付かない＿＿＿＿＿現れたり悪化したりするものですね。 |

1 最中に　　　　　　　　　　　　2 際に

3 うちに　　　　　　　　　　　　4 頃に

| 題6 | このトマトは、だいぶ＿＿＿＿　＿＿＿＿　★＿＿＿　＿＿＿＿かけているよ。 |

1 柔らかくなったし

2 変な臭いも

3 腐り

4 するし

| 題7 | インタビューもディベートも、＿＿＿＿　＿＿＿＿　★＿＿＿　＿＿＿＿大事です。 |

1 質問された際には

2 保ちながら

3 落ち着きを

4 回答することが

| 題8 | 《論語》には「三十にして立つ。四十にして惑わず。五十にして天命を知る」という名言がありますが、自分の周りに「私は40歳を超えているが、まだ『四十にして惑わず』の境地に達していないし、 1 いつも迷ってばかりいる」と悩む人が何人もいた。彼らを慰めようとして、「孔子でも三十にして立ち、四十にしてやっと惑わされなくなったんだから、今から目標を見つけても遅くないよ」という意見を 2 、聞いた人もなんとなく気が楽になったように見える。確かに、人間は四十に 3 遅くないと思うし、自分が本当にやりたいこと、得たい知識や経験をしっかり身につけることが最も大事 |

だと思う。あるいは、四十になって今更、「もう遅い」とか「何ができるの」とか、そういうことを言っても **4** がないので、ここからは先のことを考えて行動すべきだという見方もいいと思う。

1

1 すると

2 しかし

3 なるべく

4 むしろ

2

1 言うところ

2 言わないうちに

3 言って以来

4 言った途端

3

1 なれば

2 なっても

3 なり次第

4 ならないと

4

1 しかた

2 しのび

3 しらが

4 しばふ

對象的表示①：「在 / 於」的 **N1** において（おける）VS「對於……對象表達立場或意見」的 **N2** に対して（対する）VS「有關 / 關於……內容」的 **N3** に関して（関する）VS「於某個層面」的 **N4** にかけては（にかけての）

本書 **41** 與 **42** 「對象的表示①②」需要互相比較，故 **41** 練習合併在 **42** 之後。

所需單詞類型： **N1**（涉及「場所」「時間」「狀況」「範疇」等名詞）

N2（涉及「人物」「事件」等有關「對象」的名詞），後多接「賛成する」「反対する」「納得する」「熱心」「寛大」「冷たい」表示立場的單詞。

N3（涉及「問題」「方針」等有關「內容」的名詞），後多接「話す」「聞く」「考える」「語る」「述べる」「書く」「調べる」「行う」等動詞或「敏感」「詳しい」「無関心」「心配」「無知」「貪欲」等形容詞描述。細心可見，以上字詞皆非表示立場。

N4（涉及「能力」「時間」「範疇」等名詞）

1.

I. 結婚式は**ペニンシュラホテル**において行われる予定です。（婚禮預定在半島酒店舉行。）

II. ペニンシュラホテルの**歴史や豆知識**において、山田さんより詳しい人はいないでしょう。（**於**半島酒店的歷史和冷知識這個範疇上，沒有人比山田先生更詳細吧！）

III. ペニンシュラホテルの**常連客に対して**、いくつか質問があります。（**對於**半島酒店的熟客，有幾個問題。）

IV. ペニンシュラホテルの**経営方針に関して**、考えなければならない。（**關於**半島酒店的經營方針，必須要深思熟慮。）

V. ペニンシュラホテルの**歴史や豆知識にかけては**、山田さんより詳しい人はいないでしょう。（**於**半島酒店的歷史和冷知識這個範疇上，沒有人比山田先生更詳細吧！）

2.

I. 日本では**学校におけるいじめ**問題はまだまだ深刻である。（在日本，**在校園發生的**欺凌事件仍然很嚴重。）

II. 学校でいじめを受けたことがある**人に対するアンケート**調査が行われる。（進行**以**在學校曾經被欺凌過的人**為對象的**問卷調查。）

III. 学校における**いじめ問題に関するレポート**を執筆している。（正在撰寫**有關**校園欺凌事件的報告。）

IV. **平成 20 年から令和 3 年にかけての学校のいじめ問題**について執筆している。（正在撰寫有關橫跨自平成 20 年至令和 3 年間的校園欺凌事件問題。）

***「において」的漢字是「に**於**いて」，來自古典漢語，前面可連接時間單詞如「2021 年に**於**いて」（於 2021 年）。另外，如果是表達「某人在某個層面上無出其右」這意思的話，「において」「にかけては」的用法一致，參考 1. II. 和 1. V.。最後，「かけての」一般會以「A から B にかけての C」形式出現，一般譯作「橫跨自 A 至 B 之間的 C」（如「7 月から 8 月にかけての東京オリンピック」＝「7 月至 8 月之間的東京奧運」），相比起「層面」，與「時間」之間的關係更見密切。

JPLT N3

對象的表示②：「特意為 N 度身訂做」的 N 向け（向けの）VS「適合 N/ 向着 N」的 N 向き（向きの）VS「根據不同的」的 N によって（による）

所需單詞類型： N（留学生、方向、季節、民族）

1.

I. これは**子供**向けに描かれたマンガです。（這是特意為小孩子畫的漫畫。）

II. これは子供向けに描かれたマンガですが、偶然に**外国人**向きでもあります。（這是特意為小孩子畫的漫畫，但是竟也很適合外國人看。）

III. マンガの世界では、読者の**年齢**によって、描く内容や使う表現なども違ってくるようです。（漫畫的世界裏，根據不同的讀者年齡層，似乎所畫的内容和所用措辭等也會不一樣。）

2.

I. **高齢者**向けの**住宅**がどんどん開発されている。（特意為高齡者而開發的住宅接二連三的開發着。）

II. **南**向きの**マンション**なので、風通しもいいし日当たりも抜群です。（這是向南的公寓，所以既通風，陽光也超好。）

III. **販売価格**による**景観の違い**【シービューやマウンテンビューなど】があるというのは、香港のマンション市場の大きな特色と言えよう。（所謂「根據不同售價而看到的景色也不同」【如海景或山景】，這可說是香港樓宇市場的一大特色吧！）

題1 少子化問題に＿＿＿＿＿、日本政府は今までよりも真剣に対策を考えていく必要があると思う。

1 関して　　　　2 かけては　　　3 おいて　　　4 対して

題2 上級者＿＿＿＿＿日本語教材は市場にはあまりないので、出版するならそれがいいと思う。

1 に対する　　　　　　　　　　2 による

3 向けの　　　　　　　　　　　4 に関する

題3 自分の子供が嘘をついたことに＿＿＿＿＿大目に見ってやるべきだと思う親は多いでしょう。

1 関して　　　　　　　　　　　2 かけては

3 おいて　　　　　　　　　　　4 対して

題4 出木杉君は記憶力だけでなく、計算力に＿＿＿＿＿誰にも負けない。

1 おいても　　　　　　　　　　2 かけては

3 対しては　　　　　　　　　　4 ついても

題5 デザインもカッコいいし色も悪くないけど、明らかに仕事＿＿＿＿＿服じゃないよね。

1 における　　　　　　　　　　2 向きの

3 による　　　　　　　　　　　4 向けの

題6 図書館は曜日＿＿＿＿＿ ＿＿＿＿＿ ＿★＿ ＿＿＿＿＿ので、要注意です。

1 早かったりする　　　　　　　2 によって

3 閉まる時間が　　　　　　　　4 遅かったり

題7 これは＿＿＿ ＿＿＿ ＿★＿ ＿＿＿の雑誌ですが、男性が買っていく
こともある。

1 女性　　　　　2 男性　　　　　3 向け　　　　　4 よりも

題8 私は二年前から日本の社会事情 1 勉強しています。使っている教材は高額
で外国人向けのオンラインプログラムのはずでしたが、勉強すれば 2 実に
外国人向きじゃないことがだんだん分かってきました。この問題に関して
は、何回か出版社に問い合わせたことがありますが、こちらが納得できる
ような回答はありませんでした。別の出版社に勤めている友人の話による
と、今回の出版社が私を無視するような態度をとっているのは、私が自分
の状況ををマスコミに話していないからだそうです。そろそろ新聞社かテ
レビ局にでも 3 と考えている 4 ですが……

1
1 について　　　2 に対して　　　3 において　　　4 によって

2
1 それほど　　　2 ほどほど　　　3 なるほど　　　4 するほど

3
1 訴える予定だ　　　　　　　　　2 訴えるつもりだ
3 訴えようかな　　　　　　　　　4 訴えさせてもらう

4
1 最中　　　　　2 際　　　　　3 うち　　　　　4 間

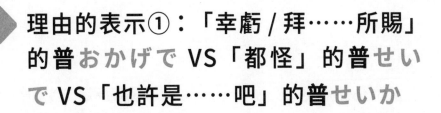

理由的表示①：「幸虧 / 拜……所賜」的普おかげで VS「都怪」的普せいで VS「也許是……吧」的普せいか

本書 43 至 45 「理由的表示①②③」需要互相比較，故 43 、44 的練習合併在 45 之後。

所需單詞類型： 普（行く / 行かない / 行った / 行かなかった / 行っている / 安い / 有名な / 地震の）

1.

I. 去年ずっと歴史のゲームで遊んでいたおかげで、日本の歴史に詳しくなった。（幸虧去年每天都玩歷史遊戲，結果對日本歷史的認識加深了。）

II. この頃、お母さんの許可を得て毎日歴史のゲームで遊べるおかげで、日本の歴史に詳しくなった。（幸虧最近得到媽媽允許，每天都能玩歷史遊戲，結果對日本歷史的認識加深了。）

III. 去年たけし君に誘われてずっと歴史のゲームで遊んでいたおかげで、英語の成績が悪くなった。（拜小武所賜，去年被他引誘，每天都玩歷史遊戲，結果英語的成績變差了。）

IV. この前、歴史のゲームで遊んだせいで、英語の成績が悪くなった。（都怪之前玩歷史遊戲，結果英語的成績變差了。）

V. この頃、毎日歴史のゲームで遊んでいるせいで、英語の成績が悪くなった。（都怪最近每天玩歷史遊戲，結果英語的成績變差了。）

VI. この頃、毎日歴史のゲームで遊んでいるせいか、親と話せる時間が少なくなった。（也許是最近每天玩歷史遊戲的緣故吧，能和父母說話的時間變少了。）

JPLT

N3

97

I. あの**薬の**おかげで、すっかり元気になった。　(幸虧那隻藥，令人變得十分精神。)

II. あの**薬の**おかげで、物忘れは激しくなった。　(拜那隻藥所賜，健忘變得嚴重了。)

III. あの**薬の**せいで、授業中ずっと眠くなっていた。　(都怪那隻藥，上課時一直很睏。)

IV. あの**薬の**せいか、物忘れは激しくなった気がする。　(也許是那隻藥的緣故吧，總覺得健忘變得嚴重了。)

*** 原則上，所有動詞的普通型都可以放在文型前面，但一般而言，「V ている」和「V た」比較普遍。

理由的表示②：「都怪那些想象不到的／突發的情況，或無可奈何的理由，所以變得……」的普もので ＝ 普ものだから VS「都怪那些想象不到的／突發的情況，或無可奈何的理由，所以變得……／請……吧」的普んだから

所需單詞類型：　普（行く／行かない／行った／行かなかった／行っている／安い／有名な／学生な）

1.

I. 事故があった**もので**、しょうがなく遅れちゃったんだ。（因為發生意外，所以無可奈何的遲到了。）

II. 事故があった**ものだから**、しょうがなく遅れちゃったんだ。（因為發生意外，所以無可奈何的遲到了。）

III. 事故があった**んだから**、しょうがなく遅れちゃったんだ。（因為發生意外，所以無可奈何的遲到了。）

2.

I. うちの子はもう**高校 3 年生なもので**、最近あまり私たちと一緒に出掛けたがらないようだ。（我家的孩子已是高三的學生，哎……無可奈何，最近好像都不願跟我們一起出去啊……）

II. うちの子はもう**高校 3 年生なものだから**、最近あまり私たちと一緒に出掛けたがらないようだ。（我家的孩子已是高三的學生，哎……無可奈何，最近好像都不願跟我們一起出去啊……）

III. たけし、もう**高校3年生**なんだから、サッカーばっかりしてないで、受験勉強したらどう？（小武，你畢竟已經是高三的學生，不要老是踢球，怎麼也要讀書準備考大學吧。）

*** 「もので」「ものだから」「なんだから」均是表示原因・理由的文法。無獨有偶，三者都有着「都怪那些想象不到的／突發的情況或無可奈何的理由」的意味，但「もので」「ものだから」後面不會出現像「V よう」「V てください」「V たらどう」等這些帶有「邀請」、「命令」或「忠告」的語句。另外會話時，「もの」會簡化成「もん」，所以是「もんで」「もんだから」；而作為丁寧型，也有「ものですから」這種說法。

理由的表示③：「陳述的由於」的 N によって＝N により（N1 による N2） VS「懇求的由於」的 N につき ＝（N1 につき N2）

所需單詞類型： **N（火事〜中）**

1.

I. 本日のコンサートは**大雨**により、中止となりました。（由於大雨關係，本日的演唱會終止了。）

II. 本日のコンサートは**大雨**につき、中止とさせていただきます。（由於大雨關係，請容許我們終止本日的演唱會。）

2.

I. **工事中**による「通行止」で近道が通れなくなった。（由於工程所產生的「禁止通行」的緣故，不能走捷徑了。）

II. **工事中**につき「通行止」、ご協力お願いします。（源自工程所產生的「禁止通行」，請大家多多體諒。）

***「によって」的漢字是「因って」「由って」，其表示「由於」的意思可見。一般而言，「によって」後面多配搭「なりました」以表示其陳述事實的性質。相反，「につき」既能配搭「なりました」之餘，更可以與一些懇求的語句如「させていただきます」「ご協力お願いします」作呼應，一般見於告示或廣告牌，屬於是比較生硬的說法，日常會話不太用，另外相對「によって」可變「N1 による N2」，「につき」的名詞修飾不是「N1 につく N2」，而是「N1 につき N2」。

題1　A：ねねね、後ろから誰かが付いてきている気配がするんですが……

　　　B：それはただの気の_____だよ。

1　かげ　　　　　　　　　　　　　2　おかげ

3　せい　　　　　　　　　　　　　4　せいか

題2　クリスチャンになった_____、以前よりも充実した生活が送れています。

1　おかげで　　　　　　　　　　　2　おかげさまで

3　せいで　　　　　　　　　　　　4　せいなので

題3　A：今日、授業サボらない？

　　　B：えっ、ダメでしょう！もうすぐテストな_____、一緒に勉強しない？

1　んだから　　　　　　　　　　　2　ものですから

3　もので　　　　　　　　　　　　4　んもので

題4　地球温暖化に_____、様々な問題が起きている。

1　より　　　　　　　　　　　　　2　つく

3　よる　　　　　　　　　　　　　4　せい

題5　_____につき、今しばらくお待ちください。

1　準備中　　　　　　　　　　　　2　準備している

3　準備の中　　　　　　　　　　　4　準備の

題6　隣の赤ちゃん、夜中に_____、全然寝れなかったよ。

1　泣き出しなんだから　　　　　　2　泣き出したものです

3　泣き出したもんで　　　　　　　4　泣き出したもんなんだから

題7 店内改装中＿＿＿＿＿、しばらく休業させていただきます。

1　につき

2　なんだから

3　のおかげで

4　により

題8 今回は、地震による津波が＿＿＿＿　＿＿＿＿　★　＿＿＿＿。

1　あるという

2　意見もある

3　起きる

4　可能性が

題9 もう＿＿＿＿　＿＿＿＿　★　＿＿＿＿掃除しなさいよ。

1　自分の部屋ぐらいは

2　んだから

3　自分で

4　子供じゃない

題10 毎日ニュースを見たり新聞を読んだりした＿＿＿＿＿＿　＿＿＿＿＿＿　＿＿＿　★

＿＿＿＿。

1　なりました

2　ビジネス日本語が

3　おかげで

4　少しずつわかるように

題11 私がとある貧しい国へボランティアに行った時の話だが、現地の人々に
「ねねね、いくらくれるの？」とか「つまり、何をくれるの？」なんかの
会話に 1 ことがしばしばあった 2 、現地の子供を支援しようと思って
も、なかなか話が進まなかった。しかも空港で男性スタッフ 3 賄賂を強要
されたことを、現地の政府の人に相談したら、「しょうがないじゃない？お
金がない国なもんで、 4 」って言われて、言葉を失ったと同時に、思わず
国民の大変さを嘆いてしまった。

1

1 しまられた　　　　2 せまられた

3 すまわれた　　　　4 そめられた

2

1 ものか　　　　　　2 ですから

3 ものを　　　　　　4 ものだから

3

1 を　　　　　　　　2 で

3 が　　　　　　　　4 に

4

1 お前もお金を持つな

2 お願いだから、お金をちょうだいよ

3 お金が欲しいんだ

4 同情するなら金をくれ

題12 けさニュース番組を見ている時の **1** でした。**2** 番組には日本語が流暢に話せる外国人の方が日本語でこう話しました。「A国の大統領の **3** 、人種差別の問題は以前よりもひどくなっていますね」と。私も家内も「ん？」と感じて、「おかげで」と「せいで」の使い方があまり分からない外国人の方だなあと、一瞬思いました。が、再び考えてみたら、「おかげで」には従来の意味のほかに、「せいで」のような **4** もあるから、もしかしてその外国人の方は二番目の意味を使っていらっしゃったのかもしれません。となると、逆に日本語をよく理解している方だなと改めて思うようになりました。

1

1 ひと 2 ところ

3 もの 4 こと

2

1 この 2 その

3 あの 4 どの

3

1 おかげで 2 おかげさまで

3 せいで 4 せいか

4

1 シュート 2 ミュージック

3 チューリップ 4 ニュアンス

本書 46 至 48「推測 / 判斷的表示①②③」需要互相比較，故 46 、 47 的練習合併在 48 之後。

所需單詞類型：**普（行く / 行かない / 行った / 行かなかった / 行っている / 安い / 有名 / 地震）**

A類〜Vる /Vない /Vている /N ＋の（行く / 行かない / 行っている / 地震の）

1.

I. 漁師の俺に言わせれば、明日は雨が**降るに決まっている**。（如果讓我這個漁夫說的話，明天**一定**下雨。）

II. 漁師の俺に言わせれば、明日は雨が**降るに違いない**。（如果讓我這個漁夫說的話，明天**無疑**會下雨。）

III. 漁師の俺に言わせれば、明日は雨が**降る恐れがある**。（如果讓我這個漁夫說的話，明天**恐怕**會下雨。）

2.

I. 彼らが一番恐れているのは、地震による**津波に決まっている**。（他們最恐懼的，一定是由地震所產生的海嘯。）

II. 彼らが一番恐れているのは、地震による**津波に違いない**。（他們最恐懼的，無疑是由地震所產生的海嘯。）

III. 幸いながら、地震による**津波の恐れはない**ようです。（幸好似乎沒有由地震所產生的海嘯。）

7

推測 / 判斷的表示②：「難怪 / 換言之 / 因此」的普訳だ VS「不可能」的普訳がない VS「並非」的普訳ではない / でもない

所需單詞類型：普（行く / 行かない / 行った / 行かなかった / 行っている / 安い / 有名な / 日本人な）

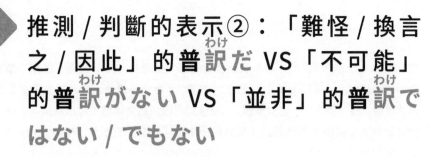

1.

I A： 山田さん、大学の面接に落ちたらしいよ。 （聽說山田先生大學面試不合格耶！）

　B： そうですか、それで**落ち込んでいる**（という）**訳**だね。 （原來如此，難怪一直悶悶不樂……）

II A： 山田さん、大学の面接大丈夫かな？ （不知山田先生大學面試合不合格呢？）

　B： 心配するな。頭も性格も良くて、**落ちる訳がない**よ。 （別擔心！他既聰明性格又好，**不可能**不合格啊！）

III A： 山田さん、面接に落ちたのかな？ （山田先生面試不合格吧？）

　B： **落ちた訳ではなく**、まだ最終結果が出ていないだけです。 （那**並非**表示不合格，只是最終結果還未出而已。）

2.

I. 父の妹さんだから、私にとっては**叔母な訳 / 叔母という訳**だ。 （爸爸的妹妹，**換言之 / 因此**也就是我的姑母。）

II. あそこに立っている人、**叔母な訳がない**。 （站在那裏的人，**不可能**是姑母。）

III. 彼女は私にとって単に**叔母な訳ではなく**、恩人でもある。 （對我來說，她**並非**僅是姑母，更是恩人。）

*** 如 2.1. 所示,「訳だ」前如果是名詞的話,意思就會由「難怪」變成「換言之 / 也就是說」。另外,如 1.1. 和 2.1. 所示,「という訳だ」會隨着文脈分別譯作「難怪」或「換言之 / 也就是說」,讀者需要理解前文後理,作出判斷。最後,需要留意文型前面是名詞的話,慣常的做法是「N な」而不是「N の」,請參閱第 2 組句子。

*** 除了な形容詞和名詞「な」會變成「だ」外,「訳ではない」基本可與「とは限らない」交換使用,參照本書 **66** 逆轉的表示②「並非」的「とは限らない」。另外,無論「訳ではない」也好,「とは限らない」也好,一般習慣與「必ずしも」「絶対に」「いつも」等詞作配合。

8

推測 / 判斷的表示③：「我覺得……不是嗎」的普のではないかと思います VS「不是……嗎」的普んじゃない↗ VS「不肯定……吧 / 是……來着？請告訴我」的た型っけ

所需單詞類型： 普（行く / 行かない / 行った / 行かなかった / 行っている / 安い / 有名な / 地震な）

所需單詞類型： た型（行くんだ / 行った / 行かなかった / 安かった / 安くなかった / 有名だ / 有名だった / 有名じゃなかった / 日本人だ / 日本人だった / 日本人じゃなかった）

1.

I. 麗子はもう**帰った**のではないかと思います。 （我覺得麗子已經回去了，不是嗎？）

II. 麗子さんはもう**帰った**んじゃない↗？ （麗子不是已經回去了嗎？）

III. 麗子さんもう**帰った**っけ？ （不肯定麗子回去了沒有，也許回去了吧！請告訴我。）

2.

I. 奥さんは**日本人**なのではないかと思います。 （我覺得您夫人應該是日本人，不是嗎？）

II. 奥さんは**日本人**なんじゃない↗？ （您夫人不是日本人嗎？）

III. 奥さんは**日本人**だっけ？名前は**何**だっけ？ （不肯定您夫人是否日本人，應該是吧。名字叫甚麼來着？請告訴我。）

*** 「<u>のではないか</u>と思います」是「<u>んじゃない</u>」的比較禮貌的講法，而且更加強調「我認為」。書面語的「<u>のではないか</u>」會簡略成口語「<u>んじゃない</u>」，可見兩者關係。此外，「っけ」一般用作自問自答，當中「V たっけ」如「行ったっけ」的另外一種常見形態是「V た<u>んだ</u>っけ」，即「行った<u>んだ</u>っけ」。

題1　A：李さん、日本に来てもうすぐ 20 年になるんだって。

　　　B：それで日本語がペラペラな＿＿＿＿＿。

1　という訳ですね　　　　　　2　訳がありません

3　訳じゃありません　　　　　4　訳ですね

題2　お金持ちであっても、絶対に幸せになれる＿＿＿＿＿。

1　ない訳だ　　　　　　　　　2　訳がない

3　訳でもない　　　　　　　　4　という訳がない

題3　あそこにたくさんの人が集まっているが、きっと何か事件が ＿＿＿＿＿に違いない。

1　ある　　　　　　　　　　　2　あっている

3　あった　　　　　　　　　　4　ない

題4　毎日 5 時間も携帯電話を見ていたら、目が悪くなる＿＿＿＿＿よ。

1　に決まった　　　　　　　　2　に決まっています

3　に違う　　　　　　　　　　4　に違わない

題5 目標がどうしても達成できそうになかったら、そろそろ＿＿＿＿＿＿＿べきなの
ではないかと思いますが……

1 諦める 　　　　　　　　　　　　　　2 諦めた

3 諦めない 　　　　　　　　　　　　　4 諦めなかった

題6 最近よく物を忘れるなあ…今日市場に何を買いに来た＿＿＿＿＿＿＿？

1 け 　　　　　　　　　　　　　　　　2 よね

3 んだっけ 　　　　　　　　　　　　　4 か

題7 香港でこんなに豪華な家なんかは、＿＿＿＿＿ ＿＿＿＿＿ ★ ＿＿＿＿＿よね。

1 わけがない 　　　　　　　　　　　　2 買える

3 一生懸命働いても 　　　　　　　　　4 いくら

題8 この薬は効くことは効きますが、＿＿＿＿＿ ＿＿＿＿＿ ★ ＿＿＿＿＿最大の
弱点でしょう。

1 ことが 　　　　　　　　　　　　　　2 高熱が出るなど

3 恐れがある 　　　　　　　　　　　　4 健康を害する

題9 山田さんは最近忙しいって言ってたから、残念＿＿＿＿＿＿＿ ＿＿＿＿＿ ★
＿＿＿＿＿？

1 こないん 　　　　　　　　　　　　　2 だけど

3 じゃない 　　　　　　　　　　　　　4 パーティーには

題10 パソコンのウィルスは人間の病気 **1** 、自分（のパソコン）だけでなく他人のパソコンにまで感染する可能性があるので、 **2** 極めて危険なものです。普段、活動していないように見えても、学校内や会社内などのネットワークに潜んでいる **3** から、非常にずるいものです。万が一感染した場合、 **4** 広がる可能性があるので、日々気を付けないといけません。また、その人が送信した訳ではありませんが、その人を偽った不審なメール、いわゆる「なりすましメール」というものを開けてしまったら、大変なことが起きるかもしれませんので、本当に恐ろしい世の中ですね。

1

1 ようで	2 みたいに
3 らしく	4 そうで

2

1 きわめて	2 さだめて
3 おさめて	4 もとめて

3

1 にちがいがない	2 おそれがないかも
3 にきまっていない	4 おそれがある

4

1 あっという間に	2 先程
3 いよいよ	4 きちんと

題11 " Life is not fair; get used to it"、和訳すれば「人生は平等ではない。そのことに慣れよう」 1 ビル・ゲイツ（Bill Gate）の名言があります。これは決して悲観的な 2 、むしろ人間が人種によって身長や骨格や筋肉量が違うように、また生まれてきた環境や地域が人それぞれ同じでないように、人には必ず何か「違い」があるのは、常識として認識しておかなければならない 3 。また、その違いを嘆いたり、怨んだりするのではなく、自分がいる環境の中で最大限のことを精一杯やろうという意味が込められた名言で、なかなか深くて 4 がありますね。

1

1　という

2　というわけ

3　というのは

4　ということは

2

1　わけではあり

2　わけではなく

3　わけで

4　わけがなく

3

1　というわけです

2　というわけ　　があります

3　わけもない

4　わけじゃない

4

1　匂い

2　音

3　声

4　味

題12 とある高校で国語の先生をやっていますが、先日生徒から次のメールをもらいました：「先生、危機感を持てないのが最近僕の 1 です。危機感が 2 、親に『将来に対する想像力が足りないぞ』とよく言われます。でも、私に言わせれば、想像力が足りない 3 、人間って誰でも将来大変なことを想像するだけで怖くなる 4 。どうすれば危機感が持てるようになるのでしょうか。また、大変な将来を想像しても怖くならないような人間に成長していきたいんですが、どうすればいいですか？」

1

1　しあわせ

2　よろこび

3　いかり

4　なやみ

2

1　ありすぎで

2　なさすぎで

3　あるすぎで

4　ないすぎで

3

1　わけで

2　わけがなく

3　わけじゃなく

4　わけもあり

4

1　じゃない

2　んだっけ

3　んじゃないかと思います

4　っけ

9 程度的表示①：「簡直 / 好像……一般」的 A 類くらい＝「簡直 / 好像……一般」的 A 類ほど VS「與其……寧可」的 V るくらいなら

本書 49 至 51 「程度的表示①②③」需要互相比較，故 49 、50 的練習合併在 51 之後。

所需單詞類型： **A 類～V る /V ない / い adj/N（結婚する / 結婚しない / 泣きたい / 結婚）**
V る（嘘をつく、なくなる）

1.

I. このレストランの料理は毎日食べたいくらいおいしいです。（這間餐廳的料理好吃得令人每天都想吃。）

II. このレストランの料理は毎日食べたいほどおいしいです。（這間餐廳的料理好吃得令人每天都想吃。）

III. このレストランの料理を食べるくらいなら、死んだほうがいいです！（與其吃這間餐廳的料理，我倒不如去死！）

2.

I. 結婚してから、家族を養うために、毎日自由時間がないくらい働かされます。（自從結婚以後，為了養妻活兒，我每天都被迫忙於工作，簡直到了沒有自由時間的地步。）

II. 結婚してから、家族を養うために、毎日自由時間がないほど働かされます。（自從結婚以後，為了養妻或兒，我每天都被迫忙於工作，簡直到了沒有自由時間的地步。）

III. 結婚して自由がなくなるくらいなら、独身のほうがまし。（與其結婚之後失去自由，獨身反而更好！）

*** 形容詞的話，除了少數特定的諺語外，一般會配搭動詞「なる」，即「～く / になるくらい / ほど / くらいなら」，如「お腹が痛くなるくらい笑った」（笑得肚子快要痛死了）般使用。

所需單詞類型： A1 ＝ば型…A2 ＝ V る / い adj/ な adj+ な /N+ である
（行けば行く、食べれば食べる、来れば来る / 安ければ安い /
有名であれば有名な / 大人であれば【大人で】ある）
N1……N2（仕事……もの、先生……人）

1.

I. 言語というのは、**勉強すれば（勉強）するほど面白さが分かる**ものである。
（所謂語言，就是一種愈學習愈能體會箇中樂趣的東西。）

II. 友人の中で**鈴木さんほど英語が上手な人はいない**。（朋友當中，沒有比鈴木先生更懂英語的人）

2.

I. 芸能人というのは、**有名であればあるほどプライバシーがなくなる**職業である。（所謂藝人，就是一種愈有名就愈會失去個人私隱的職業。）

II. 昔 **芸能人の仕事ほど楽なものはない**と思ったことがある。（曾幾何時，我覺得世上沒有比藝人更輕鬆的職業。）

*** 「N すれば」（勉強すれば）或「N であれば」（大人であれば）後的 A2 一般都會省略，即「勉強すれ勉強ばするほど」「大人であればであるほど」。

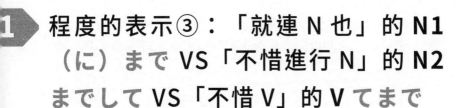

所需單詞類型： **N1**（一般名詞：家族_{かぞく}、生活_{せいかつ}）

N2（涉及「方法」「手段」的名詞：家出_{いえで}、ルール違反_{いはん}、借金_{しゃっきん}）

V て（行_いって、食_たべて、して、来_きて）

1.

I. 彼_{かれ}は友人_{ゆうじん}だけでなく、**家族_{かぞく}（に）まで**騙_{だま}した。 （他不光是朋友，就連家人也騙了。）

II. 彼_{かれ}は**詐欺_{さぎ}までして**、お金_{かね}を欲_ほしがっている。 （他想要錢，甚至**不惜**進行詐騙。）

III. 彼_{かれ}は家族_{かぞく}を**騙_{だま}してまで**お金_{かね}を欲_ほしがっている。 （他想要錢，甚至**不惜**詐騙家人。）

*** 某程度上 I. 和 III. 可以互相改寫，「家族_{かぞく}まで騙_{だま}した」＝「家族_{かぞく}を騙_{だま}してまで」，但 I 強調「連『家人』也詐騙」，而 III. 則有「無所不用其極，不惜『詐騙』家人」的意思。此外，「まで」前面可以加「に」，同樣用來表示極端，始料不及的情況，一般譯作「甚至」或「就連」。

題1 鈴木先生_{すずきせんせい}に日本語_{にほんご}を教_{おし}えていただいてから、_____したくらい成績_{せいせき}が良_よくなりました。

1 さっぱり

2 がっくり

3 やっぱり

4 びっくり

題2 言いたいことは山_____ありますが、何処から言い出せばいいか分かりません。

1　ほど

2　ぐらいなら

3　くらい

4　ぐらい

題3 時間が_____、先生に頂いた言葉の本当の意味もますます分かってきた気がします。

1　経てば経つほど

2　過ごせば過ごす

3　終われば終わるほど

4　任せば任すほど

題4 勝手な意見ですが、ファイナルファンタジーほどおもしろい_____はない。

1　システム

2　ゲーム

3　ブランド

4　スポーツ

題5 大好きな我が子を離れ_____、単身赴任をしようと思ったことがありません。

1　まで

2　るまで

3　てまで

4　までして

題6 世の中には、殺人_____、利益を得ようとする悪い人間がいます。

1　まで

2　るまで

3　てまで

4　までして

題7 重要だからって、3歳未満の子供_____、果たして英語教育が必要だろうか。

1 までに

2 に

3 にまで

4 までして

題8 何も行動しないで後悔するくらいなら、_____ _____ _____★_____でしょう。

1 行動して

2 後悔した

3 まだ

4 ほうがいい

題9 死ぬほど好きだった人の_____ _____ _____★_____なってきています。

1 だんだん

2 嫌いに

3 知れば知るほど

4 悪い過去を

題10 今回の事件で、会社だけでなく長年信頼してくださった_____ _____ _____★_____をおかけしてしまい、大変申し訳ございませんでした。

1 ご迷惑

2 まで

3 お客様

4 に

題11 皆さんは「猫の手も借りたい」ほど 1 という諺を聞いたことがあります？ 2 面白い日本語ですよ。それは、普段役に立たない猫の手も借りたくなるほど、やることが一杯あるのに、一緒に働いてくれる人が足りないという意味の言葉で、特に年末に使われることが多いと思います。もちろん「本当に忙しくて大変だよ」という気持ちを表す 3 使う時もあるし、「この前オープンした店はおかげさまで猫の手も借りたいほど忙しいです」という風に使うと、嬉しい気持ちを表現することもできます。ただ、もともとは「役に立たない」という意味を含んでいるので、人に直接に言うと失礼に 4 言葉でもあります。

1

1 やさしい　　　　　　　　2 いそがしい

3 むずかしい　　　　　　　4 すばらしい

2

1 実は　　　　　　　　　　2 実際

3 実際的　　　　　　　　　4 実に

3

1 から　　　　　　　　　　2 ので

3 けど　　　　　　　　　　4 のに

4

1 示す　　　　　　　　　　2 持つ

3 当たる　　　　　　　　　4 与える

題12 自分の子供と接するときに、子供を「昔の自分」と考えてみたらいかがですか。その「昔の自分」も壁に落書きを書いたり、同級生と喧嘩して、しまいには先生に怒られたりして、 **1** 親に迷惑ばかりかけたでしょう。ですから、子供がコップの水を **2** 、もしくはお皿を落として割ったりしてそんなときには大声を出す **3** 、まず「昔の自分」を思い出してください。「そういえば、自分も昔、同じ失敗をしたなあ」という思いで、子供と接してください。自分の子なのですから、接すれば **4** ますます好きになるに違いないです。

1

1　ちなみに	2　とにかく
3　いよいよ	4　まさか

2

1　こぼしたり	2　けしたり
3　こわしたり	4　やぶったり

3

1　のではなく	2　訳がなく
3　べきであり	4　必要があり

4

1　しないで	2　すれど
3　すること	4　するほど

媒介的表示①：「按照」的 A 類通り / 通り VS「通過」的 N を通して＝N を通じて

本書 52 至 53 「媒介的表示①②」需要互相比較，故 52 的練習合併在 53 之後。

所需單詞類型： **A 類～V る /V た /N（說明する / 說明した / 說明通り）**
N（涉及「方法」「手段」的 N：メール、教育）

1.

I. アプリのマニュアルに**書いてある**通りにやってみたら、山本さんと連絡が取れました。（按照手機 APP 的說明書上所寫操作，成功和山本先生聯絡上。）

II. 先程のアプリの映像で**說明された**通りにやってみたら、山本さんと連絡が取れました。（按照剛才手機 APP 的錄像中所說操作，成功和山本先生聯絡上。）

III. アプリの**マニュアル**通りにやってみたら、山本さんと連絡が取れました。（按照手機 APP 的說明書操作，成功和山本先生聯絡上。））

IV. この頃、**最新のアプリ**を通して毎日山本さんと連絡するようにしています。（這段日子，我每天堅持通過最新的手機 APP 和山本先生聯絡）

V. **最新のアプリ**を通じてやっと山本さんと連絡が取れました。（通過最新的手機 APP，終於和山本先生聯絡上了。）

***「を通して」和「を通じて」兩者都有「通過某種媒介」的意思，着實很難區分其使用方式，故考試時候一般不會同時作為選擇出現；但萬一兩者同時出現的話，可記住「を通して」後面多接意志動詞（如「宣伝」、「願う」等），而「を通じて」後面則比較傾向接「非意志動詞」（如「知り合う」、「分かる」等），參考 1.IV. 和 V.。

媒介的表示②：「伴隨……V」的Vる/Nに従って VS「伴隨……變得/成為」的Vる/Nにつれ（て）VS「伴隨……與此同時V」的Vる/Nに伴って

所需單詞類型： **Vる/N**（経つ、離れる、発達する/発達）

1.

I. お客様が**増える**（お客様の**増加**）**に従って**、これからの営業時間は従来の 11:00am - 8:00pm から 10:00am - 11:00pm に変更しようと思っています。 （伴隨着客人的增加，我打算把今後的營業時間從以往的 11:00am-8:00pm 改為 10:00am - 11:00pm。）

II. お客様が**増える**（お客様の**増加**）**につれ（て）**、これからはますます忙しくなっていくでしょう。（伴隨着客人的增加，今後會變得忙碌起來吧。）

III. お客様が**増える**（お客様の**増加**）**に伴って**、営業時間を従来の 11:00am-8:00pm から 10:00am-11:00pm に変更することにしました。（伴隨着客人的增加，與此同時我決定把今後的營業時間從以往的 11:00am - 8:00pm 改為 10:00am-11:00pm。）

***「に従って」和「につれて」最大的分別在於「に従って」後面多接「意志動詞」（如「行う」、「増やす」等），而「につれて」後面不可接「意志動詞」，比較傾向「非意志動詞」（如「なる」、「増える」等）；另外，相比「に従って」，「に伴って」更加強調「前後兩件事情同時發生/產生變化」，故譯作「與此同時」，且沒有太明顯的「意志動詞」或「非意志動詞」傾向。

題1 先日＿＿＿＿＿通り、来月閉店することになりました。

1 お知らせする　　　　　　　　2 お知らせ

3 お知らせした　　　　　　　　4 知らせて

題2 思い出せば、カルチャーセンターの掲示板＿＿＿＿＿家内と知り合った。

1 に従って　　　　　　　　　　2 を通じて

3 に伴って　　　　　　　　　　4 を通して

題3 何かご質問がございましたら、事務所＿＿＿＿＿お問い合わせください。

1 につれ　　　　　　　　　　　2 を通じて

3 に伴って　　　　　　　　　　4 を通して

題4 政権交替＿＿＿＿＿新しい政策もあっという間に制作された。

1 に伴って　　　　　　　　　　2 にとって

3 に従って　　　　　　　　　　4 を通して

題5 成長する＿＿＿＿＿、子供も次第に自分の親の言うことを聞かなくなるもの

ですね。

1 につれ　　　　　　　　　　　2 を通じ

3 に従い　　　　　　　　　　　4 を通し

題6 新型肺炎に伴い、経済最優先と唱えていたこの国も他国に＿＿＿＿　＿＿＿＿

＿＿＿＿　★　＿＿＿＿始めた。

1 実行し　　　　　　　　　　　2 なるものを

3 従い　　　　　　　　　　　　4 外出禁止令

題7 あの歌手の人気が出るにつれて、コンサートのチケットは＿＿＿ ＿＿＿
＿＿★＿＿ ＿＿＿いくでしょう。

1 なって
2 ますます
3 にくく
4 手に入り

題8 スマホの 1 に伴って、自分の子どもが昔のように 2 読書をしてくれない
と思ったことはありませんか？おそらくこれは小学生の子供がいる、多く
の親の方の悩みなのではないかと思います。実は、これは子供だけの問題
ではなくて大人の方も毎日スマホから手を 3 でしょう。本が「つまらない
な」と思ったとき、10 年前だったら「 4 ほかにやることもないし、もう少
し読んでいこう」と読書を続けたのでしょうが、今の時代では、スマホに
手を伸ばせば、楽しく遊べるアプリはいくらでもあります。「本」は現代人
にとって、ある意味、時代遅れなのかもしれません。

1

1 伝達
2 発達
3 流通
4 流行

2

1 いよいよ
2 ますます
3 なかなか
4 ほどほど

3

1 もらえない
2 貸せない
3 くれない
4 離せない

4

1 どうせ
2 もしかして
3 わざわざ
4 せっかく

JPLT N3

媒介的表示③：「作為契機」的 N を切っ掛けに（して）/ が切っ掛けで VS「以……為基礎 / 依據」的 N を本に（して）＝「以……為基礎 / 依據」的 N に基づいて

本書 54 至 55 「媒介的表示③④」需要互相比較，故 54 的練習合併在 55 之後。

所需單詞類型： **N（映画、映画を見たの、医者になったこと）**

1.

I. **大河ドラマを切っ掛けに**、彼は江戸時代の歴史に興味を持つようになった。（大河劇作為契機，使他對江戸時代的歴史産生了興趣。）

II. **大河ドラマが切っ掛けで**、彼は江戸時代の歴史に興味を持つようになった。（大河劇作為契機，使他對江戸時代的歴史産生了興趣。）

III. 殆どの大河ドラマは歴史的な**事実を本に**制作されるものである。（幾乎所有的大河劇都是以歴史事實為基礎而製作的。）

IV. 殆どの大河ドラマは歴史的な**事実に基づいて**制作されるものである。（幾乎所有的大河劇都是以歴史事實為基礎而製作的。）

2.

I. 留学時代に**体験したことを切っ掛けにして**、彼は医学を学ぼうと思うようになった。（留學時代的體驗作為契機，他變得想學習醫學。）

II. 留学時代に**体験したことが切っ掛けとなって**、彼は医学を学ぼうと思うようになった。（留學時代的體驗作為契機，他變得想學習醫學。）

III 留学時代に**体験したことを本にして**、彼は小説を書いてみようと思っています。（他正想着以留學時代的體驗作為依據去寫一本小說。）

IV. 留学時代に**体験したことに基づいて**、彼は小説を書いてみようと思っています。（他正想着以留學時代的體驗作為依據去寫一本小說。）

*** 從 1.I、II 和 2.I.、II. 可見，一般而言，會有「を切っ掛けに（して）」和「が切っ掛けで / が切っ掛けとなって」兩種不同的配搭，需要記住各自所需的助詞。

5 媒介的表示④：「以⋯⋯為首 / 代表」的 N を始め（として）VS「以⋯⋯為中心 / 主幹」的 N を中心（として / にして）VS「撇除」的 N は抜きにして / 抜きで

所需單詞類型： **N（問題、できること）**

1.

I. 卒業論文のテーマは、**明治時代の経済**を始め、飲食文化、男女の地位なども執筆する予定です。（畢業論文的主題是，以明治時代的經濟為代表，連同飲食文化和男女的地位等內容【明治時代的經濟是第一章，其重要性不一定比飲食文化和男女的地位高】，都打算執筆。）

II. 卒業論文のテーマは、**明治時代の経済**を中心に、飲食文化、男女の地位なども執筆する予定です。（畢業論文的主題是，以明治時代的經濟為中心，配合飲食文化和男女的地位等內容【明治時代的經濟是中心思想，其重要性一定比飲食文化和男女的地位高】，都打算執筆。）

III. 卒業論文のテーマは、**明治時代の経済**は抜きにして、飲食文化と男女の地位だけ執筆する予定です。（畢業論文的主題是，撇除明治時代的經濟，只打算執筆寫飲食文化和男女的地位等這些內容。）

2.

I. 自己紹介をするときは、**自分の出来ること**を始め、出来ないことも話していこうと思う。（自我介紹的時候，打算以自己會的事情為首先說，也會說出自己不會的事情。）

II. 自己紹介をするときは、**自分の出来ること**を中心に、出来ないこともそこそこ話していこうと思う。（自我介紹的時候，打算以自己會的事情為中心說出，並會略略提及一些自己不會的事情。）

III. 自己紹介をするとき、**自分の出来ること**抜きで、**出来ないこと**を中心に話していこうと思う。（自我介紹的時候，打算撇除自己會的事情，只重點說自己不會的事情。）

***「は抜きにして」可轉「を抜きにして」，而「抜きで」前面不跟助詞。題外話，本來有的東西，把它去掉，是為「抜き」，拉麵不要葱是「ネギ抜き」，壽司不想加芥末可說「さび抜き」，價錢牌寫着不含稅的日文是「税抜き」，也是同一道理。

題1 日本語の音読みは古代中国語の発音に＿＿＿＿＿創られたたそうである。

1 抜きに　　　　2 基づいて　　　3 始めに　　　4 本に

題2 地球は太陽系を＿＿＿＿＿回っている。

1 抜きにして　　2 始めにして　　3 切っ掛けに　　4 中心として

題3 世界各国では、アニメ＿＿＿＿＿日本文化＿＿＿＿＿日本語に興味を持つ学生は多く見られる。

1 をきっかけに / をはじめ　　　　2 をもとに / をはじめ

3 をきっかけに / をぬきに　　　　4 をもとに / をぬきに

題4 お客さまの声を＿＿＿＿＿以前よりも良いサービスをご提供できるように努めて行きます。

1 基づいて　　　2 従って　　　　3 もとに　　　4 通じて

題5 会議中なのですから、冗談＿＿＿＿＿、そろそろ本題に入りましょう。

1 を始め　　　2 を中心に　　　3 を切っ掛けに　4 を抜きにして

題6 ＿＿＿＿　＿＿＿＿　＿★＿＿　＿＿＿＿という考え方はやめたほうがいい。

1 中心に　　　2 回る　　　　3 俺を　　　　4 世界は

題7 親に最新のパソコンを買って＿＿＿ ＿＿＿ ＿★＿ ＿＿＿となって、デザインの勉強を始めた。

1 一つの　　　　　　　　　　　2 もらったこと

3 きっかけ　　　　　　　　　　4 が

題8 16年前、「世界の中心で、愛をさけぶ」というタイトルの映画が日本で上演されましたが、僕は最近となってようやく見る 1 になりました。よくある人物設定で純粋な中二病の男子と白血病になってしまった好きな女子が主役ですが、意外と今見ても悪くないと思ったのは僕だけ 2 。というのも、近年の女子 3 の「人気漫画」に 4 制作された「恋愛映画」よりずっといいと思います。実際、そういった「人気漫画」から生まれた「恋愛映画」では、ただイケメンを見せることが目的で、中身があまりないので、それに比べて「世界の中心で、愛をさけぶ」にはまだ心に響くものがあるのではないでしょうか。

1

1 目　　　　　　2 手　　　　　　3 気　　　　　　4 形

2

1 なのです　　　　　　　　　　2 なのでしょうか

3 じゃないのですか　　　　　　4 じゃないのではない

3

1 向き　　　　2 向け　　　　3 による　　　4 において

4

1 わたって　　　　　　　　　　2 もとづいて

3 かけて　　　　　　　　　　　4 について

129

本書 **56** 至 **58** 「立場的表示①②③」需要互相比較，故 **56** 、 **57** 的練習合併在 **58** 之後。

所需單詞類型： **N（教師の立場、学生の身分、服装、雰囲気）**

1.

I.　**ベテランの田中警官**から言えば、自殺と他殺はまるで天と地の差のようなものだ。（**在老練的田中警官的角度而言**，自殺和他殺仿佛就是差天共地的兩碼子事。）

II.　**ベテランの田中警官**から見れば、自殺と他殺はまるで天と地の差のようなものだ。（**在老練的田中警官的角度來看**，自殺和他殺仿佛就是差天共地的兩碼子事。）

III.　**ベテランの田中警官**からすれば、自殺と他殺はまるで天と地の差のようなものだ。（**在老練的田中警官的角度衡量**，自殺和他殺仿佛就是差天共地的兩碼子事。）

IV.　田中さんという人は、**服装**からして、ベテランの警官のようだ。（那個叫田中的人，**不用說其他，光從服裝上看**就像一個警官。）

2.

I. 普通のサラリーマンなのに、**贅沢な生活を送っていること**から言うと、鈴木という人はどうも怪しい。（明明只是個普通的上班一族，但卻過着奢侈的生活。**在這個角度而言**，那個叫鈴木的人相當可疑。）

II. 普通のサラリーマンなのに、**贅沢な生活を送っていること**から見ると、鈴木という人はどうも怪しい。（明明只是個普通的上班一族，但卻過着奢侈的生活。**在這個角度來看**，那個叫鈴木的人相當可疑。）

III. 普通のサラリーマンなのに、**贅沢な生活を送っていること**からすると、鈴木という人はどうも怪しい。（明明只是個普通的上班一族，但卻過着奢侈的生活。**在這個角度判斷**，那個叫鈴木的人相當可疑。）

IV. **運転している車**からして、贅沢な生活を送っているに違いない。（**不用說其他，光從開着的車上看，那人無疑過着奢侈的生活。**）

*** 所有的「言えば」「見れば」「すれば」能變成「言うと」「見ると」「すると」、「言ったら」「見たら」「したら」和「言って」「見て」「して」（但需要留意這個源自「からすれば」的「からして」不是 1.IV 和 2.IV 的「からして」）等各種形態而意思基本一樣。

立場的表示② :「雖說……但是」的普1からと言って VS「既然……那麼就」的普2からには

所需單詞類型: **普1（行く / 行かない / 行った / 行かなかった / 行っている / 安い / 有名だ / 学生だ）**

普2（行く / 行かない / 行った / 行かなかった / 行っている / 安い / 有名である / 学生である）

1.

I. 凶器が**見当たらなかった**からと言って、絶対に自殺という訳でもない。
（雖說找不到凶器，但也不代表就一定是自殺。）

II. 容疑者の指紋が被害者の体から**発見された**からには、二人はどこかで会ったことがあるという結論になるでしょう。（既然在受害人身上找到嫌疑犯的指紋，那就可結論兩人曾在哪見過面吧！）

2.

I. **容疑者だ**からといって、絶対に有罪とは限らない。（雖說是嫌疑犯，但也不代表一定有罪。）

II. **容疑者だ**からって、絶対に有罪とは限らない。（雖說是嫌疑犯，但也不代表一定有罪。）

III. **警官である**からには、被害者と遺族のために、一刻も真犯人を見つけ出すべきである。（既然是警官，那麼為了受害人和其遺族，應該儘快找出真凶。）

*** 雖然有「雖說」的意思，但「からと言って」一般會寫成「からといって」，另外如 2.II 所示，口語版為「からって」。

立場的表示③：「作為」的 N として VS「對……來說」的 N にとって ＝「對……來說」的 N には VS「以……來說，想不到／竟然」的 N にしては

所需單詞類型： N（人間<ruby>にんげん</ruby>、社会人<ruby>しゃかいじん</ruby>）

1.

I. 被害者<ruby>ひがいしゃ</ruby>の惨状<ruby>さんじょう</ruby>を見<ruby>み</ruby>た**一人<ruby>ひとり</ruby>の人間<ruby>にんげん</ruby>として**、思<ruby>おも</ruby>わず涙<ruby>なみだ</ruby>を流<ruby>なが</ruby>してしまった。（作為目擊受害人慘況的其中一個人，不禁流下淚來。）

II. **遺族<ruby>いぞく</ruby>にとって**、警官<ruby>けいかん</ruby>も弁護団<ruby>べんごだん</ruby>も大変心強<ruby>たいへんこころづよ</ruby>い味方<ruby>みかた</ruby>ですね。（對遺族來說，警官和律師團隊真是值得信賴的夥伴呢！）

III. **遺族<ruby>いぞく</ruby>には**、警官<ruby>けいかん</ruby>も弁護団<ruby>べんごだん</ruby>も大変心強<ruby>たいへんこころづよ</ruby>い味方<ruby>みかた</ruby>ですね。（對遺族來說，警官和律師團隊真是值得信賴的夥伴呢！）

IV. ベテラン**警官<ruby>けいかん</ruby>にしては**、若<ruby>わか</ruby>い方<ruby>かた</ruby>ですね。（【一般經驗豐富的警官都是年紀比較大的，所以】以一個經驗豐富的警官來說，他竟然是那麼年輕的人。）

2.

I. 今<ruby>いま</ruby>まで何度<ruby>なんど</ruby>も捜査<ruby>そうさ</ruby>したことがある**警官<ruby>けいかん</ruby>として**、今回<ruby>こんかい</ruby>も例外<ruby>れいがい</ruby>なく真犯人<ruby>しんはんにん</ruby>を逮捕<ruby>たいほ</ruby>してやるという勢<ruby>いきお</ruby>いです。（作為擁有多次巡查經驗的警官，這次也毫不例外，表現出勢必逮捕真凶的氣魄。）

II. 今<ruby>いま</ruby>まで何度<ruby>なんど</ruby>も捜査<ruby>そうさ</ruby>したことがある**俺<ruby>おれ</ruby>にとって**、今回<ruby>こんかい</ruby>の事件<ruby>じけん</ruby>はやや複雑<ruby>ふくざつ</ruby>そうです。（對於擁有多次巡查經驗的我而言，這次的事件似乎有點棘手。）

III. 今<ruby>いま</ruby>まで何度<ruby>なんど</ruby>も捜査<ruby>そうさ</ruby>したことがある**俺<ruby>おれ</ruby>には**、今回<ruby>こんかい</ruby>の事件<ruby>じけん</ruby>の動機<ruby>どうき</ruby>が最<ruby>もっと</ruby>も理解<ruby>りかい</ruby>できない。（對於擁有多次巡查經驗的我而言，這次事件的動機最難以理解。）

IV. 今<ruby>いま</ruby>まで何度<ruby>なんど</ruby>も捜査<ruby>そうさ</ruby>したことがある**警官<ruby>けいかん</ruby>にしては**、考<ruby>かんが</ruby>えが甘<ruby>あま</ruby>すぎじゃない↗？（【擁有多次巡查經驗的警官應該比較深思熟慮，所以】以擁有多次巡查經驗的警官來說，他的想法竟然那麼幼稚，不是嗎？）

除了以上「對⋯⋯來說」的含義，「には」比「にとって」的用途更廣泛，如：

3.

I. このことは、私には分かる / 出来る。✔（這件事，我懂 / 能做）
II このこと / 服は、私には分からない / 出来ない / 似合わない。✔（這件事 / 衣服，我不懂 / 不能做 / 不合襯）
III. このことは、私にとって分かる / 出来る。✗（「分かる」改為→「分かりやすい」）
IV. このことは、私にとって分からない / 出来ない。✗（「分からない」改為→「分かりにくい」）

可見，一般而言，「にとって」後面不能直接放動詞，而更傾向放形容詞如把 V 改成「V やすい / V にくい」，相反「には」則沒有這種限制。

題1 日本語能力試験 N1 に合格した＿＿＿＿＿、必ず上手に電話対応が出来るという訳でもない。

　　1　からには　　　　2　からすれば　　3　にしては　　　4　からといって

題2 仕事への情熱＿＿＿＿＿、林より伊藤のほうがあるが、能力＿＿＿＿＿、やはり林がやや優れている。

　　1　からには　　　　　　　　　　2　からといって
　　3　からすれば　　　　　　　　　4　からして

題3 人間としてこの世に生まれた＿＿＿＿＿、一日一日有意義に生きたいです。

　　1　からして　　　　　　　　　　2　からみれば
　　3　からといって　　　　　　　　4　からには

題4 鈴木さんは20年もアメリカに住んでいた人間_____、英語があまり上手じゃない。

1　からには　　　　2　にしては　　3　にとって　　4　には

題5 あの人に秘密を知られた_____、殺さないと、こっちに_____は不利だ。

1　からには / とって　　　　　　2　にしては / とって

3　からといって / として　　　　4　には / として

題6 橋本先生は医者_____よりもカメラマン_____多くの方に知られています。

1　にとって　　　　　　　　2　にしては

3　からって　　　　　　　　4　として

題7 この映画はタイトル_____つまらなさそうだから、見るのは時間の無駄だよ。

1　からには　　　　　　　　2　にしては

3　からして　　　　　　　　4　だからって

題8 電車の中で席を譲らなかった人だ_____　_____　_★_　_____とは私の意見だ。

1　SNSに写真を載せるなど　　　2　非難するような行動を

3　取るべきではない　　　　　　4　からって

題9 新人の田中君は_____　_____　_★_　_____んじゃない？良い社員を雇ったね。

1　未経験　　　　　　　　　2　仕事がよく

3　できている　　　　　　　4　にしては

題 10 ビジネスの世界では、一度＿＿＿＿ ＿＿＿＿ ＿★＿ ＿＿＿＿というのは、ある意味常識です。

1 からには

2 言った

3 言ったことを

4 そのまま実行する

題 11 - 題 12

皆さんのご存じの 1 、日本には外国からの留学生を研修生・実習生 2 企業や農家で働かせる制度、 3 「技能実習制度」というものがあります。これは海外の優れた人材に日本の技術を学ばせ、そして本国に持ち帰らせることで、日本より貧しい発展途上国の経済発展 4 貢献する制度です。制度の歴史は 1960 年まで遡りますが、当時海外に進出した企業が、経済活動 5 海外との協力をするために始めたのが 6 だそうです。しかし、制度として明確に規定されたのは 1981 年からで、しかも最初は研修、つまり日本にある高度の技術を勉強することしか認められず、1993 年には 7 技能実習としての活動が在留資格として認められるようなりました。

現在、研修生として日本に在留資格を持っている海外の方の数は、法務省の HP によると、2019 年年末の時点で 410,972 人にも及んでいるそうです。しかしながら「技能実習制度」 8 一つ大きな問題点として、研修生の失踪問題がたびたび話題となっています。

上記のデータは下記の法務省 HP により：http://www.moj.go.jp/

nyuukokukanri/kouhou/nyuukokukanri04_00003.html

1

1 せいで

2 おかげで

3 通り<ruby>とお</ruby>

4 通り<ruby>どお</ruby>

2

1 を中心に<ruby>ちゅうしん</ruby>

2 にとって

3 による

4 として

3

1 いわゆる

2 というのは

3 もしかして

4 実に<ruby>じつ</ruby>

4

1 を

2 まで

3 に

4 と

5

1 を始めとする<ruby>はじ</ruby>

2 を本に<ruby>もと</ruby>

3 を抜きに<ruby>ぬ</ruby>

4 に対する<ruby>たい</ruby>

6

1 切っ掛け<ruby>き</ruby><ruby>か</ruby>

2 中心<ruby>ちゅうしん</ruby>

3 次第<ruby>しだい</ruby>

4 途端<ruby>と</ruby><ruby>たん</ruby>

7

1 もうすぐ

2 ようやく

3 ただちに

4 ますます

8

1 につれ

2 に関する<ruby>かん</ruby>

3 についての

4 に伴う<ruby>ともな</ruby>

本書 **59** 至 **60** 「責任的表示①②」需要互相比較，故 **59** 的練習合併在 **60** 之後。

所需單詞類型：**Ｖる／Ｖない（行(い)く、行(い)かない／食(た)べる、食(た)べない／来(く)る、来(こ)ない／結婚(けっこん)する、結婚(けっこん)しない）**

1.

I. 束縛(そくばく)されるのは好(す)きじゃないけれど、弟(おとうと)の結婚式(けっこんしき)なのですから、ジーンズを履(は)く訳(わけ)にはいかない。（雖然不喜歡受束縛，但是是弟弟的婚禮，總**不能穿牛仔褲**。）

II. 束縛(そくばく)されるのは好(す)きじゃないけれど、弟(おとうと)の結婚式(けっこんしき)なのですから、スーツを着(き)ない訳(わけ)にはいかない。（雖然不喜歡受束縛，但是是弟弟的婚禮，**不能不穿西裝**。）

III. 束縛(そくばく)されるのは好(す)きじゃないけれど、弟(おとうと)の結婚式(けっこんしき)なのですから、スーツを着(き)るほかない。（雖然不喜歡受束縛，但是是弟弟的婚禮，**只能穿西裝**。）

IV. 束縛(そくばく)されるのは好(す)きじゃないけれど、弟(おとうと)の結婚式(けっこんしき)なのですから、スーツを着(き)るより仕方(しかた)がない。（雖然不喜歡受束縛，但是是弟弟的婚禮，**除了穿西裝以外別無他法**。）

2.

I. 頑張ればまだ結果を変えられるかもしれないので、簡単に**納得する / 妥協する 訳にもいかない。**（努力的話說不定還能改變結果，所以**不能輕易妥協**。）

II. もう結果は変えられないなら、**納得しない / 妥協しない訳にもいかない。**（如果結果無法改變的話，那就**不能**不妥協。）

III. もう結果は変えられないなら、**納得する / 妥協する**よりほかない。（如果結果無法改變的話，那就**只能妥協**。）

IV. もう結果は変えられないなら、**納得する / 妥協する**より仕方がない。（如果結果無法改變的話，**除了妥協以外別無他法**。）

責任的表示②：「當然（當然不能）」的 **V る/V ない**ものだ（**V る**ものではない）VS「請一定」的 **V る/V ない**こと（だ）VS「用不着」的 **V る**ことはない ＝「用不着」的 **V る**までもない

所需單詞類型： **V る/V ない**（行く、行かない/食べる、食べない/来る、来ない/結婚する、結婚しない）

1.

I. 電車の中では**静かにする**ものだ！（電車裏當然要保持安靜！）

II. 電車の中では**化粧しない**ものだ！（電車裏不化妝是理所當然的！）

III. 電車の中では**化粧する**ものではない！（電車裏當然不能化妝！）

IV. 電車の中では**静かにする**こと！（【通告】電車裏請保持安靜！）

V. 電車の中では**化粧しない**こと！（【通告】電車裏請不要化妝！）

VI. 電車の中では**静かにする**ことだ！（【長輩對晚輩】電車裏請保持安靜哦，知道嗎？）

VII. 電車の中では**化粧しない**ことだ！（【長輩對晚輩】電車裏請不要化妝哦，知道嗎？）

VIII. 目的地まで歩いて 10 分もかからないから、電車に**乗る**ことはないよ！（走路的話 10 分鐘就能到達目的地，用不着坐電車。）

IX. 目的地まで歩いて 10 分もかからないから、電車に**乗る**までもないよ！（走路的話 10 分鐘就能到達目的地，用不着坐電車。）

***V ないものだ＝不V是理所當然的（1.II.）

V るものではない＝當然不能V（1.III.）

V ること＝通告用語，表示「請一定／務必」（1.IV.）

V ることだ＝長輩對晚輩的忠告，表示「請一定／務必」（1.VI.）

題1　昨夜飲み会が終わったら、友達が急に財布がないと言い出したから、私が払う＿＿＿＿。

1　ほかない

2　ほかなかった

3　しかない

4　しかたがなかった

題2　俺とお前は兄弟みたいなもんだから、気にする＿＿＿＿よ。

1　ことはある

2　ものはある

3　ことはない

4　ものはない

題3　「自分を助けてくれた人には、ちゃんと恩返しする＿＿＿＿」とは親父の口癖でした。

1　つもり

2　こと

3　まで

4　ことだ

題4　言う＿＿＿＿ことですが、道にゴミを捨てないでください。

1　わけがない

2　までの

3　ものの

4　までもない

題5　この仕事は頼める人がいないので、自分でやってみる＿＿＿＿。

1　わけがある

2　ほかにない

3　わけにもいかない

4　よりしかたがない

題6 先輩だ＿＿＿＿ ＿＿＿＿ ＿★＿ ＿＿＿＿よ。

1 じゃない 　　　　　　　　　2 からといって

3 後輩いじめをする 　　　　　4 もん

題7 簡単に負ける＿＿＿＿ ＿＿＿＿ ＿★＿ ＿＿＿＿、平社員から課長に昇進された。

1 わけにはいかない 　　　　　2 熱心に仕事を

3 という思いで 　　　　　　　4 した結果

題8 これは私が日本に留学に行ってまだ 1 年しか経っていない頃の話です。ある日急に重い病気になった私が病院に運ばれました。手術は 1 のですが、2週間ほど入院する必要がありました。その時、隣のベッドのおじいちゃんと友達になりました。おじいちゃんは難しい病気でそれまでに長い 2 病院のお世話になっていましたが、いよいよ退院する日がやってきました。退院の日に、おじいちゃんの奥さん 3 人が病室に来たのですが、私が留学生だということを聞いたら、すぐに財布から 30,000 円を出して渡してくれました。びっくりした私がその訳を聞いてみたところ、「外国人の方がこの国で入院したら大変なんでしょう！ほんの気持ちですが、どうか受け取ってください」と言われましたが、私は 4 と言ってお断りしました。その後、私は薬のせいで暫く寝ていましたが、起きたらテーブルの上に再び 30,000 円が置いてあることが目に映りました。きっと退院したおじいちゃんとおばあちゃんが私のために、わざわざ置いておいてくれたに違いないと思いました。このご恩は一生忘れられないし、どうかお二人が長生きでありますようにと常に願っています。

1

1 させた

2 うけた

3 もらった

4 うかった

2

1 時<ruby>時<rt>とき</rt></ruby>

2 間<ruby>間<rt>あいだ</rt></ruby>

3 頃<ruby>頃<rt>ころ</rt></ruby>

4 際<ruby>際<rt>さい</rt></ruby>

3

1 そうな

2 ような

3 みたい

4 らしい

4

1 もらわないわけだ

2 もらうわけがない

3 もらうわけにはいかない

4 もらうわけじゃない

本書 **61** 至 **62** 「條件的表示①②」需要互相比較，故 **61** 的練習合併在 **62** 之後。

所需單詞類型： **V-stem**（行き、食べ、し、来）

 ば（行けば、食べれば、来れば、すれば / 安ければ / 有名であれば）

 普（行く / 行かない / 行った / 行かなかった / 行っている / 安い / 有名だ / 学生だ）

1.

I. その薬を**飲み**さえすれば、すぐ病気が治るでしょう。（只要【喝了】那種藥，病馬上就會好了吧！）

II. **その薬**さえ**飲め**ば、すぐ病気が治るでしょう。（只要喝了【那種藥】，病馬上就會好了吧！）

III. **味**さえ**甘ければ**、あの子はどんな薬でも飲める。（只要味道甜，那個小孩甚麼藥都能喝。）

IV. **値段**さえ**合理的であれば**、何としてもその薬を買って病気の父に飲ませたい。（只要價錢合理，無論如何我都想買回來，讓我生病的老爸喝。）

V. 1日に3回その薬を**飲む**とすれば、1週間で21回になるわけだ。（如果1天喝3次這種藥的話，【照理】1星期就會喝21次。）

VI. もし 100 万ドル**あった**としたら、その高価な薬を買いたい。（【幻想】如果我有 100 萬的話，那一定會買那隻高價的藥。）

VII. 仮にその薬を**飲まない**とすると、患者さんがどうなるか分からない。（如果不喝那種藥的話，【擔心】不知患者會變得怎樣。）

*** V さえあれば＝重點在於 V。所以 I. 重點在於「只要【喝了】那種藥」；

　　 N さえ……ば＝重點在於 N。所以 II. 重點在於「只要喝了【那種藥】」；

　　 V とすれば＝如果 A 的話，照理就是 B。所以 IV. 重點在於【照理】，作出推論；

　　 V としたら＝幻想如果 A 的話，那麼就會 B。所以 VI. 重點在於【幻想】暫時未實現的事情；

　　 V とすると＝假如 A 的話，將會有怎樣的 B？所以 VII. 重點在於究竟會有怎樣的【後果】。

條件的表示②：「幸好」的～て良かった VS「幸好不／沒有」的～なくて良かった VS「要是……就好了」的～ば良かった（のに）VS「要是不……就好了」的～なければ良かった（のに）

所需單詞類型：て（行って、食べて、来て、して／安くて／有名で／日本人で）

なくて（行かなくて、食べなくて、来なくて、しなくて／安くなくて／有名じゃなくて／日本人じゃなくて）

ば（行けば、食べれば、すれば、来れば／安ければ／有名ならば／日本人ならば）

なければ（行かなければ、食べなければ、しなければ、来なければ／安くなければ／有名じゃなければ／日本人じゃなければ）

1.

I. 直感を信じて良かったです！（【相信了直覺的人很開心：】幸好相信了直覺！）

II. 直感を信じなくて良かったです！（【沒有相信直覺的人很開心：】幸好沒有相信直覺！）

III. 直感を信じれば良かった……（【沒有相信直覺的人很後悔：】唉，要是相信直覺就好了……）

IV. 直感を信じなければ良かった……（【相信了直覺的人很後悔：】唉，要是沒有相信直覺就好了……）

2.

I. 日本語の**先生**で**よかった**！（【是日語老師的人很開心：】慶幸**是**日語老師！）

II. 中国語が下手な僕が、中国語の**先生じゃなくて**よかった！（【不是中文老師的人很開心：】不擅長中文的我，慶幸**不是**中文老師！）

III. 日本語の**先生ならば**よかったのに……（【不是日語老師的人很不開心：】唉，如果**是**日語老師**就好了**……）

IV. 中国語が下手な僕が、中国語の**先生じゃなければ**よかったのに……（【是中文老師的人很不開心：】唉，不擅長中文的我，如果**不是**中文老師**就好了**……）

*** 上述的〜ば＝〜たら，而〜なければ＝〜なかったら，即：

たら（行ったら、食べたら、したら、来たら／安かったら／有名だったら／日本人だったら）

なかったら（行かなかったら、食べなかったら、しなかったら、来なかったら／安くなかったら／有名じゃなかったら／日本人じゃなかったら）

題1 お金持ちに＿＿＿＿＿、何でも好きなことができるという考え方は間違っている。

1　なるさえすれば　　　　　　2　なるとすれば

3　なりすれば　　　　　　　　4　なりさえすれば

題2 この世に＿＿＿＿＿よかったといつも親に感謝しながら、毎日を大切にしています。

1　生まれて　　　　　　　　　2　生まれなくて

3　生まれたら　　　　　　　　4　生まれなかったら

最初から知っていたなら、教えて_____……

1 くれなくてひどい

2 くれてありがとう

3 くれればよかったのに

4 くれなければよかったのに

夢_____どれほどよかったでしょう。しかし、残念ながら、夢じゃなかった……。

1 で

2 じゃなくて

3 ならば

4 じゃなければ

明日の朝、地球が滅びる_____、最後の夜はどう過ごしますか？

1 とすれば

2 としたら

3 とすると

4 とならば

借りたお金に毎日 500 円の利子が付く_____ _____ _____★ _____

になるわけだ。

1 を払うこと

2 とすれば

3 一か月で

4 さらに 15000 円

利益_____ _____ _____★ _____だろうか。

1 害を与えても

2 構わない

3 たとえ他人に

4 さえ大きければ

とある女性友人の自白ですが、彼女は小さい頃からずっと「女に 1 。生まれ変われるのなら、次は男になりたいあ」と思っているらしいです。一番大きな理由は、よく彼女のお父様に「女の子 2 、お母さんの手伝いをしなさい」とか「女の子 2 、ちゃんと片付けなさい」とか言われて育ったからだそうです。お母様が家事に大変追われているのに、 3 手伝ってくれないお父様の様子には納得いかず、「何でお父さんは何もしないの？」と何度か聞いたことがあるそうです。すると、お母様から返ってきた答えはなんと「お父さんは男だから」だと。将来結婚したら、もし自分の夫に「女 2 、こうしなさい、ああしなさい」と言われたら、おそらく「女 4 家事はすべて妻に任せるものじゃない」と怒り、強く返事するだろうと彼女は言いました。

1

1　生まれてよかった

2　生まれなければよかった

3　生まれなくてよかった

4　生まれればよかった

2

1　なんだし

2　じゃなくて

3　なんだから

4　じゃないんだから

3

1　少しなら

2　少ししか

3　少しぐらい

4　少しも

4

1　なんだから

2　ならば

3　だからって

4　じゃなければ

63　添加的表示①：「不但……還」的普 だけでなく ＝「不但……還」的普 ばかりでなく VS「何止……還 / 甚至」的普 ばかりか

本書 63 至 64 「添加的表示①②」需要互相比較，故 63 的練習合併在 64 之後。

所需單詞類型：　普（行く / 行かない / 行った / 行かなかった / 行っている / 安い / 有名な or 有名である / 学生 or 学生である）

1.

I. 彼女は、彼にとって**奥さん**だけでなく、人生のソウルメイトでもあるよ。
（她對他而言，不但是太太，更是人生的靈魂伴侶呢！）

II. 彼女は、彼にとって**奥さん**ばかりでなく、人生のソウルメイトでもあるよ。（她對他而言，不但是太太，更是人生的靈魂伴侶呢！）

III. 彼女は、彼にとって**奥さんである**ばかりか、人生のソウルメイトでもあるよ。（她對他而言，何止是太太，更是人生的靈魂伴侶呢！）

2.

I. 彼の奥さんは**綺麗な**だけでなく、性格も優しいです。（他的太太不但漂亮，性格也很溫柔！）

II. 彼の奥さんは**綺麗な**ばかりでなく、性格も優しいです。（他的太太不但漂亮，性格也很溫柔！）

III. 彼の奥さんは**綺麗である**ばかりか、性格も優しいです。（他的太太何止漂亮，性格也很溫柔！）

I. 皆さんの努力の御蔭で、会社は売り上げが**伸びた**だけでなく、イメージも良くなった。（多虧大家的努力，公司的營業額不但有增長，連形象也變好了。）

II. 皆さんの努力の御蔭で、会社は売り上げが**伸びた**ばかりでなく、イメージも良くなった。（多虧大家的努力，公司的營業額不但有增長，連形象也變好了。）

III. 皆さんの努力の御蔭で、会社は売り上げが**伸びた**ばかりか、イメージも良くなった。（多虧大家的努力，公司何止營業額有增長，連形象也變好了。）

***「ばかりか」的「か」有反問的含義，筆者中譯時會用「何止」這個帶有少許反問味道的中文。此外，「だけでなく」「ばかりでなく」可後接含有希望如「V たい」、命令如「V なさい」或邀請如「V てください」等意思的句子，但「ばかりか」則不可，即：

I. 権利を**受ける**だけでなく、義務も果たしたいです。✓（不但光享受權利，也想盡義務！）

II. 権利を**受ける**ばかりでなく、義務も果たしなさい。✓（不但光享受權利，也請盡義務！）

III. 権利を**受ける**ばかりか、義務も果たしたいです。✗

IV. 権利を**受ける**ばかりか、義務も果たしなさい。✗

所需單詞類型： A 類～V る / V た / N の（訪問する / 訪問した / 訪問の）
B 類～V る / N（訪問する / 訪問）
N（時間 / 会議）

1.

I. 午後の会議のついでに、新商品を宣伝しようと考えている。（下午開會，打算順便宣傳新產品。）

II. 午後の会議とともに、田中部長への簡単な送別会を開こうと考えている。（下午開會，打算同時為田中部長舉行簡單的送別會。）

III. 人事部の会議に加えて、開発部の会議にも参加しないといけないので、今日は忙しい一日になりそうです。（除了人事部的會議，再加上開發部的會議也要參加，今天應該是忙碌的一天。）

IV. 最近会議が多すぎて、映画を見る時間はもちろん、ゆっくり寝る時間もない。（最近有太多會議了，先不用說看電影，就連好好休息的時間也沒有。）

V. 最近会議が多すぎて、映画を見る時間は固より、ゆっくり寝る時間もない。（最近有太多會議了，先不用說看電影，就連好好休息的時間也沒有。）

***「は固より」是「はもちろん」比較生硬的版本，一般寫作「はもとより」，特意寫「は固より」是想凸顯其「固然」之意。

日本語をマスタしようとするなら、アニメばかりでなく、新聞や本など

_____読まないと！

1 しか   2 は

3 も   4 さえ

題2 あの帰国子女は、中国語ばかりか、_____。

1 英語までペラペラだ   2 英語はペラペラだ

3 英語も勉強しなさい   4 英語さえ勉強したかった

題3 寿司は日本人は_____、外国にもたくさんの愛好者がいる。

1 ついでに   2 とともに

3 くわえて   4 もとより

題4 父親：おい、たけし、コンビニに行くなら、_____お酒も買ってきなさ

　　　　い！

たけし：はい、分かった！

1 ついでに   2 とともに

3 くわえて   4 もとより

題5 親友の結婚式に出席した_____何年間会っていない同級生にも会ってゆ

っくり話をした。

1 ついでに   2 とともに

3 くわえて   4 もとより

題6 時間が_____ _____ ★ _____ずつ薄まってきた。

1 少し   2 悲しみも

3 経つとともに   4 親を亡くした

題7 イメチェン *** するために、髪の毛を＿＿＿ ＿＿＿ ★ ＿＿＿ みた。

1 短く切った　　　2 赤く染めて　　3 一部を　　　　4 だけでなく

*** イメチェン＝イメージチェンジ（改變形象）

題8 車の運転の話ですが、前に進もうとするときに、まず後ろの車が大丈夫かどうかを 1 と自動車学校で教わったでしょう。同時に進もうとする車がないかと確認ができて、初めて安全に前進できます。つまり、前進しようとするとき、前だけを見ているの 2 、危な過ぎて本当の前進はできないということです。それと同じように、人生は常に過去を振り返る 3 、同じ間違いを繰り返そうとしていないかと、参考にしなければなりません。もちろん、過去を振り返るには、時間もかかりますし、不愉快な過去を思い出すたびに嫌な気持ちになるでしょうが、ただそれ 4 、今までの努力や時間などが無駄になるかもしれないので、前進しながら、後ろを振り返ることも忘れないようにしましょう。

1

1 確認してよかった　　　　　　　2 確認すればよかった
3 確認しなくていい　　　　　　　4 確認しないといけない

2

1 には　　　　2 からは　　　3 では　　　4 とは

3

1 ついでに　　2 とともに　　3 くわえて　　4 もとより

4

1 しさえすれば　　　　　　　　2 をしないと
3 をしておくと　　　　　　　　4 さえすれば

154

逆轉的表示①：「【未來】即使」的普1としても VS「雖說」的普2と言っても VS「寧可說……倒不如說是」的普2と言うより（も）VS「【過去/現在】儘管/不理」的普3にもかかわらず

本書 65 至 67 「逆轉的表示①②③」需要互相比較，故 65 、 66 的練習合併在 67 之後。

所需單詞類型： **普1（行く/行かない/行った/行かなかった/行っている/安い/有名だ/学生だ）**

普2（行く/行かない/行った/行かなかった/行っている/安い/有名/学生）

普3（行く/行かない/行った/行かなかった/行っている/安い/有名 or 有名である/学生 or 学生である）

1.

I. うまく**行かなかった**としても、それが人生ってもんだよ！（就算將來一切不如意，那也正正是人生！）

II. うまく**行かなかった**と言っても、人より少し遅れただけでしょう。（雖說一切不如意，也只不過是比人家慢了半拍而已！）

III. うまく**行かなかった**と言うより、人より少し遅れただけでしょう。（寧可說一切不如意，倒不如說是只不過比人家慢了半拍而已！）

IV. すべてうまく**行かなかった**にもかかわらず、最後まで踏ん張った彼には脱帽です。（儘管一切都不如意，但對能堅持到最後一秒的他表示拜服！）

2.

I. たとえ**悪天候だ**としても、明日の山登りは決行だぞ！（就算天氣惡劣，明天的登山是風雨無阻！）

II. **悪天候**といっても、雨も強くなければ風もほとんどない。（說甚麼天氣惡劣，雨不但下得不強，也幾乎沒有風。）

III. **悪天候**というよりも、いつもの夜と違って、少しばかりの雨が降っているだけです。（寧可說天氣惡劣，倒不如說是和平常的晚上不一樣，也只不過下着一點雨。）

IV. **悪天候**にもかかわらず、一人で山登りに行くなんて無謀だよ。（不理天氣惡劣，一個人貿然登山實屬有勇無謀。）

V. **悪天候である**にもかかわらず、一人で山登りに行くなんて無謀だよ。（不理天氣惡劣，一個人貿然登山實屬有勇無謀。）

***「と言っても」和「と言うより（も）」一般寫作「といっても」和「いうより（も）」，特意寫前者是想凸顯其「雖說」、「寧可說」之意。

6 逆轉的表示②「【責備】明明……卻」的**普1**くせに VS「【讚賞／責備】雖然……然而」的**普1**わりに VS「以……來說，想不到」的**普2**にしては（「にしては」同時可用於「立場」，參照本書 **58** 立場的表示③）VS「並非」的**普2**とは限（かぎ）らない

所需單詞類型： **普1**（行（い）く／行（い）かない／行（い）った／行（い）かなかった／行（い）っている／安（やす）い／有名（ゆうめい）な or 有名（ゆうめい）である／学生（がくせい）の or 学生（がくせい）である）

　　　　　　 普2（行（い）く／行（い）かない／行（い）った／行（い）かなかった／行（い）っている／安（やす）い／有名（ゆうめい）／学生（がくせい））

1.

I. 40歳（さい）の**おじさんのくせに**、ぬいぐるみがないと寝（ね）られないなんて信（しん）じられない。（**明明**已經是40歲的大叔，但沒有毛絨玩具就不能入睡，真令人難以置信！）

II. 40歳（さい）の**おじさんのわりに**、見（み）た目（め）は60代（だい）で残念（ざんねん）ね……（**雖然**是40歲的大叔，但外表卻像60歲左右，真悲哀……）

III. 40歳（さい）の**おじさんにしては**、禿（は）げてもないしビール腹（はら）もなくてえらいね！（**以**一個40歲的大叔**來說**，既沒有禿頭又沒有啤酒肚，很難得！）

IV. 40歳（さい）のおじさんって、必（かなら）ずしも**禿（は）げ**（一般寫作「ハゲ」＝禿頭）**とは限（かぎ）らない**よ！（**說起**40歲的大叔，**不一定**就是禿頭哦！）

2.

I. 彼（かれ）は**復習（ふくしゅう）していなかったくせに**、偉（えら）そうなこと言（い）ったね。（他**明明**沒有複習，**卻**很大口氣。）

II. 彼は**復習していなかった**わりに、テストの点が良かった。（他雖然沒有複習，然而考試分數卻很好！）

III. 彼は**復習していなかった**にしては、テストの点が良かった。（以他沒有複習這點而言，考試分數卻很好。）

IV. 復習したからって、絶対に**合格できる**とは**限らない。**（雖說複習了，但並非絕對能合格的。）

*** 除了な形容詞和名詞會加上「だ」一項不同外，「とは限らない」基本可與「訳ではない」交換使用，參照本書 **47** 推測 / 判斷的表示② 「並非」的「訳ではない / でもない」。另外，無論「とは限らない」也好，「訳ではない」也好，一般習慣跟「必ずしも」「絶対に」「いつも」等詞作配合。

***「わりに」「にしては」用法很相近，但也有不同之處，主要有二：
首先，「にしては」前面不能用一些抽象的概念，但「わりに」則無此限制。

3.

I. **値段の**割に美味しい / 美味しくない。✔（那個價錢的話，算好吃 / 不好吃。）

II. **値段**にしては美味しい / 美味しくない。✗

其次，「わりに」的主題 / 主語不能是個人，但「にしては」則無此限制。

4.

I. 外国人の**あなた**にしてはよくできたと思うよ。✔（以外國人的你而言，已經算做得很好了。）

II. 外国人の**あなたの**割にはよくできたと思うよ。✗

最後，「その＋わりに」可成立，但「その＋にしては」則不存在。

5.

I. 試験勉強はしなかった。その割に成績がまあまあ良かった。✔（雖然考試前沒有學習，然而成績還可以。）

II. 試験勉強はしなかった。そのにしては成績がまあまあ良かった。✗

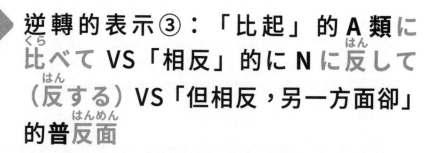

逆轉的表示③：「比起」的 A 類に比べて VS「相反」的に N に反して（反する）VS「但相反，另一方面卻」的普反面

所需單詞類型： A類〜N/V+の（学生 / 行くの、行かないの、行ったの、行かなかったの、行っているの）

普（行く / 行かない / 行った / 行かなかった / 行っている / 安い / 有名な or 有名である / 学生の or 学生である）

N（立場、期待）

1.

I. 期末テストをした後、僕の 90 点ぐらい取れるだろうという**予想に比べて**、たけし君はなんと満点が取れそうと言っていた。（考完期末試，我預測自己能取得大約 90 分吧。對比之下，小武竟說似乎能取得滿分。）

II. クラスのみんなの**予想に反して**、期末試験はとても難しかった。（與班裏大家的預期相反，期末考試非常難……）

III. 漢字で答えを書くことは、テストの際には大変**便利な / 便利である反面**、書き間違えやすいという弱点もある。（考試時，用漢字書寫答案的確非常方便，但相反，另一方面卻也有容易寫錯的弱點。）

2.

I. 犯罪者を**死なせる / 処刑するのに比べて**、生きて罪を償わせたほうがもっと良いと思う人間がいる。（有些人認為比起讓犯罪者死掉 / 處死犯罪者，讓他們活着以補償罪過更加好。）

II. 痴漢行為は**法律にも道徳にも反する**ことなので、絶対にしてはいけません。（非禮行為是既違反法律亦有違道德的事情，切勿以身試法！）

III. 痴漢行為で捕まった山田容疑者は普段明るく**行動している**反面、よく文句を言うと同僚が証言しています。（根據同僚口供，因非禮行為而被捕的山田嫌疑犯平常為人十分開朗，但相反，另一方面卻也是一個喜歡發牢騷人。）

***「反面」表示同一主題的正反兩面，即如前面是正面／反面評價，後面則必須為反面／正面評價。1.III. 的「便利」VS「書き間違えやすい」，2.III. 的「明るく行動している」VS「よく文句を言う」就是很好的對比。

題 1　あれほど努力した＿＿＿＿、うまくいかなかったのが実に残念です。

　　　1　としても　　　　　　　　2　というより

　　　3　にも関わらず　　　　　　4　反面

題 2　働かないでゴロゴロするの＿＿＿＿、コツコツ働いたほうが時間が経つのが早く感じる。

　　　1　に対して　　　　　　　　2　にもかかわらず

　　　3　に反して　　　　　　　　4　に比べて

題 3　あの人は短かった人生＿＿＿＿、普通の人には体験できないことを沢山経験した。

　　　1　反面　　　　　　　　　　2　にしては

　　　3　というより　　　　　　　4　のわりに

題 4　自分が悪かったくせに人の＿＿＿＿にするんじゃない！

　　　1　おかげ　　　　　　　　　2　せい

　　　3　つみ　　　　　　　　　　4　とい

題5 先生の言うことはいつも正解な＿＿＿＿＿。

1　とは限らない　　　　　　　　2　訳がない

3　に限る　　　　　　　　　　　4　訳でもない

題6 別に差別しているわけではないが、この作品は障碍者の田中君＿＿＿＿＿＿
よく出来たと思いませんか。

1　と言っても　　　　　　　　　2　にしては

3　というより　　　　　　　　　4　のわりに

題7 たとえ好きな子への告白が失敗に終わったとしても、＿＿＿＿＿　＿＿＿＿＿
＿＿＿★＿＿＿＿よね。

1　のなら　　　　　　　　　　　2　本当の気持ちを

3　相手に伝えられる　　　　　　4　悔いはない

題8 現代は、生活の豊かさの＿＿＿＿　＿＿＿＿　＿＿★＿　＿＿＿＿だんだんなくな

ってきている。

1　かつて持っていた　　　　　　2　ゆとりが

3　人々の心に　　　　　　　　　4　反面

題9 冬になると、家から＿＿＿＿　＿＿＿＿　＿＿★＿　＿＿＿＿布団から離れたくない。

1　も　　　　　　　　　　　　　2　というより

3　出たくない　　　　　　　　　4　むしろ

題10 恋人がいる＿＿＿＿　＿＿＿＿　＿＿★＿　＿＿＿＿か説明しろ！

1　他の女性と　　　　　　　　　2　どういうこと

3　出かけるとは　　　　　　　　4　くせに

題11 先日友人の紹介でとある有名な占い師に占ってもらったら、次のことを言われました：「あなたは自分を犠牲にしてまで一生懸命彼氏に尽くそうとしますが、その優しい気持ち 1 彼氏はあなたを裏切る可能性があります。尽くすことが美徳だと思っている女の人も世の中にいるようですが、あまり 2 にしてください。自己犠牲的 3 恋愛をすると、尽くせば尽くすほど自分も大変になりますが、相手もだんだん何もできない人になって 4 ので、結局お互いにとって何一ついいことありませんよ」と。その言葉を聞いた自分が納得し、今後はアドバイス通りに行動していこうと思います。

1

1 によって

2 に反して

3 に従って

4 にこたえ

2

1 しなくてもいい

2 し過ぎないよう

3 し過ぎよう

4 しなくてはならない

3

1 で

2 に

3 の

4 な

4

1 いきます

2 います

3 きます

4 もらいます

題12 1899 年、日本全国で肺炎に **1** 死亡は、男子 23,379 人、女子 19,934 人の合計 43,313 人であり、**2** 死亡者数 932,087 人のうち、4.6% を占めていた。…… 中略 …… 1945 年以降、肺炎に **1** 死亡者数は大幅に減少し、1964 年には男子 12,186 人、女子 10,468 人と最低を記録する。近年この病気 **1** 死亡は「ある程度コントロールされた」と言われているが、その **3**、昔に比べて増えてきているのではないか思う。例えば、2016 年に肺炎が原因で亡くなった人は男子 65,636 人、女子 53,664 人だった。死亡者数が以前より減らないばかりか、増えてしまったのは、喫煙者の数が減らない **4** と個人的に思っているが、日本政府は今後どのようにして問題を解決していくかが注目されている。

（東京健康安全研究センター年報 2018 により　一部改）

1

1　より

2　つき

3　ため

4　よる

2

1　同

2　総

3　皆

4　諸

3

1　にしては

2　反面

3　ところ

4　わりには

4

1　のため

2　せいで

3　によって

4　せいか

68 強調的表示①：「大量不好的東西 / 液體 / 抽象概念」的 N だらけ VS「大量不潔的液體 / 細小東西」的 N まみれ VS「大量好的東西 / 滿身相同顏色」的 N ずくめ

本書 68 至 69 「強調的表示①②」需要互相比較，故 68 的練習合併在 69 之後。

所需單詞類型： N（ゴミ / 汗（あせ）/ 赤（あか））

1.

I. 息子（むすこ）が傷（きず）だらけで帰（かえ）ってきたが、どうも友達（ともだち）とケンカしたようだ。（滿身傷的兒子回家，似乎是與朋友打架了。）

II. 私（わたし）が翻訳（ほんやく）した日本語（にほんご）は間違（まちが）いだらけだったので、友達（ともだち）に直（なお）してもらった。（我翻譯的日語錯漏百出，最後朋友替我改好。）

2.

I. 息子（むすこ）が血（ち）まみれで帰（かえ）ってきたが、どうも友達（ともだち）とケンカしたようだ。（滿面血的兒子回家，似乎是與朋友打架了。）

II. 毎日（まいにち）汗（あせ）まみれになるまで一生懸命（いっしょうけんめい）日本語（にほんご）を翻訳（ほんやく）していたが、結局（けっきょく）間違（まちが）いだらけだった。（每天汗流浹背的努力翻譯日語，結果竟然是錯漏百出。）

3.

I. 友達（ともだち）とケンカした息子（むすこ）は赤（あか）ずくめの格好（かっこう）をしていたので、どれぐらい血（ち）が出（で）たかは把握（はあく）できなかった。（與朋友打架的兒子由於穿着滿身紅色衣服，看不出他究竟流了多少血。）

164

II. 毎日汗まみれになるまで翻訳していた日本語のレポートは最優秀作と選ば
れたり、高嶺の花の洋子さんから晩御飯のお誘いが来たりして、今日は朝
からめでたいことずくめだ。（每天汗流浹背地努力翻譯的日語作品被選為
最佳作品，不但如此，一直心儀的女神洋子小姐竟然主動約我吃飯，今天從
早上開始就一直**好事連連**啊。）

*** 「だらけ」和「まみれ」用法某程度上相近，但後者**不能**用於<u>非液體或抽象</u>
概念身上。

名詞	だらけ	まみれ
血 ち	✓	✓
泥 どろ	✓	✓
埃 ほこり	✓	✓
汗 あせ	✓	✓
油 あぶら	✓	✓
傷 きず	✓	✗
虫歯（蛀牙） むしば	✓	✗
ゴミ	✓	✗
矛盾 むじゅん	✓	✗
借金 しゃっきん	✓	✗

JPLT N3

強調的表示②：「一直」的 V-stem っぱなし VS「最近老是」的V-stem/N がち VS「當下傾向」的 V-stem/N 気味(ぎみ) VS「看起來，感覺上有點」的 V-stem/N っぽい VS「看起來，感覺上有點」的い形 / な形げ

所需單詞類型： V-stem/N（引(ひ)き、忘(わす)れ / 病気(びょうき)）

い形 / な形（嬉(うれ)しい、悲(かな)しい、言(い)いたい / 不安(ふあん)な＋満足(まんぞく)、自慢(じまん)、不満(ふまん)あり）

1.

I. 抵抗力(ていこうりょく)が弱(よわ)くなったせいか、ずっと風邪(かぜ)を引(ひ)きっぱなしです。（是否抵抗力比以前差了之故呢？一直感冒，老是不好呢！）

II. 季節(きせつ)の変(か)わり目(め)のせいなのか、最近(さいきん)は風邪(かぜ)を引(ひ)きがちです。（是否換季之故呢？【雖然當下沒有感冒，但】最近老是感冒呢！）

III. 季節(きせつ)の変(か)わり目(め)のせいなのか、今日(きょう)は風邪(かぜ)気味(ぎみ)です。（是否換季之故呢？當下有感冒的傾向呢【＝哎呀，今天又有感冒的徵狀】！）

IV. 季節(きせつ)の変(か)わり目(め)のせいなのか、今日(きょう)は風邪(かぜ)っぽいです。（是否換季之故呢？今天感覺上有點感冒呢【＝雖然還不確定是不是感冒】！）

V. 田中君(たなかくん)は病気(びょうき)のお母様(かあさま)の顔(かお)を見(み)つめていて、なんだか悲(かな)しげな様子(ようす)だ。（田中君凝視着患病的母親，露出淡淡憂傷的神情。）

2.

I. また車(くるま)に鍵(かぎ)を差(さ)しっぱなしで買(か)い物(もの)に行(い)ってしまった。最近(さいきん)は本当(ほんとう)に忘(わす)れ物(もの)が多(おお)いなあ。（我又把車匙一直插在匙孔裏，沒拔就去買東西了。最近忘記的事情愈來愈多。）

II. 年のせいなのか、最近は**忘れがち**です。（是否年老之故呢？【雖然當下沒有忘記，但】最近老是忘記東西呢。）

III. 年のせいなのか、最近は**忘れ気味**です。（是否年老之故呢？當下有忘記東西的傾向呢【＝哎呀，今天又忘記東西了】。）

IV. 年のせいなのか、最近は**忘れっぽい**です。（＝忘れがち。是否年老之故呢？【雖然當下沒有忘記，但】最近老是忘記東西呢。）

V. 田中君は最近忘れっぽい / 忘れがちなお母様を**不安げ**に見つめている。（田中君凝視着最近經常忘記東西的母親，露出絲絲的不安。）

VI. 田中君は最近忘れっぽい / 忘れがちなお母様を**不満ありげ**に見つめている。（田中君凝視着最近經常忘記東西的母親，露出一抹不滿。）

*** 基本上「V-stem+っぱなし」文型比較穩定，不難記憶。但另外 4 個雖然嘗試做了以上綜合，但仍有很多例外變數，讀者可參考下面一覽圖：

單詞	がち	気味	っぽい	げ
風邪	風邪がち✘ 風邪を引きがち✔	風邪気味✔	風邪っぽい✔	風邪げ✘
熱	熱がち✘ 熱を出しがち✔	熱気味✘	熱っぽい✔	熱げ✘
水 / 油	水がち✘ 油がち✘	水気味✘ 油気味✘	水っぽい✔ 油っぽい✔	水げ✘ 油げ✘
子供	子供がち✘	子供気味✘	子供っぽい✔	子供げ✘
忘れる	忘れがち✔	忘れ気味✔	忘れっぽい✔	忘れげ✘
遅れる	遅れがち✔	遅れ気味✔	遅れっぽい✘	遅れげ✘
間違う	間違いがち✔	間違い気味✘	間違いぽい✘	間違いげ✘
思う	思いがち✔	思い気味✘	思いっぽい✘	思いげ✘

單詞	がち	気味	っぽい	げ
黒い	黒がち✗ い形＋なりがち， 如黒くなりがち✔ 下同	黒気味✗	黒っぽい✔	黒げ✗
嬉しい	嬉しがち✗	嬉し気味✗	嬉しっぽい✗	嬉しげ✔
悲しい	悲しがち✗	悲し気味✗	悲しっぽい✗	悲しげ✔
暑い	暑がち✗	暑気味✗	暑っぽい✗	暑げ✗
寒い	寒がち✗	寒気味✗	寒っぽい✗	寒げ✔
高い	高がち✗	高気味✗	高っぽい✗	高げ✗
安い	安がち✗	安気味✗	安っぽい✔	安げ✗
不安な	不安がち✗ な形＋なりがち， 如不安になりがち ✔ 下同	不安気味✔	不安っぽい✗	不安げ✔
無理な	無理がち✗ 無理になりがち？ 無理しがち✔	無理気味？ 無理し気味✗	無理っぽい✔ 無理しっぽい✗	無理げ✗ 無理しげ✗
心配する	心配がち✗ 心配になりがち✔ 心配しがち✔	心配気味✔ 心配し気味✗	心配っぽい✗ 心配しっぽい✗	心配げ✔ 心配しげ✗
満足する	満足がち✗ 満足になりがち✔ 満足しがち✔	満足し気味✗ 満足気味✔	緊張っぽい✗ 緊張しっぽい✗	満足げ✔ 満足しげ✗

單詞	がち	気味	っぽい	げ
ある	ありがち【なこと】✓	あり気味✗	【脈】ありっぽい✓	【意味】ありげ✓
ない	ないがち✗	ない気味✗	ないっぽい✓	なげ ✓ 此字多寫作「無げ」

題1 女性でも髪をバッサリ切ったら、少し男_____なることがある。

1　げに　　　　　　2　っぽく　　　　　3　がちに　　　　4　気味に

題2 麗子さんは自慢_____最新の携帯電話をクラスメイトのみんなに見せた。

1　げに　　　　　　2　だらけ　　　　　3　がちに　　　　4　気味に

題3 いままでずっと親に迷惑をかけ_____だったので、出世したら親孝行したいです。

1　まみれ　　　　　2　っぱなし　　　　3　がち　　　　　4　だらけ

題4 あいつは欠点_____なのに、どうしてあんなにモテモテなんだろう？不思議だ。

1　まみれ　　　　　2　ずくめ　　　　　3　がち　　　　　4　だらけ

題5 今日は疲れ_____なので、悪いですが、先に帰らせていただきます。

1　げ　　　　　　　2　っぱなし　　　　3　がち　　　　　4　気味

題6 今年が_____　_____　★_____　_____しました。

1　幸せずくめの　　　　　　　　　　　2　なりますように
3　一年に　　　　　　　　　　　　　　4　お祈り

題7　謎の男の人は＿＿＿＿　＿＿＿＿　＿★＿＿　＿＿＿＿しまった。

1　その場を　　　　　　　　　　2　意味ありげな

3　立ち去って　　　　　　　　　4　言葉を残して

題8　2020年のアメリカ大統領選は異例の多い展開となった。バイデン氏の得票数は7500万票と過去最高でトランプ大統領も7000万票を超え、前回の大統領選を　1　上回った。また、投票率もなんと66%という高い数字で120年ぶりに記録を更新し、アメリカの国民に　2　極めて注目度が高い行事だったことが分かる。バイデン氏はすでに勝利宣言のスピーチを行ったが、この段階では、通常であればトランプ大統領が敗北を認め、バイデン氏に祝福の言葉を送るはずだったが、トランプ大統領はいまだに敗北を認めておらず、沈黙を保った　3　だそうで、まさに異例　4　の大統領選というべきだ。

1

1　うえまわった　　　　　　　　2　うわまわった

3　かみまわった　　　　　　　　4　あげまわった

2

1　とって　　　2　として　　　3　基づいて　　　4　関して

3

1　ばば　　　　2　ぱぱ　　　　3　じじ　　　　4　まま

4

1　まみれ　　　2　ずくめ　　　3　っぱなし　　　4　気味

第四部分　閱讀理解

出題範圍	出題頻率
甲類：言語知識（文字・語彙）	
問題1　漢字音讀訓讀	
問題2　平假片假標記	
問題3　前後文脈判斷	
問題4　同義異語演繹	
問題5　單詞正確運用	
乙類：言語知識（文法）・讀解	
問題1　文法形式應用	
問題2　正確句子排列	
問題3　文章前後呼應	
問題4　書信電郵短文	✓
問題5　中篇文章理解	✓
問題6　長篇文章理解	✓
問題7　圖片情報搜索	✓
丙類：聽解	
問題1　圖畫情景對答	
問題2　即時情景對答	
問題3　整體內容理解	
問題4　圖畫綜合題	
問題5　文字綜合題	

短文1

綾瀬先生

警視庁の木村さんから電話がありましたが、4月に見学ができるのは、21日（水）午後2時と22日（木）午前11時、12時だそうです。見学の日と時間が決まり次第メールで連絡するようにというメッセージがあり、しかも見学に行く人の名前だけでなく、生年月日も事前に教えてほしいと木村さんが言っていました。以上、よろしくお願いします。

桜井

題1 このメモを読んだ綾瀬先生は、警視庁の木村さんに何を知らせなければなりませんか？

1 警視庁見学に行く日、時間及び行く人の誕生日。

2 警視庁見学に行く人の名前及びメールアドレス。

3 警視庁見学に行く日、時間、行く人の名前及び誕生日。

4 警視庁見学に行く日、時間、行く人の名前及びメールアドレス。

短文2

私は桜井ツアーという名前の旅行会社で働いています。主にお客さんの代わりに、電車や飛行機の席、それからホテルの部屋などが空いているかを調べて切符を取ったり、予約をしたりします。それに加えて、お客さんのお話を聞いて、お好みやご予算などに合うような旅行情報を提供することも仕事内容の一つです。もともと世界各地の旅行プランを調べたり比べたりするのが好きですし、旅行会社の一人のスタッフとして、お客さんにご満足いただけるような旅行プランをご紹介できると嬉しいです。

題1　「私」の仕事ではないものはどれですか？

1　飛行機のチケットを予約すること。
2　ホテルの部屋が空いているか調べること。
3　お客さんに旅行情報を提供すること。
4　お客さんにご満足いただけるような旅行プランを立てること。

短文3

今日、友達のマリアさんをご紹介します。マリアさんはアメリカのご出身で、生まれてからずっとニューヨークに住んでいましたが、1年前に仕事の関係で大阪に来ています。今、任天堂の大阪支店でゲームデザイナーとして働いています。彼女によると、ゲームデザイナーの仕事は面白いですが、仕事量が多いので、大変だそうです。毎日、暇な時間があまりなくてアメリカにいる友達と連絡がなかなか取れず、「もしドラえもんの『どこでもドア』*** があればいいのになあ」と時々寂しげな表情で話しかけてきます。一方、マリアさんはとても面白い人なので、彼女と話をするのは（a）です。これからもずっとマリアさんと友達でいたいと思っています。

*** ドラえもんのどこでもドア：アニメ《ドラえもん》のなかで、行こうとする目的地を入力しただけで、あっという間にその目的地に行ける道具です。

題1　マリアさんは時々寂しく感じる理由は何ですか？

1　仕事が面白くないからです。
2　地元の知り合いと連絡できないからです。
3　日本に友達がいないからです。
4　ドラえもんの道具がないからです。

題2　（a）の中に入れるのに最も適切なものはどれですか？

1　まじめ
2　めいわく
3　ゆかい
4　かわいそう

短文4

日本と韓国は、言語を始め、様々な文化が違う国ではあるが、独自の文化を相手の国に影響したり影響を受けたりしてきた。例えば、韓国では「すしにワサビ」とは子供でも分かるような常識となっており、ワサビの存在は広く知られている。一方、キムチやビビンパなどの韓国料理も、すでに日本の食文化に溶け込んでいる。このような文化的な交流はこれからもますますさかんになり、お互いの国にとってポジティブな影響を与えるのでないかという意見が高まっている。

題1 この文章について、正しくないものはどれですか？

1　日本文化はすでに韓国に影響しています。

2　韓国文化はすでに日本に影響しています。

3　両国の文化交流はこれからも多くなるでしょう。

4　両国の文化交流はこれからは少なくなるでしょう。

短文5

近年日本における大きな話題の1つは、「日本人の和食ばなれ」というものです。ある調査をもとに、「和風の料理が好き」と答えた人は、1998年には65.8%いましたが、2020年は45.3%へと激減しています。性別問わず、男女共に20代～60代の全世代で、二桁のパーセンテージの減少が目立っています。中でも最も「嫌われるようになった」のは漬物ですが、同じ調査では、「漬物が好き」と答えた人は、1998年の64.8%から、2020年には44.4%と、なんと20.4%も下落していることが分かりました。皆さんの身の周りに、例えば「カレーを食べるときに、カレーの中に入っている福神漬をわざわざ残しておく」という経験のある人、特に20代の若者は多くありませんか？

*** 福神漬：日本では、カレーと一緒に食べる定番の漬物です。

以上のデーターは《生活定点 1992-2020》によるものです。

https://seikatsusoken.jp/teiten/answer/321.html

題1　「日本人の和食ばなれ」の中の「ばなれ」に最も近い言葉はどれですか？

1　きらい

2　わすれ

3　えらび

4　したしみ

題2　この文章を書いた人の発見はなんですか？

1　伝統的な日本の食べ物が好きではない若者が増えたこと。

2　「和風の料理が好き」と言った人は昔より増えたこと。

3　1998年に比べて、漬物が食べたくないと思う人は20.4%も下落していること。

4　男性よりも女性のほうが和食を嫌うパーセンテージが高いこと。

短文6

　ある外国人のブログで次の記事を見た。「日本のカラスはナッツを車に割らせようとして、わざわざ横断歩道に落とし、そして車が過ぎ去ったらナッツを食べに行くそうですが、もしそれが本当ならカラスって頭が良い鳥だね」と。日本に行ったことのある人なら、きっと街のあちらこちらにいるカラスに深い印象を持っているだろう。しかし、たとえカラスがごみをひっくり返しても、日本人がこの鳥に対してあまり反感を抱いているように見えず、いわゆる「カラス好き」は昔から有名な話だ。
　それに比べて、中国では、カラスは、不吉な鳥としか見られていない。それはカラスは昔から腐った食べ物を食べて来たからだと言われているが、確かにその連想ならカラスが悪者とされるのも、無理もないよね。

題 1 ナッツを車に割らせることから、カラスのどの特徴が見られますか？

1 勤勉な一面

2 賢い一面

3 残虐な一面

4 可哀そうな一面

題 2 中国人の「カラス嫌い」について、この文章を書いた人はどう思いますか？

1 やりすぎだと思う。

2 直すべきだと思う。

3 当然だと思う。

4 ばかばかしいと思う。

短文讀解③

短文7

この前の飲み会で次のように話しました：「気づいたら、あと1年半もしたら、四十路、つまり四十歳のおじさんになりますが、仮にこれで人生の半分の道を歩んだことになるとしたら、この人生も決して短くありませんよね。

思えば、20歳のある日に日本の方に広東語を教え始めたのがきっかけで、言語の教師になってすでに20年になりました。名古屋に住み始めたばかりの頃、最初は『ホウメイ』という教室に広東語の先生として雇ってもらっていました。生徒さんの数は少なくなかったですが、ほとんどが社会人の方なので、しばらくは土日しか教えない日が続いていました。その後、『アジア超級文化センター』という教室に移って、以来たくさんの素敵な方と出会いました。

この場を借りて皆様に感謝の一言を申し上げます。沢山の素敵な思い出を下さって、本当にありがとうございました！」

題1 この文章を書いた人は今何歳ですか？

1 37歳　　　2 38歳　　　3 39歳　　　4 40歳

題2 「しばらくは土日しか教えない日が続いていました」について、考えられる理由は以下のどれですか？

1 あまり経験がなかったからです。

2 「ホウメイ」から「アジア超級文化センター」に移ったからです。

3 生徒さんが少なかったからです。

4 生徒さんは土日にしか休めなかったからです。

177

「仙台⇄香港」文化交流会の会長として、この前の「日本と香港のこれからの発展について 2021」という会議において、3 つの提案、すなわち

1 仙台－香港線の定期的な航空便の復活
2 JR 東北フリーパスの確立
3 東北－香港を象徴するゆるキャラの制作

を申し上げました。2 つは国の交通機関に関する内容で、おそらくそれが成功するまでには、多大な努力と繰り返される失敗がいるのでしょう。それに比べて、「ゆるキャラ」、つまり両地域を代表するイメージキャラクターの考案は、比較的に実行できそうなので、来週からでも新聞を通じて一般公募を行う予定です。ところで、ゆるキャラと言えば、熊本県の「くまモン」が最も知名度が高いものですが、それよりさらに優れるということはおそらく不可能に近いしょうが、くまモンに匹敵するような完成品ができるといいですね。

題1 最も叶いそうなことはどれですか？

1 仙台－香港線の定期的な航空便の復活
2 JR 東北フリーパスの確立
3 東北－香港を象徴するゆるキャラの制作
4 熊本県の「くまモン」と匹敵できるものの完成

題2 「くまモンに匹敵する」に一番近いことは？

1 くまモンに勝つこと。

2 くまモンと同じでないこと。

3 くまモンに負けないこと。

4 くまモンを無視すること。

ある日本語の学習者に「おおさか」は、昔の漢字は「大坂」だったのですが、どうして明治時代から「大坂」に代わって「大阪」が正式な表記となったのかと尋ねられました。それをインターネットで調べてみたら、「坂」という文字を分解したら、「土＋反」もしくは「士＋反」になりますね。「ある土地で起きる謀反」にしても、「武士による謀反」にしても、いずれも<u>縁起/語呂合わせが悪い</u>ため今の「阪」に改められたという俗説がありますが、長年漢字に親しんできた中国人からすれば、なかなか納得の行く答えですね。

題1 「縁起/語呂合わせが悪い」に関して、最も可能性があるのはどれですか？

1 もともと「士」や「反」などは意味の悪い漢字だったからです。

2 もともと「士」や「反」などは日本にない漢字だったからです。

3 「士」や「反」などの漢字を合せると意味のない言葉になるからです。

4 「士」や「反」などの漢字を合せると悪い意味になるからです。

日本の近代文学や絵画にはそれほど詳しくないですが、近代の文学者や画伯たち（絵を画く人のこと）の名前（もちろんペンネーム）を見れば見るほど、やはり昔の文化人は中国文化や中国語に詳しい人が多いなあとつくづく実感してきます。仮に好きな名前を10個挙げるとしたら、下記の名前がノミネートされるでしょう：

1 尾崎紅葉

2 泉鏡花

3 幸田露伴

4 坪内逍遥

5 永井荷風

6 岡本綺堂

7 三木露風

8 岡倉天心

9 横山大観

10 菱田春草

なぜ好きかと聞かれると、それぞれの漢字が持つ優れた意味だけでなく、上の苗字（「姓」ともいう）と下の名前が程よく組み合わせられており、音声的にも美しく聞こえる気がするのです。例えば、「坪内」と「逍遥」は音声的において大変相性が良い漢字同士であり、極端的にいうと、「坪内」の後は「逍遥」で（a）し、仮に「坪内」に「鏡花」が続いて来たとするなら、なんとなく合わなくなってしまうと思うのは、僕だけなのでしょうか？

日本の近代文学者や画伯たちは、自分のペンネームにどの漢字がふさわしいかを決めるときに、その漢字における意味はもちろん、漢字同士を前後に合わせると、美しい音声になるものしか選ばないというのは、おそらく彼らの基準であろう。

題1 作者によって選ばれた近代文学者や画伯たちの名前にはどんな特徴があり

ますか？

1 自然の意味を持つ漢字が多く含まれています。

2 数字の意味を持つ漢字が多く含まれています。

3 形容詞の意味を持つ漢字が多く含まれています。

4 動詞の意味を持つ漢字が多く含まれています。

題2 (a) の中に入れるのに最も適切なものはどれですか？

1 なければならない   2 ないでほしい

3 なくてもいい   4 なくてよかった

題3 この文章を書いた人が思う「彼らの基準」とは？

1 選ばれた漢字は、音声だけ良ければいいが、別に意味が悪くてもいいと

いうこと。

2 選ばれた漢字は、意味だけ良ければいいが、別に音声が悪くてもいいと

いうこと。

3 選ばれた漢字は、意味も良いし、一つ一つ良い音声が出るということ。

4 選ばれた漢字は、意味も良いし、繋げると良い音声が出るということ。

1980年代の日本は正に音楽の黄金時代だと思います。フォークソングといい、ポップスといい、とにかく素晴らしい曲が続々と生まれた時代であります。実はこの時期に生まれた多くの歌が後程香港や台湾の歌手に歌い直され、つまり「カバーソング」として再び登場することとなります。例えば、フェイ・ウォン（王菲）の「容易受傷的女人」の原曲は中島みゆきの「ルージュ」ですし、沖縄を代表する喜納昌吉の名曲「花」も台湾の男性歌手、エミール・チョウ（周華健）によって「花心」というタイトルで歌われています。

では、こういったカバーソングはなぜ1980年-2000年にわたって流行っていたのでしょうか？ 実は1980年以降、特に香港ではローカルの作曲家の不足に伴って歌の生産量がなかなか伸びなかった。(a) もし黄金時代を迎えている最中の日本からメロディーを輸入すれば、すべての問題が解決出来るだろうという声があって、香港側の関係者も早速日本側の音楽会社にオリジナルの曲を提供してもらうように働きかけたのです。

もちろん、カバーソングを使用する場合、お金を払って日本側のライセンスを買わなければなりませんが、作曲家を雇うのにかかるお金よりずっと安かったことも、香港側がカバーソングを購入し続けるもう一つの理由だったようです。

ただ日本語の歌のメロディーに合わせて中国語の歌詞を書き直す必要があったので、本来の歌詞とは違って新しい歌詞が沢山書かれるようになりました。そこで、日本人からすれば、別の言語と新しい歌詞で歌われる親しみのあるメロディーを聴きながら、もしかして新たな世界観を発見できるのかもしれません。

題1 **1980年 - 2000年にかけて、香港の音楽業界が日本のカバーソングを愛用する二つのキーワードは何だったのですか？**

1 作曲者と値段

2 利便性とメロディー

3 流行りと歌詞

4 歌手と世界観

題2 **(a) の中に入れるのに最も適切なものはどれですか？**

1 ここで

2 そこで

3 あそこで

4 どこで

題3 **この文章を書いた人は「カバーソング」について、どんな態度を示していますか？**

1 「カバーソング」は価値のあるものだという態度。

2 「カバーソング」は価値のないものだという態度。

3 「カバーソング」は存在しても存在しなくてもいいという態度。

4 「カバーソング」は必ず以前になかった価値を見せなければならないという態度。

「京都人っぽい表現」という言葉を聞いたことがありますか？ ないなら、いくつか例をあげましょう。例えば、京都に住んでいて、自分の子供が毎日一生懸命家でピアノの練習をしているとします。そして、あるとき近所の生粋の京都人に「お子さん、ピアノ上手にならはったなぁ＝なられましたね」とか言われます。(a)それを聞いた京都人以外の人間なら、おそらく「ありがとうございます。そうなんです、頑張ってるんですよ、うちの子！」とでも答えてしまうだろうが、京都人が期待するこちらの答えはなんと「いつもピアノの音がうるさくて、申し訳ありません」だそうです。本当にピアノが上手になったかどうかは別にして、ピアノの音が近所の人の家まで聞こえてしまう、つまり暗に「ピアノの音はうるさいよ」という意味になります。

また、子供が公園でサッカーをしていて、もし「お子さん、いつも元気がいいね」とか言われたら、それも「京都人っぽい表現」だと理解したほうが良いのかもしれません。思えば、昔京都人の家に遊びに行ったことがあって、夜遅くなっても帰ろうとしなかった私が家の主に「お茶漬けでもどうですか」と聞かれたことがあります。何も分からなかった私は「ちょうどお腹が空いているので、いただきます〜〜〜」と言ってしまいました。その後、他の生粋の京都人から「この土地で生まれ育った人間なら、だれ知っていることですが、それは決して食べてはいけないもので、むしろ家の主から早く帰れというメッセージーなんだよ」と教えてもらいました。以来、家の主にその言葉を言わせることなく早めに帰るように心がけています。

「京都人っぽい表現」を嫌味だと受け取る人もいれば、その人に傷付けないように、さりげなく恥ずかしい思いをさせるという京都人の優しさなんだよねと感じる人もいますが、皆さんはいかが思われますか？

題1 「生粋の」に最も近い言葉はどれですか？

1 本物の　　　　2 偽物の　　　　3 狡賢い　　　　4 親切な

題2 (a)「それ」とは

1 ピアノの音
2 京都人の褒め言葉
3 京都人以外の人間の弁解
4 京都人が期待する答え

題3 「お子さん、いつも元気がいいね」と言った京都人が期待する答えは、以下のどれですか？

1 今度一緒にしませんか？

2 よくご存じですね！

3 これからなるべくさせないようにします。

4 まったく、やらなけれれればいいでしょう！

題4 「京都人っぽい表現」にはどんな特徴がりますか？

I. わざわざ本当のことを言わない。
II. 人に恥ずかしい気持ちを持たせない。
III. 人を自覚させるための行為である。
IV. 人に快感を与える行為である。

1 I, III　　　　　　　　　　　　2 II, IV

3 I, III, IV　　　　　　　　　　4 II, III, IV

<サンピロデパート　開店 5 周年記念セール　開催>

サンピロデパートは今年、おかげで 5 周年を迎えることになります。お客様への感謝の気持ちを込めて、5 周年記念セールを開催いたします。電気製品から毎日の生活に使えるものまでたくさんご用意しておりますので、是非ご来店くださいませ。

セール期間：2021 年 2 月 18 日（月）〜2 月 24 日（日）

時間：10：00〜20：00　（金曜日・土曜日　21：00 まで）

場所及び割引内容：

サンピロデパート	
5 階〜9 階	全商品半額
1 階〜4 階	全商品 20% 引き
地下 1 階	全商品 10% 引き

＊ お買い上げの合計金額、5000 円ごとに 10% の割引券を一枚差し上げます。
割引券は 2 月 25 日から 3 か月間以内にご利用いただけます。

＊ サンピロデパート会員特典：セール期間内、お持ちのサンピロデパート会員カードにお買い上げ合計金額の 10% 相当のポイントがつきます。ポイントは次のお買い物の際に 1 ポイント＝1 円としてご利用いただけます。

題1 石原さんはセール中に 5 階で元値（＝本々の値段）が 6,000 円だったスカートと地下 1 階で元値が 3,000 円だった食品を買いましたが、合計でいくらでしたか。

1　5,700 円

2　7,200 円

3　7,800 円

4　8,700 円

題2 山本さんはサンピロデパートの会員です。セール中に 4 階で 15,000 円のゲームと 9 階で 3,000 円の本を買いたいですが、合計で何ポイントがもらえますか。

1　1,200 ポイント

2　1,350 ポイント

3　1,500 ポイント

4　1,800 ポイント

題3 鈴木さんは 3 月に、セール割引券を 1 枚使って、2070 円で靴を買いました。その靴は（税込みで）もともといくらでしたか？

1　2,200 円

2　2,300 円

3　2,400 円

4　2,500 円

自閉症の代表的な症状

次は自閉症のチェックシートです。お子さんの行動にぴったり合うものがあれば、□に✓をつけてみてください。

□ 道の行き方をよく覚える。

□ 車のタイヤなど回っているものを見るのが好きである。

□ 物をキレイに並べたがる。

□ なんでも一番でなければならない。

□ 数字や文字の形に興味があり、その年のわりに電車の車種などに非常に詳しい。

□ 音・風・臭いなどに敏感である。

□ 自己中心的な行動が多い。

□ よく仲間と喧嘩する。

□ 言葉を省略（簡単に）すると分からなくなり、具体的に話さないと分からない。

□ 自分の頭などを叩いたり、他人に噛みついたりする。

□ 叩く・蹴るなど他人を攻撃することがある。

□ 三輪車が出来ず、両足を地面につけて進む。

□ テレビの台詞を繰り返すなど独り言が多い。

□ 冗談が分からない。

もちろん、正確なことを確認するためには、さらに細かいチェックが必要ですが、以上のような症状が3歳ぐらいに6つ見られるようなら、自閉症の可能性があるので、一度発達障害を専門に扱っている病院で診てもらうと良いでしょう。

(幻冬舎 Online「急増する『発達障がい』…14 項目の簡易診断チェック」より一部改)

佐藤さんのお子さん、一郎君（3歳）はピカチュウの全キャラクターを数えられるし、夜一人で寝るときはよく泣くし、「それを持って来て」と言われても何を持って来れば良いか分からない。この間、他の子供に「家に三輪車がないの？貧乏だな」と言われて大泣きしました。さて、一郎君の行動に以上の自閉症チェックリストに合うものはいくつありますか？

1　一つ

2　二つ

3　三つ

4　四つ

斎藤さんのお子さん、和也君（3歳）は黄色い服でないと着たがらないし、洗濯物は必ず決まった場所に置く子供です。タイヤの回転を見ると必ず興奮してしまい、「お父さんの名前は？」と聞いても答えられず、ずっと自分の頭を叩くそうです。さて、和也君の行動に以上の自閉症チェックリストに合うものはいくつありますか？

1　一つ

2　二つ

3　三つ

4　四つ

投資家、火舞徳威さんによる株分析

株名	2020年1月31日の株価（単元株数）	2021年1月31日現在の株価（単元株数）	評論
ワンワン旅行社	1220円（100）	330円（100）	コロナに効く注射が2021年8月に完成するという噂が本当だったら、株価は2021年5月から一気に上昇する可能性もありますが、年内では2020年1月の2/5の水準に戻れればラッキーだという意見が主流です。
にゃんにゃん銀行	1562円（1000）	1120円（1000）	世界各国の投資の減少により、一時は1000円以下まで下落していました、この半年の間コロナによる鎖国が緩和されるため、少しずつ正常価格に向かって回復してきています。
メーメー食品	562円（100）	1859円（100）	外出禁止に伴う自炊が流行り、しかもこれからも若者の新しいリビングスタイルになりそうなので、コロナが終わった後でも、食品に対するニーズが高いだろう。ただ1800円はやはり大変上がり過ぎだという感じがしたので、近々300円-400円ぐらいの値下がりは起きるでしょう。

株名	2020 年 1 月 31 日の株価 （単元株数）	2021 年 1 月 31 日現在の株価 （単元株数）	評論
モーモー ホテル	4414 円 （100）	1202 円 （100）	飛行機業界に次ぎ、不運な一年と言ってもいいでしょう。ただ最近は国内の旅行事業が少しずつ復興すると共に、一時期 800 円台まで落ちていましたが、そこから上昇してきました。ただし年内では 1800 円が限界でしょう。
チューチュー航空	5789 円 （100）	950 円 （100）	まさに暗黒で災難的な一年と言ってもいいでしょう。950 円に落ちてくるとは、だれもが想像していなかったでしょう。しかし、おそらくこれが最安の価格ではなく、さらに落ちる恐れは十分あるでしょう。

題1 株価が四桁から三桁まで下落した経験がある株はいくつ？

1 一つ

2 二つ

3 三つ

4 四つ

題2 山本さんは 2021 年 2 月から 2 か月ほど短期的な投資をしようと考えていますが、火舞徳威さんの株分析によれば、最も儲かりそうな株はどれですか？

1　ワンワン旅行社

2　メーメー食品

3　にゃんにゃん銀行

4　チューチュー航空

題3 火舞徳威さんの株価に対する評論の中で、正しいのはどれですか？

1　一部の株価は尋常じゃないほど上がりました。

2　一部株価が下がったものは、2021 年の間に 2020 年と同じ水準に戻る可能性がある。

3　チューチュー航空の激しい下落は、すでに予想されていました。

4　メーメー食品の株価の動きは、世界各国の投資状況と深く関係しています。

第五部分

聽解

出題範圍	出題頻率
甲類：言語知識（文字・語彙）	
問題 1　漢字音讀訓讀	
問題 2　平假片假標記	
問題 3　前後文脈判斷	
問題 4　同義異語演繹	
問題 5　單詞正確運用	
乙類：言語知識（文法）・讀解	
問題 1　文法形式應用	
問題 2　正確句子排列	
問題 3　文章前後呼應	
問題 4　書信電郵短文	
問題 5　中篇文章理解	
問題 6　長篇文章理解	
問題 7　圖片情報搜索	
丙類：聽解	
問題 1　圖畫情景對答	✓
問題 2　即時情景對答	✓
問題 3　整體內容理解	✓
問題 4　圖畫綜合題	✓
問題 5　文字綜合題	✓

JPLT

N3

題 1

| 1 | 2 | 3 |

題 2

| 1 | 2 | 3 |

題 3

| 1 | 2 | 3 |

題 4

| 1 | 2 | 3 |

題 5

| 1 | 2 | 3 |

題 6

| 1 | 2 | 3 |

題 7

| 1 | 2 | 3 |

題 8

| 1 | 2 | 3 |

81 ▶ 即時情景對答①

題 1

| **1** | **2** | **3** |

題 2

| **1** | **2** | **3** |

題 3

| **1** | **2** | **3** |

題 4

| **1** | **2** | **3** |

82 ▶ 即時情景對答②

題 5

| **1** | **2** | **3** |

題 6

| **1** | **2** | **3** |

題 7

| **1** | **2** | **3** |

題 8

| **1** | **2** | **3** |

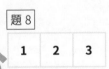

題 1

| 1 | 2 | 3 | 4 |

題 2

| 1 | 2 | 3 | 4 |

題 3

| 1 | 2 | 3 | 4 |

整體內容理解②

題 4

| 1 | 2 | 3 | 4 |

題 5

| 1 | 2 | 3 | 4 |

題 6

| 1 | 2 | 3 | 4 |

題1

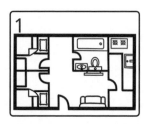
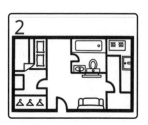

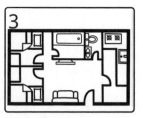
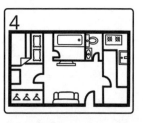

題2

1

2

3

4

題3

1
東京都xxx
　　高橋 洋子 様

2
東京都xxx
　　高橋 洋子

3
〒123-4567
東京都xxx
　　高橋 様

4
〒123-4567
東京都xxx
　　高橋 洋子

題4

題 5

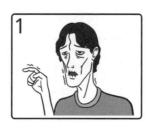

題 6

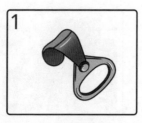

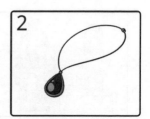

題7

題8

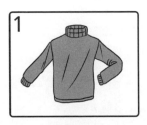
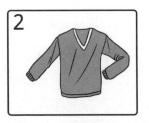

題 1

1 今年のデザインに変更します　　2 新しいデザインを考えます

3 丁寧な文章を書き直します　　4 書類を部長に見せます

題 2

1 好きな肉料理じゃなかったから

2 風邪気味だったから

3 女の人がいなかったから

4 買い物をしすぎてお金を使い過ぎだったから

題 3

1 どんな服でもいいですが、ネクタイが必要です

2 どんな服でもいいし、ネクタイも必要じゃないです

3 スーツのほうがいいですが、ネクタイは必要じゃないです

4 スーツのほうがいいし、ネクタイも必要です

題 4

1 東田大学　　2 東技大学

3 京田大学　　4 京技大学

題5

1 靴を脱がなかったから　　2 宿題していなかったから
3 公園に遊びに行ったから　　4 お母さんについて行ったから

題6

1 35度　　　　　　　　　　2 37度
3 40度　　　　　　　　　　4 42度

題7

1 700,000円　　　　　　　2 750,000円
3 1,050,000円　　　　　　　4 1,400,000円

題8

1 花屋の店長　　　　　　　2 ハリウッドの女優
3 英語の先生　　　　　　　4 通訳

問題1 ＿＿＿＿のことばの読み方として最もよいものを、1・2・3・4から一つえらびなさい。

題1 お尋ねしたいのですが、お店の看板料理は何でございますか？

1 かんばん 2 かんぱん

3 みいた 4 みるいた

題2 「鬼滅の刃」が 海外の国々でこれほど人気を集めているとは原作者も思わなかったでしょう。

1 やきば 2 やいば

3 やきそば 4 やいちから

題3 稲妻が走り、雷が轟いた夜には、家にいるほど安心なことはない。

1 いなづま / かまなり 2 いねづま / かみなり

3 いなづま / かみなり 4 いねづま / かまなり

題4 日本語の「春雨」とは、自然現象ばかりでなく、食べ物の名前でもあります。

1 はるあめ 2 はるあま 3 はるさめ 4 はるざめ

題5 ディズニー映画と言えば、「白雪姫と七人の小人」が代表作の一つに違いない。

1 はくせつひめ 2 はくぜつひめ

3 しろゆきひめ 4 しらゆきひめ

題6 子供の後ろ姿は父親とそっくりで、流石親子ですね！

1 すがた / さすが　　　　　　　2 すぶた / さだこ

3 すがた / さだこ　　　　　　　4 すぶた / さすが

題7 学生の反応を見ながら授業内容を調整することは、教師の重要な仕事であります。

1 はんお　　　　2 はんおう　　　3 はんの　　　4 はんのう

題8 たまに自分の奥さんのことを「女房」と言う人もいますよね。

1 にょぼう　　　　　　　　　　2 にょうぼう

3 にょぼ　　　　　　　　　　　4 にょうぼ

題9 海外に住んでいた頃、よく「思えば遠くへ来たもんだ、故郷離れて六年目」と呟いていた。

1 こきょ / なげいて　　　　　　2 こきょ / つぶやいて

3 ふるさと / なげいて　　　　　4 ふるさと / つぶやいて

問題2　　　　＿＿＿＿＿のことばを漢字で書くとき、最もよいものを、1・2・3・4から一つえらびなさい。

題10 学校でも家庭でも子供に「いのちの大切さ」を実感させる教育を行うものです。

1 祈　　　　　2 魂　　　　　3 運　　　　4 命

題 11 新婚旅行をするとき、かたみちのきっぷしか買わない人はいるのでしょうか。

1 片道　　　　　2 嫁他三千　　　3 往復　　　　　4 過多未知

題 12 同じ過ちを犯したのに、なぜ僕だけがせめられているのですか？

1 罵め　　　　　2 責め　　　　　3 怒め　　　　　4 締め

題 13 人を使用するとき、うかがうようなことをするなら、使わないほうがいい。

1 払う　　　　　2 違う　　　　　3 疑う　　　　　4 窺う

題 14 れいかんってものは、求めるからといって、必ず出てくるとは限らないです。

1 厲寒　　　　　2 霊感　　　　　3 冷汗　　　　　4 令官

題 15 「だるまさんがころんだ」ってゲーム知ってる？

1 達磨／転んだ　2 怠馬／及んだ　3 駄車／囲んだ　4 樽魔／滅んだ

題 16 野に育つ花が頑張って生きているのを見る度に、いつの日か幸せを自分の
腕でつかむようと誓う。

1 噛む　　　　　2 遣む　　　　　3 掴む　　　　　4 伝む

問題 3　（　　　　　）に入れるのに最もよいものを、1・2・3・4から一つ
えらびなさい。

題 17 すべてのものにおいても、いちど（　　　　　）があれば、必ず廃りもやっ
てくる。

1 迷い　　　　　2 別れ　　　　　3 流行り　　　　4 口説き

題18 この（　　　　　）さえ（　　　　　）しておけば、パソコンを最新のウィルスから守れるはずです。

1　アナウンサー/ インストール　　　2　アナウンサー/ リサイクル

3　ソフトウェア / インストール　　　4　ソフトウェア / リサイクル

題19 不況に伴って、今年の（　　　　　）も厳しいかと覚悟しています。

1　ハーモニー　　　2　レベル　　　3　ボーナス　　　4　ファッション

題20 この注射の薬は一定の温度を（　　　　）と、すぐに効き目がなくなると言われている。

1　目指さない　　　2　示さない　　　3　従わない　　　4　保たない

題21 店員：お客様、只今席を片付けておりますが、（　　　　）お待ちいただけませんでしょうか？

1　近々　　　　　2　少々　　　　　3　度々　　　　　4　わざわざ

題22 お酒は飲めないわけではありませんが、ビールなら2杯（　　　　）ですよ。

1　実力　　　　　2　状況　　　　　3　程度　　　　　4　平均

題23 人に迷惑をかけるだけでなく自分も怪我になる可能性があるので、（　　　　）乗車はやめよう。

1　思い付き　　　2　取り消し　　　3　割り込み　　　4　受け取り

題24 あんな残虐なことをした人たちは、もはや神よりほかに（　　　　）ものはない。

1　諦める　　　　2　越える　　　　3　支える　　　　4　恐れる

題25 論文を書くとき、他人の文章や書籍などを（　　　　　）した場合は、必ず注を付けること。

1 許可 　　　 2 依頼 　　　 3 援助 　　　 4 引用

題26 この学校では、お医者さんからの（　　　　　）があれば、追試 *** が認められる場合もある。

1 判断書 　　 2 調査書 　　 3 請求書 　　 4 診断書

*** 追試：通常の試験を受けられなかった者に対して、あとから特別に行う試験。

題27 観察力が（　　　　　）人は周囲が気付かないようなことでもすぐに気付く。

1 詳しい 　　 2 鋭い 　　　 3 鈍い 　　　 4 明るい

問題4 　　　　　に意味が最も近いものを、1・2・3・4から一つえらびなさい

題28 なぜ、たいりょうな海洋プラスチックごみが発生しているのでしょうか。

1 重い 　　　 2 沢山の 　　 3 要らない 　　 4 不潔な

題29 A：昨日行ったラーメン屋さんは美味しかった？

B：まあまあだったよ。

1 思っていた通り美味しかった

2 思ったいより美味しかった

3 十分じゃなかったが一応美味しかった

4 まったく美味しくなった

題 30 その偉大な建設を完成させるのには、**すくなくとも 1 年**はかかるでしょう。

1　3か月　　　　　2　11か月　　　　3　1年3か月　　4　13年

題 31 **ちなみに**、あのご夫妻は高校時代から 15 年にもわたって付き合っていたよ。

1　びっくりしたことに　　　　　　　2　例を挙げて言えば

3　ついでに言えば　　　　　　　　　4　よく知られていることだが

題 32 **まもなく** 4 番線に電車が参ります。あぶないですから、黄色い線までお下

がりください。

1　すぐに　　　　　　2　ゆっくりに　　3　予定通りに　　4　急に

問題 5　　　つぎのことばの使い方として最もよいものを、1・2・3・4から

　　　　　　一つえらびなさい。

題 33 **文句**

1　いくつかの文句を直したらもっといい文章になるよ。

2　日本語で特に文句が最も難しいと思うのは、私だけでしょうか。

3　昨日久しぶりに海外の親友から文句を貰って嬉しかったです。

4　文句ばかりで何もしないとクビになるよ。

題 34 **きつい**

1　田中君はきつい人なので、映画を見るときはせいぜい 1 時間が限界です。

2　そのズボンがきついようでしたら、もう少し大きめのサイズもございますよ。

3　その雑誌はまったくきついので、読まなくてもいいんじゃないかと思い

ます。

4　木村さんの授賞式というきつい席に出席できて大変光栄です。

題35 **添付**

1 麺が煮えたら、必ず袋に添付されている調味を入れてください。

2 この食品には防腐剤など添付していないので、体に良さそうです。

3 なに？来年税金がまた添付するとはひどいことだね！

4 メールとともに写真も添付してあるので、ご参考になれば幸いです。

題36 **アクセス**

1 この大学は都心へのアクセスが非常に便利なので、学生に人気です。

2 彼女は質素な生活が好きみたいで、めったにアクセスをつけないです。

3 ジョンさんの英語には、アメリカ南部のアクセスがある。

4 80-90年代の香港映画と言えば、まずアクセスものが頭に浮かんでくるでしょう。

題37 **勢い**

1 この国では、国王よりも、部下のほうが勢いを握っています。

2 伊藤さんにとって、自分の子どもが頑張っている姿や笑顔が彼の仕事の勢いとなります。

3 お酒を飲んでいるうちに、もともと無口だった鈴木君も次第に勢いよく話しかけてきた。

4 勉強に無関心な大学生の国語における勢い低下がすでに社会問題となっている。

言語知識（文法）・読解（70分）

問題1　　つぎの文の（　　　　）に入れるのに最もよいものを、1・2・3・4から一つえらびなさい。

題1　説明書（　　　　）にガンプラ***を組み立てたら、パーツが何枚か足りないことに気付いた。

1　から　　　　　　　　　　　　2　どおり

3　のため　　　　　　　　　　　4　きっかけ

*** ガンプラ＝「ガンダムのプラモデル」の省略＝高達模型

題2　A：私（　　　　）、君（　　　　）いれば幸せだ。

1　にとって / さえ　　　　　　2　からして / こそ

3　からみれば / しか　　　　　4　として / が

題3　留学経験がある（　　　　）、わずか3週間のホームスティだけだったよ。

1　ということで　　　　　　　2　というより

3　といえば　　　　　　　　　4　にもかかわらず

題4　祖父：病気から治ったばかりなんで、今日はどこにも出掛けないでゆっくり休む（　　　　）だよ。

　　孫：　はい、分かった……

1　つもり　　　　　　　　2　こと

3　はず　　　　　　　　　4　ところ

題 5　階段を（　　　　　）の際は、足元にご注意ください。

1　お降り　　　　2　降りる　　　　3　降りた　　　　4　お降りになる

題 6　彼とは前回の飲み会に会って（　　　　　　）、お互いに連絡を取っていないです。

1　途端　　　　2　次第　　　　3　最中　　　　4　以来

題 7　佐藤君は都合が悪くなると、すぐ（　　　　　）ふりをする。

1　知る　　　　2　お知り　　　　3　知らない　　　　4　知っていない

題 8　この仕事は技術もいるし、責任も重いですが、その（　　　　　　）給料は少な過ぎませんか？

1　おかげで　　　　2　せいで　　　　3　わりに　　　　4　くせに

題 9　国（　　　　　　）、あいさつの方法やジェスチャーなども違ってきます。

1　に従って　　　　2　に加えて　　　　3　によって　　　　4　に基づいて

題 10　用事がある時は電話してくれればいいので、わざわざ家に来る（　　　　）よ。

1　までだ　　　　　　　　　　2　までもない
3　訳だ　　　　　　　　　　　4　訳にもいかない

題 11　昨日買ったばかりの iPhone が床に落ちて傷ついた。ああ、カバーを
（　　　　）よかった……

1　しておけば　　　　　　　　2　しておかなければ
3　して　　　　　　　　　　　4　していなくて

題 12 あのう、駅員(えきいん)さん、黄色(きいろ)くてこの（　　　　）のかばんを電車内(でんしゃない)に忘(わす)れて

きたんですが……

1　あたり　　　　　　　　　　2　ごろ

3　くらい　　　　　　　　　　4　ばかり

題 13 学生(がくせい) A：英語(えいご)のレポートの締(し)め切(き)りって確(たし)か明後日(あさって)（　　　　）？

学生(がくせい) B：えっ、明日(あした)じゃなかったっけ？

1　っけ　　　　　　　　　　　2　たっけ

3　だっけ　　　　　　　　　　4　だったけ

題 14 両親(りょうしん)の期待(きたい)（　　　　）、高校(こうこう)を卒業(そつぎょう)した彼(かれ)は香港大学(ほんこんだいがく)へ行(い)かず日本(にほん)へ語学(ごがく)

の勉強(べんきょう)に行(い)くことにした。

1　に反(はん)して　　　　　　　2　に関(かん)して

3　にとって　　　　　　　　　4　に比(くら)べて

題 15 この頃(ごろ)は外食(がいしょく)が多(おお)くて、野菜(やさい)が不足(ふそく)（　　　　）だ。しかも、そのせいか、

便秘(べんぴ)（　　　　）にもなってすごく悩(なや)んでいる。

1　まみれ　　　　　　　　　　2　げ

3　がち　　　　　　　　　　　4　だらけ

題 16 テーブルの上(うえ)に飲(の)み（　　　　）のコーヒーを置(お)きっ（　　　　）にしたの

は誰(だれ)だ？

1　かけ / ぽい　　　　　　　　2　ずくめ / ぽい

3　かけ / ぱなし　　　　　　　4　ずくめ / ぱなし

題17 明日は北海道＿＿＿＿ ＿＿＿＿ ★ ＿＿＿＿大雨が降るでしょう。

1 長時間に及ぶ　　2 沖縄　　　3 にかけて　　4 から

題18 もし木村が真犯人だ＿＿＿＿ ＿＿＿＿ ★ ＿＿＿＿目的で罪を犯したんだろう？

1 としたら　　　2 どう　　　3 一体　　　4 いった

題19 取捨＿＿＿＿ ＿＿＿＿ ★ ＿＿＿＿なければならないことである。

1 何かを得る　　　　　　　2 何かを捨て
3 と同時にもう一つの　　　4 というのは

題20 喉の＿＿＿＿ ＿＿＿＿ ★ ＿＿＿＿ということで、会社を休まない訳にはいかなくなった。

1 これまで出たことのない　　2 痛み
3 に加えて　　　　　　　　　4 高熱もある

題21 海外に＿＿＿＿ ＿＿＿＿ ★ ＿＿＿＿と思っていた時期がありました。

1 行きさえ　　　　　　　2 送れる
3 幸せな生活が　　　　　4 すれば

問題3 つぎの文章を読んで、文章全体の内容を考えて、22 から 27 の中に入る最もよいものを、1・2・3・4から一つえらびなさい。

214

1 一般的に「見た目が良い」ということは、大抵の場合はその人にとって有利だと思われ 22 ですが、 23 幸福になれるわけでもないのも事実です。先日、社会心理学者らが次の論文を発表しました。

BBC - Future - The surprising downsides of being drop dead gorgeous

http://www.bbc.com/future/story/20150213-the-downsides-of-being-beautiful

社会心理学者の研究によると、「見た目が良い」生徒は「 24 」生徒と比べて、教師から「有能で知的であろう」という評価を受けやすく、よい成績を与えられやすいということが分かりました。

学校だけでなく職場でも「見た目が良い」人は「有能であろう」と評価されるなど、プラスな影響を受けやすいと言われています。上記の論文によると、見た目がよくない人に比べ、見た目が良い人は、学生であれば良い成績を得やすく、社会人であれば給料が上がりやすく昇進もしやすいと、人生全体 25 有利な点が多いとのことです。

26 、そのマイナスな点もないわけではありません。「見た目が良い」男性は女性を誘惑し玩ぶ人間であろうと見られやすく、高い役職に就けないこともあります。さらに。男女問わず、「見た目が良い」人は「孤立されやすい」ことがあり、中では実際に嫌われる人もいるし、美貌のせいか「何だか親しみにくそう」だという意味も含まれているそうです。

しかし、「見た目は一瞬、中身は一生」*** と言うべきでしょうか、外見の美しさよりも、精神的な美の追求こそが優れた人生であることは、どもう 27 です。

*** 「見た目は一瞬、中身は一生」は筆者の造語です。

22　　1　っぽい　　　2　がち　　　　3　ばかり　　　　4　のみ

23	1 必ず	2 必ずしも	3 多少	4 こうして

24	1 そうでない	2 そうとはかぎらない
	3 そうであろう	4 そうかもしれない

25	1 通りに	2 を通して	3 として	4 によって

26	1 おかげで	2 一方	3 という訳で	4 従って

27	1 間違いそう	2 間違うそう
	3 間違いなそう	4 間違いなさそう

問題4 つぎの1から4の文章を読んで、質問に答えなさい。答えは、1・2・3・4から最もよいものを一つえらびなさい。

---

1 **これは出版社から読者に届いたメールである。**

読者の皆さん、新しい本の発表会を開催いたしますので、お時間がありましたら、ぜひご参加ください。

【日時】： 2021年2月18日（木）15:00-16:00 （14:50 受付開始、先着100名まで）

【会場】： オンライン開催（Zoom 利用）

【内容】： 1. 出版社の編集長による挨拶

2. 新しい本のご紹介

 I. 『歌姫〜テレサ・テンの数奇なる人生』***、テレサ・ファイブ　著

 II. 『敬語なんかいらないぜ』、芙蓉圭吾　著

 III. 『タイタニック号が沈没する12時間前から追跡』、玲央鳴門・出井嘉振男　共著

3. 質疑応答（Zoom の挙手機能を使ってご発言いただきます。事前にマイク設定やインターネット接続環境をご確認ください。）

【出席者】

テレサ・ファイブ（故テレサ・テンさんの親友）

芙蓉圭吾（香港恒生大学、日本語学科教授）

玲央鳴門（フリーランスカメラマン）

出井嘉振男（アメリカ・ジャック通信社、編集委員）

辺秀喜来（香港恒生出版社、編集長）

*** テレサ・テン＝ Teresa Teng ＝鄧麗君

題 28 | このメールからわかることは何か？

1　イベントが土日に開催されること。

2　文系の本だけでなく理系の本も紹介されること。

3　事前にソフトウェアをダウンロードしないと参加できないこと。

4　何人参加してもいいことになっていること。

2　友人に結婚式に呼ばれたら、ご祝儀、つまり友人に「おめでとうございます」という気持ちを表すためのお金を渡す必要が出てきます。日本では、昔から結婚式のご祝儀の金額と言えば、3万円・5万円などの奇数が好まれ、偶数だと「割り切れ＝別れ」を連想させるので、嫌われてきました。ただし例外はあります。奇数の中でも、「9」が「苦」と似た発音だということで9万円はタブーであり、逆に偶数でも、8万円は縁起がよい言葉である「末広がりの八」*** の御蔭でむしろ歓迎されるのです。
実は、2万円も当初嫌われていたのですが、「ペア」を連想させる数字であり、そこから夫婦というイメージにピッタリと結び付くということで最近の風潮です。無論「4」は偶数ばかりでなく「死」をも連想させるため、4万円のご祝儀は避けましょう。

*** 漢字の「八」の形を見ると、下「末」にいくに従って、広くなっていることが分かります。この先が広がっていくことから、将来の展望や運勢が広がっていくと連想されています。

題 29 **日本人のご祝儀の金額についての説明の中で、正しいのはどれですか？**

1 「9」は一桁の奇数の中で最も大きい数字なので、好まれます。

2 「8」は発音が中国語の縁起がいい発音と似ているので、好まれます。

3 「2」は昔はタブーでしたが、最近では受け入れられるようになってきました。

4 「4」は形から不吉な意味を連想させるので、大変嫌われています。

---

3 皆さんは「肝心」という言葉を聞いたことがありますか？実はそれは「肝臓」と「心臓」から1字ずつ取って合成させた言葉ですが、ほかの臓器より肝臓と心臓が特に重要な臓器である中国医学に基づいて日本では「大切」という意味として使われています。中でも、肝臓は「沈黙の臓器」とも呼ばれており、つまり頑丈な肝臓に障害が起こっても、すぐに症状が現れないのですが、気づいた時には手遅れになっていることが多いということです。お酒を飲み過ぎると、肝臓に大きな負担を与えるのは言うまでもないことですが、アルコールをまったく好まない人だからといって、肝臓の病気にならない訳でもなく、むしろ現代では乱れた食生活のせいでいわゆる「脂肪肝」になる人も少なくないようです。

題 30 **肝臓が「沈黙の臓器」と呼ばれている理由は何ですか？**

1 肝臓は頑丈なので、通常の場合病気になることは少ないからです。

2 乱れた食生活による「脂肪肝」のせいで人間がしゃべれなくなるからです。

3 アルコールを飲むと、普段分かりにくい異常や痛みが少しずつ現れるからです。

4 人間に「病気だよ」というシグナルを教えるのは遅くなりがちだからです。

4　日本史に詳しくない人でも、おそらく一度ぐらいは**右の**写真をみたことがあるでしょう。敗戦後、1945 年 9 月 29 日付の新聞に掲載された昭和天皇とマッカーサー将軍の 2 ショット写真です。比較文化論の研究者として有名な眞嶋亜有氏は、この写真が当時の日本人に与えた効果について、以下のように書いています：

「この写真をみて日本人が衝撃を受けたのは、まぎれもなく天皇は肉体をもった、洋装の、そしてマッカーサーの肩ほどの細く小柄な体型の、ひとりの人間として写し出されたからである。昭和天皇は一九四六年一月一日をもって『人間宣言』をし、以降、洋装で全国を巡業したが、昭和天皇が『人間』になったのは、むしろこの写真が流布された瞬間からだった。」（『文藝春秋 SPECIAL』2015 年春号に掲載された「天皇・マッカーサー写真の衝撃」より）

つまり、戦争中に「天皇が神様」として神格化されていた昭和天皇が、この写真を通じて、「人間」だったことを示すことになったのです。

題31 「昭和天皇が『人間』になった」という文の意味は何ですか？

1　天皇は神様というより一人の人間に過ぎないということが明らかになりました。

2　天皇はマッカーサー将軍よりも自分のほうが人間に近いことを国民に知らせました。

3　天皇は自分の姿が写真に写って、初めて自分も人間であることに気づきました。

4　天皇は自分の肉体が洋装に合うことから、やはり人間になれてよかったと思いました。

つぎの 1 と 2 の文章を読んで、質問に答えなさい。答えは、1・2・3・4 から最もよいものを一つえらびなさい。

1 「Zoo」という有名な日本の歌の歌詞です。

歌：蓮井朱夏
作詞：辻仁成
作曲：辻仁成

僕達はこの街じゃ　夜更かしの好きなフクロウ
本当の気持ち隠している　そうカメレオン
朝寝坊のニワトリ　徹夜明けの赤目のウサギ
誰とでもうまくやれる　コウモリばかりさ

見てごらん　よく似ているだろう　誰かさんと
ほらごらん　吠えてばかりいる　素直な君を

StopStopStop　stayin'

StopStopStop　stayin'

StopStopStop　stayin'

白鳥になりたいペンギン　なりたくはないナマケモノ
失恋しても　片足で踏ん張るフラミンゴ
遠慮しすぎのメガネザル　ヘビににらまれたアマガエル
ライオンやヒョウに　頭下げてばかりいるハイエナ

見てごらん　よく似ているだろう　誰かさんと

ほらごらん　吠えてばかりいる　素直な君を

ほらね　そっくりなサルが僕を指さしてる

きっと　どこか隅の方で僕も生きてるんだ

愛を下さい　oh…　愛を下さい　ZOO

愛を下さい　oh…　愛を下さいZOO　ZOO

おしゃべりな九官鳥　挨拶しても返事はない

気が向いた時に　寂しいなんてつぶやいたりもする

"しゃべりすぎた翌朝　落ち込むことの方が多い"

あいつの気持ち　わかりすぎるくらいよくわかる

見てごらん　よく似ているだろう　誰かさんと

ほらごらん　吠えてばかりいる　素直な君を

ほらね　そっくりなサルが僕を指さしてる

きっと　どこか隅の方で僕も生きてるんだ

愛を下さい　oh…　愛を下さい　ZOO

愛を下さい　oh…　愛を下さいZOO　ZOO

題32 「Zoo」の中に現れた人間以外の動物は何種類いますか？（***「メガネザル」と「サル」は別々の動物です）

1　16　　　　　2　17　　　　3　18　　　　4　19

題33 「よく似ているだろう 誰かさんと」という部分から、作者の言いたいことは何ですか?

1 違う動物同士でも、お互いに見た目が似ている部分があります。

2 違う動物同士でも、お互いに性格や考え方が似ている部分があります。

3 見た目において、人間も他の動物もお互に似ている部分があります。

4 性格や考え方などにおいては、人間も他の動物もお互に似ている部分があります。

題34 九官鳥はどうして落ち込んでいるのですか?

1 いつもしゃべる必要のないことをしゃべってしまいますから。

2 ときどき他の動物に挨拶しても相手にされませんから。

3 分かりたくないけれど、人間の気持ちが分かり過ぎますから。

4 体が弱くて、よく他の動物に吠えられますから。

2 大文豪の芥川龍之介が妻の文に書いたラブレターの一部を載せます。

文ちゃん。……夕方や夜は東京が恋しくなります。そうして早くまたあのあかりの多いにぎやかな通りを歩きたいと思います。しかし、東京が恋しくなるというのは、東京の町が恋しくなるばかりではありません。東京にいる人もこいしくなるのです。そういう時に、僕は時々文ちゃんのことを思い出します。文ちゃんをもらいたいということを、僕が兄さんに話してから、何年になるででしょう。もらいたい理由は、たった一つあるきりです。そうしてその理由は僕は文ちゃんが好きだということです。勿論昔から好きでした。今でも好きです。その外に何も理由はありません。…僕のやっている商売は、今の日本で一番金にならない商売です。その上 ***、僕自身もろくに *** 金はありません。ですから、生活の程度からいえば、何時までたっても知れたもの *** です。…繰り返して書きますが、理由は一つしかありません。僕は文ちゃんが好きです。

それでよければ来て下さい。この手紙は人に見せても見せなくても文ちゃんの自由です。一の宮 *** はもう秋らしくなりました。

*** その上：それに加えて

*** ろくに：十分に

*** 知れたもの：とても少ない

*** 一の宮：地名

題35 | この手紙が書かれたとき、芥川龍之介と文ちゃんはどこにいましたか？

1 二人とも東京にいました。

2 二人とも東京以外のところにいました。

3 芥川龍之介は東京にいましたが、文ちゃんは東京以外のところにいました。

4 文ちゃんは東京にいましたが、芥川龍之介は東京以外のところにいました。

題36 | 芥川龍之介は文ちゃんのお兄さんになんと言いましたか？

1 ぜひお兄ちゃんと結婚したいです。

2 文ちゃんの旦那になりたいです。

3 もう一度東京へ訪ねに行きたいです。

4 今の仕事はなかなかお金が得られないです。

題37 | 芥川龍之介の気持ちとして、正しいのはどれですか？

1 自分の仕事は今の日本で一番お金にならないと信じます。

2 手紙は誰にも見せないでほしいです。

3 東京が恋しくなる理由はたった一つだけです。

4 文さんをもらいたい理由は二つあります。

　　　　つぎの文章を読んで、質問に答えなさい。答えは、1・2・3・4から最もよいものを一つえらびなさい。

とある日本人が日本の声優や吹き替え版の映画などについて書いた文章です。

近年の中国において、日本のアニメやスマホのゲームなど、中国人の声優による吹き替え＊＊＊版ではなく、音声は日本語のままで中国語字幕が加えられるのが主流になっていることから、日本の声優の素晴らしさが随分と意識されるようになってきています。ある記事で知ったことですが、「中国のスマホユーザーにとって、日本語の声優は重要か」という質問に対して、

中国人のＡさん：「重要だよ。日本語は比較的に美しく聞こえるから。逆に、中国語による吹き替えは本来の意味を完全に理解していないせいか、いつも少し不自然だ」とか

中国人のＢ君：「日本語は音節がコンパクトで、確実に中国語に比べて（キャラクターの）気持ちをより表現できる」とか

中国人のＣちゃん：「中国語より日本語で表現するほうがより感情移入し易くなり、登場キャラクターになりきるような感覚は強い」など、

どちらかと言うと、声優もしくは日本語に対するプラスのコメントが多く見らることが分かります。そこから、日本の声優に興味を持つ熱心な中国人ファンが大勢いるという事実にもつながります。現に、熱心なファンの中では、特に女性の方が圧倒的だという特徴があることから、「中国で人気の高い日本の声優は、女性よりも男性のほうが多い」ということも推測されています。

また、最近中国では、より多くのアニメ／ゲームファンに来てもらうように、わざわざ日本の声優を招くイベントが頻繁に開催されるようになってきています。ファンからすれば、もっともワクワクすることは自分の憧れている「アイドル」との「握手会」や「サイン会」だそうですが、中国ではまだまだ色紙 *** を使う習慣が少ないことから、主催者側はイベントの前に、わざわざそれを日本から仕入れることもあるそうです。

ちなみに、この前香港で上映されていた『鬼滅の刃』はそれぞれ日本語版と吹替え版がありましたが、「自分の親は日本語のほうが聴き心地が良いから日本語版を観たよ」と香港人の友人が知らせてくれて、日本人としてはやはり鼻が高いですね。

*** 吹き替え：外国の映画やゲームの台詞を自国の言葉に直して話すこと。

*** 色紙：日本ではサインをするのに使われる厚めの紙のこと。

以上 1-3 のコメントは下記の記事から抜粋いたします。

http://www.acgn-globalbiz.com/entry/2016/12/21/203318

題38 **中国のファンたちのコメントから、何が分かりますか？**

I. 日本語は聴き心地が良い言語です。
II. 中国語を通しても日本語を通してもキャラクターの気持ちは表現しやすいです。
III. 中国の声優業界はこれから発展しなければなりません。
IV. 業者が間違った中国語で日本語の意味を翻訳してしまうときもあります。

1 I, II   2 I, IV   3 III, IV   4 I, II, IV

題 39 「中国で人気の高い日本の声優は、女性よりも男性のほうが多い」と思われたのはなぜですか？

1 男性のファンより女性のファンが多いからです。

2 女性のファンより男性のファンが多いからです。

3 日本のアニメやゲームの声優と言えば、女性よりも男性のイメージのほうが強いからです。

4 中国に輸入されてくる日本のアニメやゲームは、女性声優によるものが多いからです。

題 40 「日本の声優を招くイベントが頻繁に開催される」ことにおいて、一番の問題は何ですか？

1 物資の不足

2 ファンの挨拶の仕方

3 声優の言語の壁

4 参加者数の不足

題 41 この文章を書いた人は、日本語吹替版の映画についてどう思いますか？

1 しかたがないと思います

2 自慢に思います

3 怒りを覚えます

4 消極的になります

問題 7　　下のページは、幼稚園の運動会のお知らせです。これを読んで、下の質問に答えなさい。答えは、1・2・3・4から最もよいものを一つえらびなさい。

猫見幼稚園の運動会のお知らせ

- 今年度は新型コロナウイルス感染拡大防止対策として、一般のお客様の観覧はご遠慮いただいておりますので、ご理解とご協力をお願いいたします。

- 毎年 一般の方々にもご参加いただいていた競技「4人5足」ですが、今年度は新型コロナウイルス感染拡大防止対策により、来年度猫見幼稚園にご入園する方のみの合計 12 競技チームが対象とさせていただきます。

- 参加をご希望の方は 2021 年 4 月 4 日（日）10:30 頃にお越しください。

  晴れた場合：猫見幼稚園の駐輪場

  雨の場合：猫見幼稚園の玄関からお入りください。

- 会場に入る際には検温をさせていただきます。

- また、マスクの着用のご協力をお願いいたします。

- 以上のルールにお守りにならない方のご入場はご遠慮いただきます。

題 42 | 来年度猫見幼稚園に入園する子供は何人ぐらいですか？

1　大体 20 人
2　大体 30 人
3　大体 40 人
4　大体 50 人

題 43 | 次の中で最も入場できそうなのは誰ですか？

1　玄関でいきなり「マスクが大嫌い」と叫んだ次郎君。

2　「熱なんかないよ」と言って先生に体温を測らせようとしない哲也君。

3　晴れた日にもかかわらず、ざわざわ玄関から入ろうとする由美子ちゃん。

4　来年猫見幼稚園ではなく犬飼幼稚園に入園決定の春奈ちゃん。

聴解（40分）

もんだい
問題1
もんだい　　　　　　　　　　　　　　しつもん　き　　　　　　　　　　　　　　　　　はなし　き　　　　　　　もんだいようし
問題1　では、まず質問を聞いてください。それから話を聞いて、問題用紙の
　　　　　　　　　　なか　　　　　　もっと　　　　　　　　　　　　　　ひと
1から4の中から、最もよいものを一つえらんでください。

題1

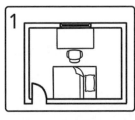

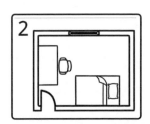

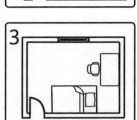

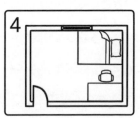

題2

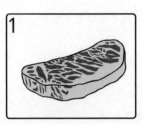

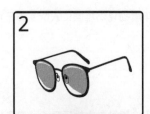

題3

題4

題5

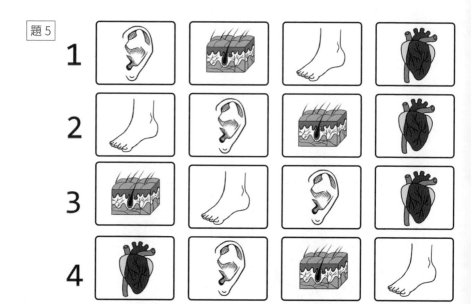

題6

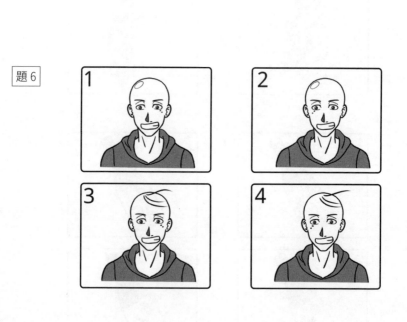

問題2 では、まず質問を聞いてください。そのあと、問題用紙を見てください。読む時間があります。それから話を聞いて、問題用紙の1から4の中から、最もよいものを一つえらんでください。

題7

1 家の近くにコンビニがありますから

2 無料ですから

3 日本語の勉強になりますから

4 友達と一緒に行けますから

題8

1 人数　　　　　　　　2 回数

3 位置　　　　　　　　4 日にち

題9

1 山田　胃挫邊漏　　　2 山田　魅血子

3 山田　魔爺　　　　　4 山田　邪馬堕

題10

1 コーヒーがおいしいからです

2 値段が安いからです

3 思い出があったからです

4 静かな雰囲気が好きだからです

題 11

1 古い家のほうが良いからです

2 一人暮らしの方が好きだからです

3 娘には迷惑かけたくないからです

4 これから自分の新しい家を築くからです

題 12

1 猫の餌を買ってきてもらうこと

2 猫を部屋に入れてもらうこと

3 郵便物を受け取ってもらうこと

4 空港まで送ってもらうこと

問題 3

問題 3 では、問題用紙に何もいんさつされていません。この問題は、ぜんたいとしてどんなないようかを聞く問題です。話の前に質問はありません。まず話を聞いてください。それから、質問とせんたくしを聞いて、1 から 4 の中から、最もよいものを一つえらんでください。

題 13

| 1 | 2 | 3 | 4 |

題 14

| 1 | 2 | 3 | 4 |

題 15

| 1 | 2 | 3 | 4 |

－メモ－

<ruby>問題<rt>もんだい</rt></ruby>4　では、えを<ruby>見<rt>み</rt></ruby>ながら<ruby>質問<rt>しつもん</rt></ruby>を<ruby>聞<rt>き</rt></ruby>いてください。やじるし（➡）の<ruby>人<rt>ひと</rt></ruby>は<ruby>何<rt>なん</rt></ruby>と<ruby>言<rt>い</rt></ruby>いますか。

1から3の<ruby>中<rt>なか</rt></ruby>から、<ruby>最<rt>もっと</rt></ruby>もよいものを<ruby>一<rt>ひと</rt></ruby>つえらんでください。

題16

| 1 | 2 | 3 |

題17

| 1 | 2 | 3 |

題18

| 1 | 2 | 3 |

題 19

1	2	3

題 20

1	2	3

問題5

問題5　では、問題用紙に何もいんさつされていません。まず文を聞いてください。それから、そのへんじを聞いて、1から3の中から、最もよいものを一つえらんでください。

題 21

1	2	3

題 22

1	2	3

題 23

1	2	3

題 24

1	2	3

題 25

1	2	3

題 26

1	2	3

題 27

1	2	3

題 28

1	2	3

題 29

1	2	3

〜お疲れさまでした〜

答案、中譯與解說

1

題1 | 答案：2

中譯：面試官：您是留學生陳先生對吧。

留學生：正是。

解說：「さよう」漢字是「然樣」，有「就是這樣子」的意思，而「ございます」就是「ござる」轉「Ｖます」的形態（ござる→ございます），是「です」更禮貌的說法，所以答案是 2。

題2 | 答案：4

中譯：家中的人：出去之後請回來啊。

要外出的人：我出門了。

解說：「行って」是「行きます」的て形變化，雖然是「Ｖきます」但不會變「行いて」，表示「去」。「らっしゃい」是「いらっしゃる」的命令形（いらっしゃる→らっしゃいます），意思是「出去後要回來啊」。所以答案是 4。

題3 | 答案：1

中譯：客人：很可愛的時鐘呢。不好意思，請給我這個。

解說：句子意境為客人已經決定好買時鐘，況且「くださる」的「い音便」是「ください」而不是「くださり」，故 1 為最適合的答案，有「請給我這個貨品」的意思。

題4 | 答案：1

中譯：昨天，去了靜岡的一個叫燒津的地方。

解說：「焼き（ます）」屬於 Ib 類動詞，後續「て／た型變化」時，「き」會變成「い」。故「焼津」可理解是「やきつ」→「やいづ」的演變。

236

題1　答案：4

中譯：前男友：再次在這裏見到你實在太高興了。

　　　前女友：我也很高興。

解說：「うれしい」的連用形為「うれしく」，而後續「存^{ぞん}じます」，「く」變成了「う」，而古典日語的「しう」＝現代日語的「しゅう」，所以答案是4。語感優雅，多用於女性對白。

題2　答案：1

中譯：好友想找結婚對象，所以我擔起媒人的責任了。

解說：「仲」為「なか」；「人」為「ひと」，本應是「なかひと」，但產生「う音便」而變成「なかうと」。古典日語「あ行＋う」（かう）＝現代日語「お行＋う」（こう），所以答案是1。

題3　答案：2

中譯：有不明白的地方的話，先嘗試問「為甚麼」不是很重要嗎？

解說：如本文所說，「問う→問います→問うて」，所以答案是2。

題4　答案：2

中譯：下年，我在考慮去宮崎一個叫日向的旅遊景點。

解說：「日」為「ひ」，而「向」源自「むか」，本應是「ひむか」，但產生「う音便」而變成「ひうか」。然而古典日語「ひう」＝現代日語的「ひゅう」，所以答案是2。

題1　答案：3

中譯：新員工：發生問題時應該怎樣做呢？

　　　前輩：應該按部長的指示工作。

解說：「従^{したが}います」為「Vいます」，後續「て／た型變化」時，「い」變成「っ」，所以答案是3。

題2　答案：2

中譯：前陣子測驗的時候，最後一條問題應該是選項A還是選項B，猶豫了一段時間。

解說：「引っかかる」源自「引き＋かかる」，屬於「V1V2」的複合動詞而同時「引き」為 I 類動詞，故出現「促音便」的「き」變「っ」，帶有「迷惘／煩惱／猶豫」的意思，所以答案是 2。

題 3　答案：4

中譯：以為有人叫自己的名字所以回頭一看，是一個醉酒鬼對着天空大叫了。

解說：「酔い払い」源自「酔い＋払い」，屬於「V1V2」的複合動詞而同時「酔い」為 I 類動詞，故出現「促音便」的「い」變「っ」，是「醉酒鬼」的意思。

題 4　答案：4

中譯：為了報答父母，正在拼命地學習。

解說：根據本文 3. 的理論，「一」後接 s 行子音「生」時，「いち」會變促音「いっ」。此外，「生」普通話是 sheng，因 ng 結尾的一般都變成日語的長音，故答案是 4。請參照《3 天學完 N5　88 個合格關鍵技巧》**11** 普通話與日語⑦。

4

題 1　答案：3

中譯：無論有多傷心，已逝去的人是不會回來哦。

解說：屬於「V みます」的「悲しみます」後續接「て／た型變化」時，「み」會變「ん」，意思為「傷心」，所以答案為 3。

題 2　答案：3

中譯：久違來了車站前的拉麵店看看，怎知已經倒閉了。

解說：同樣屬於「V みます」的「畳みます」後續接「て／た型變化」時，「み」會變「ん」，意思為「倒閉」，所以答案為 3。

題 3　答案：1

中譯：工作這回事，比起獨自完成，有時候大家一起完成會更有效率。

解說：首先，「みんな」是「我們／你們」，「みなさん」是「你們」，而「み
んなさん」是不存在的。為了發音上的方便或加強語氣，「みな」
中間會插入「ん」這個撥音，而「みんなで行こう」的助詞「で」，
其功能是表示「參與人數」，所以答案是 1。請參照《3 天學完 N5
88 個合格關鍵技巧》 38 で用法②。

題 4　答案：2

中譯：孩子：「髮簪」為甚麼會叫「髮簪」啊？
　　　母親：聽說是因為源自插在頭髮一事，所以就此命名的。

解說：題目有關「簪」這個名字的由來，4 個選項裏只有 2 有頭髮和插
入的意思，所以答案是 2。「髮」的「かみ」和「挿し」的「さし」
結合後的「かみざし」產生「撥音便」，「み」變成「ん」，最終發
展為「かんざし」。

5

題 1　答案：4

中譯：對日本人來說，鯛會聯想到「可喜」，被視為吉利的食物。

解說：「濁音便」主要發生在「か行」和「さ行」，這兩行假名接在撥音
「ん」之後，很大機會變成濁音。參照例子 1，「緣起」是「えん＋
き→えんぎ」、「き」變濁音，所以答案是 4。

題 2　答案：1

中譯：寫論文的時候，盡情寫自己想到的意見就可以了。

解說：「論文」的「ろんぶん」和「存分」的「ぞんぶん」都屬於「Ａん
Ｂん」的形態，相比起半濁音，Ｂ變濁音的機會大。

題 3　答案：1

中譯：昨天不知道為甚麼三分之一的同學都翹課了。

解說：「三分」的「さんぶん」屬於「ＡんＢん」的形態，相比起半濁音，
Ｂ變濁音的機會大。2 也是「ＡんＢん」，所以應是「さんぶん」，
可知不對；「半濁音便」主要發生在「は行」，故 4 應是「いっぷん」
而不是「いっぶん」，也是不對。3 是「三時一分」的意思，發音
正確，但如果按句子文意判斷，背景與學生逃課有關，而關鍵在
於逃課人數，所以答案是 1。

　答案：3

中譯：有抱怨的話就不要鬼鬼祟祟的，直接說出來啊。

解說：根據單詞意思，1是「ink＝墨水」，2是「餡子＝餡」，3是「文句＝抱怨」，4「大便」，所以是3。另外，雖然「か行」和「さ行」「很大機會」會產生濁音便，但不是絕對。如「文句」理論上是「もん＋く＝もんぐ」，但實際上卻是「もんく」，需要留意。

6

題1　答案：3

中譯：夫婦這種東西呢，有人說是為了琢磨互相的靈魂而相遇的。

解說：「夫婦」本應是「ふふ」，但音韻添加中的「母音添加」發生在「ふふ」之間而變成「ふうふ」，所以答案是3。

題2　答案：2

中譯：因為今早下了毛毛雨，所以沒辦法只能停止去跑步。

解說：「きり」是「霧」，而「子音添加」令「あめ」變「さめ」，所以答案是2。

題3　答案：3

中譯：樹上的蘋果紅噹噹的好像好好吃呢。

解說：「まっか」漢字「真っ赤」，應用了「促音添加」，在前項詞「真」與後項詞「赤」中將加入一個促音，而且句子講述樹上蘋果紅噹噹的好像很好吃，所以答案是3。

題4　答案：3

中譯：中秋節的月亮圓圓的，十分浪漫。

解說：「まんまる」漢字為「真丸」，應用了「撥音添加」，在前項詞「真」與後項詞「丸」中將加入一個撥音，而意境講述滿月夜月亮圓圓的很浪漫，所以答案是3。1的「まんなか」同樣是「真」和「中」之間產生「撥音添加」，但意思是「正中央的位置」，與文意不符。

題1 　答案：3

中譯：你知道「麻生」這個日本人的姓氏嗎？

解說：「麻生」照理應為「あさ」+「お」，但為更易發音所以變成「あそう」，答案是3。「阿蘇」是「あそ」，「安倍」是「あべ」，「海女」是「あま」。

題2 　答案：1

中譯：這邊赤腳走路是很危險的，因為有很多蟲和蛇。

解說：「裸」的「はだか」與「足」的「あし」結合，為更易發音所以變成「はだし」，答案是1。

題3 　答案：2

中譯：客人：我正在找日本製的圍巾……

　　　職員：如果不介意在韓國生產的話，現在有便宜的產品喔。

解說：「ございます」（gozaimasu）可理解為「ございります」（gozarimasu）的R「音韻脫落」；另外按句子意境，發言者為職員正在回答客人韓國製圍巾有存貨，只有選項2意思吻合，所以答案是2。

題4 　答案：4

中譯：上司：幫我確認一下明天甚麼時候跟客人在 ABC 酒店吃飯。

　　　下屬：好的，知道了。

解說：「V ておく」在「音韻脫落」後變「V とく」，所以「V ておいて」亦會轉「V といて」，答案是4。

題1 　答案：1

中譯：明天天氣不太炎熱的話，就帶孩子去遊樂園好嗎？

解說：「なければ→なけりゃ→なきゃ」（nakereba → nekerya → nakya），答案是1。

答案：1

中譯：一打開門就因為家門前的道路充滿着人群而驚訝得說了「這是甚麼鬼」。

解說：「これは→こりゃ」（korewa → korya），所以答案是 1。

題 3　答案：2

中譯：學生：老師，偶爾會覺得就一個人的話甚麼也做不到……

老師：那很正常啊！那個時候就甚麼也不要想，讓腦袋好好休息吧！

解說：「だけでは → だけじゃ」（dakedewa → dakejya），意思是「只……的話」，所以是 2。

題 4　答案：4

中譯：很抱歉，這個工作我做不來。

解說：「私には→私にゃ」（watashiniwa → watashinya），意思是「對我來說」，所以是 4。

9

題 1　答案：4

中譯：「山茶花」一詞不只是花的名字，作為日本童謠的歌詞也很出名喔。

解說：答案應用「音位轉換」的原理，「さんざか」變成「さざんか」。

題 2　答案：2

中譯：很想到訪一次以御宅族文化及家電的街道而馳名的「秋葉原」呢。

解說：理論上如發生「連濁」的話，應是「あきばはら」（可參照《3 天學完 N4　88 個合格關鍵技巧》 14 - 17 連濁①～④），但基於「音位轉換」原理，「あきばはら」變成「あきはばら」。

題 3　答案：2

中譯：Simulation 這英文詞語以片假名寫的話，正確的是「シミュレーション」，但日常生活中以「シュミレーション」發音和書寫的人也不少。

解說：為了更容易發音，有些人會把「シミュレーション」讀成「シュミレーション」。

題4 答案：1

中譯：學生：老師，上週去海邊游泳時聽聞您好像遭到非禮了，您還好嗎？

老師：哈哈哈，不是有甚麼人非禮我了，而是游泳技術太差，差點遭海浪拐走了。

解說：按句子意境判斷，老師上週到泳灘游泳，學生驚聞老師遭到非禮（触られる），老師澄清自己並非遭到非禮，而是不擅長游泳差一點讓海浪拐走（さらわれる）。有時候對單詞的認知不足也會構成音位轉換，特別多見於小孩子與外語學習者。

10

題1 答案：4

中譯：根據七夕傳說，彥星和織女好像住在天之川。

解說：作為「天」的訓讀，「あめ」是古老的讀法，但後來「母音交替」，變成了「あま」。「雨」的「あめ」變「あま」也是同一原理。

題2 答案：4

中譯：母親：天氣變得頗涼了，上學時要帶外套啊。

解說：「母音交替」下，前項末尾的「え」母音變成「あ」母音，所以「うえ」會變成「うわ」。

題3 答案：4

中譯：那個嚴厲的田中先生站在眼前的話，不知為何就會感到忐忑不安！

解說：「母音交替」下，「目」的「め」變「ま」；「胸」也會由「むね」變「むな」。

題4 答案：2

中譯：在樹下避雨的時候遇到了很棒的女性，醒過來就發現所有都是一場夢。

解說：基本上漢字「雨」後接特別是名詞時，「あめ」變「あま」的機會相當大。如「雨傘」是「雨傘（あまがさ）」；「雨宿り」是「避雨（あまやどり）」；「雨具」是「雨具（あまぐ）」；而「雨漏り（あまもり）」則是「雨水進屋」，所以答案是2。

題 1 答案：4

中譯：有很多昭和時代的名曲是有關東京的神田川呢。

解說：根據理論 3，「かみだ」會變成「かんだ」。題外話，日本樂隊か
ぐや姫唱的「神田川」正是當中代表作。

題 2 答案：2

中譯：注意到母親的頭上漸漸長出白髮來，感到十分悲傷。

解說：前項末尾的「お」母音變成「あ」母音，主要集中在「白」字，
故「しろ」會變成「しら」。

題 3 答案：3

中譯：我們發出的「啊吼」叫聲，化成回聲反彈回來了。

解說：前項末尾的「い」母音變成「お」母音，主要集中在「木」和「火」
字，所以「木靈」會由「きだま」變成「こだま」。

題 4 答案：4

中譯：「再見螢火蟲」是一齣很出色地描述兄妹感情與戰後日本社會悲
慘一面的電影。

解說：前項末尾的「い」母音變成「お」母音，主要集中在「木」和「火」
字，所以「蛍＝火垂る」會從「ひたる」變成「ほたる」。

題 1 答案：3

中譯：香煙的煙燻着眼睛好難受。

解說：「b」子音是「m」子音的古代版本，故古代版本為 keburi，在現
代已變成 kemuri。

題 2 答案：4

中譯：祖父和祖母都在缺乏娛樂的時代出生長大的。

解說：「b」子音是「m」子音的古代版本。古代版本為 tomoshi，在現
代已變成 toboshii。

　答案：3

中譯：年幼的小孩嘛，就是視線稍微離開一下也不行的。

解說：「ts」子音是「s」子音的古代版本。古代版本為 hanatsu，在現代已變成 hanasu，且 3 的「目（め）を離（はな）す」表示「不看着 / 分神」。

題4　答案：1

中譯：那位政治家好幾次斷言自己絕對沒有接受甚麼賄賂。

解說：句子背景有關某位政治家有好幾次斷言絕對沒有收受賄賂，而 4 個選項中只有 1 號選項的意思匹配。作為現代日語，只有「言（い）い放（はな）つ」，「言（い）い放（はな）す」基本上已不存在。

13

題1　答案：1

中譯：瑪利亞觀音就是基督徒在江戶時代用以代替聖母瑪利亞像的觀音像。

解說：「観」為「かん」，而「音」為「おん」，連聲情況下「かんおん」會讀成「かんのん」。日本江戶幕府時代，國家規定只能信奉佛教，倘若天主教等異教徒被捉到時，必須對着耶穌的神像踐踏吐痰，否則就會被判重刑。當時日本的天主教徒都很苦惱，後來就想到一個辦法，就是把聖母瑪利亞的塑像雕塑得很像觀世音菩薩般，叫做「瑪利亞觀音」，以逃避幕府追究。

題2　答案：4

中譯：只要教練、選手與支持者，三位一體團結一致的話，贏得比賽並不是夢。

解說：如以廣東話發音，「三」的發音是「saam」，基於「連聲」的理論 1，後接的「あ行」會變成「ま行」。

題3　答案：1

中譯：昨天，首相那「這個問題並非我的責任」云云的發言引起了巨大迴響。

解說：「云々」原本是「うんうん」，基於「連聲」的理論 2，會變為「うんぬん」。

答案：2

中譯：古時洗手間的說法是雪隱。

解說：「雪」的廣東話發音為「syut」，後面字詞「隱」的發音是「いん」，屬於「あ行」，基於「連聲」的理論 3，讀音會由「せついん」變成「せっちん」。「雪隱」乃正確答案。根據典故，宋代名僧雪竇重顯曾在杭州靈隱寺掃過廁所，並在這期間取得大悟，達到了極高的精神境界。雪竇的「雪」，加上他視俗世若浮雲，「隱」身於靈「隱」寺，成就了這個表示廁所的代名詞。

14

題 1 答案：4

解說：從「きく」(kiku) 中可見，i 被 2 個「無聲子音」k 夾住，產生「無聲化」。其他的分別是「さくら」(sakura，1 個「無聲子音」k)，「ゆり」(yuri，沒有任何「無聲子音」) 和「すみれ」(sumire，1 個「無聲子音」s)，皆不能產生「無聲化」。

題 2 答案：2

解說：「えんぴつ」(enpitsu，2 個「無聲子音」p 和 ts)，「けしゴム」(keshigomu，1 個「無聲子音」sh)，「つくえ」(tsukue，2 個「無聲子音」ts 和 k)，「くすり」(kusuri，2 個「無聲子音」k 和 s)，可見只有「けしゴム」不會出現「無聲化」。

題 3 答案：1

中譯：襪子

解說：「くつした（kutsushita）」。

「みぎした（migishita）」。

「きのした（kinoshita）」。

「やました（yamashita）」。

以上可見，理論上「くつした（kutsushita）」中，「kutsu」的 u，「tsushi」的 u，和「shita」的 i 均有可能產生「無聲化」。然而連續的「無聲化」難以發音，且會影響意思的傳達，故一般第 1、2 個不發，第 3 個才發。

題4 答案：4

中譯：遵命

解說：「すみませんでした（sumimasendeshita）」。

「ありがとうございます（arigatougozaimasu）」。

「どういたしまして（douitashimashite）」。

「かしこまりました（kashikomarimashita）」。

因為「かしこまりました（kashikomarimashita）」中的前後「無麼聲化」之間隔着一定距離，並不太會影響發音，所以這句句子總共有2組「無聲化」。

15

題1 答案：3

解說：「手術」一詞拆開可分為「しゅ」及「じゅつ」兩個拗音，其「直音化」是「し」及「じつ」。所以「手術」一詞理論上可有4種讀法：1. 標準讀音的「しゅじゅつ」、2.「しゅじつ」、3.「しじゅつ」及4.「しじつ」。

題2 答案：2

中譯：因為已經住在日本有十個月了，我覺得自己大致上都能說日語。

解說：「10」的「じゅう」後當有促音的情況，「じゅう」會變「じゅ」甚至其「直音化」的「じ」，另外「ヶ」本是片假名「ケ」的小寫形式，用來代替量詞或連體動詞「が」，主要發音為「か」，源自漢字「个」字，可理解為「箇」（頭上的竹花頭）和「個」（簡體字「个」）的簡寫形式。

題3 答案：3

解說：如果按貓的拗音化／清音化 neko → nyanko 的原理進行推斷，「ふなふな」的拗音化應該就是 funa funa → funya funya。

題4 答案：4

解說：由於普通話的 h/k/g+ua 等是以古典日本語音讀「クァ」，而 h/k/g+uan 則以「クァン」來對應，所以按「花冠」的普通話拼音 hua guan，古典日語音讀是更接近漢語的「クァクァン（kwa kwan）」。

題1 答案：2

中譯：我的興趣是收集蝴蝶，你可以幫我保守秘密嗎？

解說：「蝶」原本是 chou，屬於長母音。為了易於發音，「蝶々」<ruby>ちょうちょ</ruby> 會產生「長母音的短音化」，變成 chou cho。「内証」<ruby>ないしょ</ruby>的「証」普通話是 zheng，理論上日語音讀為長音，但這裏亦有相同現象，是 nai sho。

題2 答案：1

中譯：那個是出名的寺廟，不分男女老幼前來拜訪的善信滔滔不絕。

解說：這裏想探討「男女」<ruby>なんにょ</ruby>的「にょ」為何不像「女房」<ruby>にょうぼう</ruby>般產生「短母音的長音化」。原因是「な-ん2　にょ1」屬於「長短」的 3 音節構造（拗音只佔 1 拍），縱觀本文的 2a-d，「長短」型構造不會產生「短母音的長音化」。

題3 答案：1

中譯：武：優子，你在哪裏？

優子：武，你這笨蛋。我在這裏啊，這裏。

解說：「こち」這「短短」的 2 音節構造中，前面短音節有機會加促音，變成「長短」的「こっち」。

題4 答案：3

中譯：聽說在家裏，老婆比老公更有權力好像叫「妻管嚴」。

重點：「嬶」<ruby>かか</ruby>原是由 ka ka 兩個短音組成的字。基於「短短」的 2 音節構造且是比較粗鄙的身份名詞，其後面短音節有機會延長，變成 ka kaa「短長」的「嬶」<ruby>かかあ</ruby>。

17

題1 答案：3

中譯：語言

解說：單詞中第 2 拍之後的「が行」音有機會出現「が行鼻濁音」，故只有「言語」<ruby>げんご</ruby>的「語」<ruby>ご</ruby>可以讀 go 或 ngo，而其他則各自受制於本文的 4-8 項。

題 2	答案：4
	中譯：輕快
	解說：「かるがる（と）」的漢字為「輕々（と）」，是副詞，有別於其 他的擬聲擬態詞，故「がる」的「が」可讀 ga 或 nga。

題 3	答案：4
	中譯：學生宿舍
	解說：語首的「が行」音一般不會發生「が行鼻濁音」，故「学生寮^{がくせいりょう}」的 「がく」只能讀 gaku。

題 4	答案：4
	中譯：粗俗不雅
	解說：「小川^{おがわ}さん」的「が」可讀 ga 或 nga；「お仕事^{しごと}」的「ご」可讀 go 或 ngo；「ご見学^{けんがく}」的「ご」雖不能讀 ngo，但「がく」可讀 gaku 或 ngaku；唯獨「お下品^{げひん}」的「げ」由於屬於本文第 8 項， 只能讀 ge。

18 & 19

題 1	答案：3
	中譯：disco ＝的士高
	解說：因為傳統的日語本身不含某些諸如 di、va 等的發音，故近年的片 假名為了提升模仿外語的像真度，特意創造了一些以往不曾見的 特別形態去表達，如 disco 的片假名是「ディスコ」。

題 2	答案：2
	中譯：quality ＝質素
	解說：quality 的片假名一般是「クオリティ」。

題 3	答案：4
	解說：Resident Evil 是「レジデント イービル」；Mario Kart 是「マリ オカート」；Dragon Quest 是「ドラゴンクエスト」，而 Final Fantasy 是「ファイナル ファンタジー」，有 2 個常用的「フ行特 別形態」的片假名。

題 4	答案：2
	中譯：在海外旅遊時，為了跟其他遊客能夠交換意見，通常會住在共享房屋。
	解說：文中提及發言者喜歡在國外旅遊時跟其他旅客交換意見，而只有選項 2 是居住的地方。「シュークリーム」（cream puff ＝泡芙）；「シェアハウス」（share house ＝共享房屋）；「ショートカット」（short cut ＝快捷方法）；シャンプー（shampoo ＝洗髮液）。

題 5	答案：1
	中譯：那個穿着婚紗的新娘實在太美了。
	解說：婚紗的英文是 wedding dress，而文中提及新娘這一詞，由此可推斷答案是婚紗。「ウェディング」（wedding dress ＝婚紗）；「ウィンドウズ」（windows ＝視窗）；「ウァッツアップ」（WhatsApp）；ウォークマン（walkman ＝隨身聽）。

題 6	答案：4
	中譯：小時候想當小提琴家，但現在是公務員在市政廳工作。
	解說：文中提供兒時夢想及現在長大成人的職業，而全部的選項中只有 4 是職業。「ヴィーナス」（Venus ＝女神維納斯）；「ヴェネツィア」（Venezia ＝威尼斯）；「ヴァンパイア」（vampire ＝吸血鬼）；ヴァイオリニスト（violinist ＝小提琴家）。

題 7	答案：1
	中譯：不是用手，請用紙巾擦鼻子。
	解說：文中提及擦鼻子這個動作，而提醒不要用手的，所以按常理推斷是 1。「ティッシュペーパー」（tissue paper ＝紙巾）；「マンチェスター」（Manchester ＝曼徹斯特）；「フォアグラ」（foie gras ＝鵝肝）；「シェーバー」（shaver ＝小剃鬚刀）。

題 8	答案：3
	中譯：這間酒店的退房時間是早上 11 時。
	解說：文中提供酒店及時間（11:00am），而按常理推斷為退房的時間。關鍵在於句子提供了「アウト」，意思為 out，所以答案是 3。「ツイッター」（Twitter ＝推特）；「シェイク」（shake ＝搖動）；「チェック」（check out ＝退房）；「フェイスブック」（Facebook ＝臉書）。

20

題1   **答案**：4

     中譯：現正處於人生的十字路口，為未來前途各種事情作慎重考慮。

       1   行人天橋   2   下水道

       3   入閘機   4   十字路口

題2   **答案**：3

     中譯：惡作劇也要適可而止吧。畢竟你也不再是小孩子了。

       1   熱水   2   味道

       3   適當   4   火

     解說：正確答案為 3「良い加減」，意思為「適當的程度」，主要用於負面
         句子表達適可而止的意思。而「湯加減」意思是「水的熱度」、「味
         加減」則是「味道的好壞」、「火加減」意思是「火候」。

題3   **答案**：2

     中譯：對於今次事件，我打算不留情面地處理。

       1   網開一面處理。

       2   嚴正處理。

       3   處理起來太費時。

       4   自己不會去處理。

題4   **答案**：4

     中譯：我叫擔任者過來，請稍候。

       1   拍檔   2   對手

       3   警察   4   負責人

題5   **答案**：1

     中譯：1   參加義工活動很有意義。

           2   字詞各有各的意義。

           3   那人雖然也有想成就某事的意義，但卻有點薄弱。

           4   如有意義的話，請直接告知我而不是私下議論。

解說：「意義」意思與中文的「意義」相同。因此不難知道答案是1。
而2的正確用詞應為「意味」，即中文「意思」的意思。3應用
「意志」，中文意思為「意思／意向」。4則應使用「異議」，意思
與中文的「異議」相同。

21

題1 答案：3
中譯：不要再爭吵了，以猜拳決定不好嗎？

1　上海　　　　　　　　2　什錦麵
3　猜拳　　　　　　　　4　蠟燭

題2 答案：3
中譯：本來只想開個玩笑，實在沒有想過會觸怒對方……

1　條件　　　　　　　　2　興奮
3　玩笑　　　　　　　　4　想像

題3 答案：3
中譯：因為這個理由我們最後決定拒絕。

1　責任　　　　　　　　2　環境
3　理由　　　　　　　　4　情報

題4 答案：1
中譯：徹底忘記了截止期限，實在萬分抱歉。

1　忘記了甚麼時候之前要完成工作。
2　忘記了要在哪裏工作。
3　忘記了自己要從何時拿收入‥
4　忘記了有問題時要向誰報告。

題5 答案：3
中譯：1　這是多出來的，你需求嗎？
2　對公司而言，你是需求的一員哦。
3　理論上這個世界沒有需求就不會有供應。
4　需求建議的話，隨時可以找我。

解說：需要（じゅよう）意思是中文的「需求」（英文：demand），一般作名詞使用，因此答案為 3。而 1 的正確用詞應為「要る」，即中文相同意思的「要」。2 和 4 正確應使用「必要」，句中意思為「有需要」。

22

題 1　答案：1
中譯：你能站在我的立場想想嗎？

1　立場　　　　　　　　2　程度
3　電影情景　　　　　　4　內容／內涵

題 2　答案：2
中譯：父母曾教我，不可以單憑外表就對別人下判斷。

1　準備／設置　　　　　2　外表
3　勾芡（煮食技巧）　　4　出門

題 3　答案：1
中譯：敬啓十五歲的你……

1　十五歲的你啊，希望你請從這裏把信讀下去。
2　十五歲的你啊，請不要再把信讀下去。
3　十五歲的你啊，把信讀到這裏，有甚麼意見嗎？
4　十五歲的你啊，感謝你把信讀到這裏。

題 4　答案：2
中譯：這次敝司犯下嚴重失誤，用不着任何辯解，實在是難辭其咎，在此致歉。

1　有必要說明理由
2　沒有必要說明理由
3　有必要重新計劃
4　沒有必要重新計

解說：「申し訳」的意思是「辯解／說明」，而「申し訳ございません（でした）」表示「根本沒有任何辯解的餘地／必要，因為責任都在己方」的意思。

JPLT N3

答案：4

中譯：1　田中暫時走開了，回來看家後馬上聯絡閣下可以嗎？

　　　2　去到阿武家但他卻看家，沒辦法唯有改去洋子家。

　　　3　我家附近有看家，所以能夠安心居住。

　　　4　明天起我會離家三天，所以拜託你負責看家哦。

解說：「留守番（るすばん）」是「看家」的意思，因此答案為 4。2 正確應使用「留守（るす）」，意思是「不在家」。「留守」和「留守番」很容易令人混淆，前者是「不在家」，後者是「負責留在家中看守」的意思，千萬要留意。1 的正確詞彙應為「会社（かいしゃ）」或「席（せき）」；而 3 的正確詞彙應為「交番（こうばん）」，即「派出所」，是日本一般巡警駐守的地方，類似小型警局。

23

答案：4

中譯：已將訊息和附件一併發送到客戶的電郵了。

　　　1　報導員　　　　　　2　塑膠

　　　3　講座　　　　　　　4　附件

答案：3

中譯：我論文的題目是研究阿馬遜地區的環保。

　　　1　獎金 / 租車　　　　2　能源 / 報導員

　　　3　題目 / 環保　　　　4　程度 / 爆胎

答案：3

中譯：今早在高速公路時汽車拋錨了，導致遲了出席會議。

　　　1　輪胎出現問題

　　　2　汽油不足

　　　3　引擎出現問題

　　　4　超速，違反交通規則

　答案：1

中譯：那個學生有時會翹課。

　　　1　翹課

　　　2　支持學校

　　　3　參與學校義工活動

　　　4　說學校的不是

解說：「サボる」亦可指偷懶 / 曠工等意思，據說是法語的 sabotage（サボタージュ）演變而來的。sabotage 有「故意不做事」的含意，起源於法國的勞動者用「木鞋」sabot（サボ）毀損機器一事。因法國常有罷工事件發生，故本家 sabotage 一詞主要用於罷工的場合，但日語則將其含義擴大至學校層面。順帶一提，無獨有偶廣東話類近意思的「卸膊 / 射波」與這個法語發音，也有幾分相似。

題 5　答案：2

中譯：1　他發起回收宣言：「雖然去年徹底完敗，但今年一定要取得勝利！」

　　　2　決定要將家中舊了的梳化賣到回收店去。

　　　3　對球場上全力以赴的對手表達回收。

　　　4　住了 30 年的家也差不多要回收了吧。

解說：正確答案為 2。1 正確用詞應為「リベンジ」（revenge ＝報仇 / 一雪前恥）、3 應為「リスペット」（respect ＝敬意）、而 4 則是「リフォーム」（reform ＝裝修 / 改造）。

24

題 1　答案：2

中譯：小孩子不都是反覆犯錯，才會成長下去的嗎？

　　　1　悲傷　　　　　　　2　反覆

　　　3　失去　　　　　　　4　跌倒

題 2 答案：1

中譯：我事先說好，這次我不是負責人，而是會以助手的形式幫忙。

1 事先說好　　　　　2 介意

3 保管　　　　　　　4 碰到 / 中獎

題 3 答案：4

中譯：她好像不喜歡我送她的禮物。

1 十分喜歡

2 尚算喜歡

3 不算喜歡但也不是不喜歡

4 不喜歡

題 4 答案：2

中譯：有時候也需要寵一下孩子。

1 用鞭大力抽打，體罰孩子。

2 讓孩子吃大量他喜歡的糖果。

3 讓他單獨出遊，累積人生經驗。

4 讓他思考自己的將來。

題 5 答案：4

中譯：1 謝謝你今日出席，不知明天你會不會再有效呢？

2 如果能替我將肉有效，實在是幫了我一個大忙。

3 喂喂，你會有效嗎？

4 之前你給我的藥非常有效。

解說：這題的「きく」為「有效」的意思，因此正確案為 4。1 正確用詞應為「来る」（来て）、2 應為「切る」（切って）、而 3 的情況應使用「聞こえる」。

25

題 1 答案：3

中譯：大家是如何消解平日積累的壓力呢？

1 勒緊 / 關閉　　2 沒此字。最接近的是表示「忍耐」的「堪える」

3 積累　　　　　4 苦惱

答案：4

中譯：因被同事抓住了要害 / 把柄，變得只能對他唯命是從。

1　欺騙 / 依靠　　　　　2　欺騙 / 唯命是從

3　抓住 / 依靠　　　　　4　抓住 / 唯命是從

題3　答案：4

中譯：看，麵都變糊了！再不快點吃就不好吃了。

1　注入　　　　　　　　2　拉長

3　握住　　　　　　　　4　變糊

題4　答案：2

中譯：說句話可以嗎？可否不要再一言不發。

1　一直在睡眠

2　一直保持沉默

3　一直在哭

4　一直甚麼也不吃

題5　答案：2

中譯：1　不好意思，我給你做了飯，你能替我摺起碗碟嗎？

2　也許經濟環境真的變差了，真的不敢相信那麼大規模的公司也會摺起＝倒閉。

3　阿武，怎麼臉上弄了個大傷出來，肯定又是和人摺了吧！

4　苛政猛於虎，那國家也差不多要摺了吧。

解說：這題要注意的是日語中的「たたむ」除了「摺疊」的意思外，還有像上述2中「会社がたたむ」，即「公司倒閉」的用法。1，3和4則分別應為「洗って」、「喧嘩した」和「滅びそう」。

26

題1　答案：4

中譯：沒有比嬰兒的笑容更可愛的東西吧。

1　噴嚏　　　　　　　　2　沒這個單詞

3　嘗試　　　　　　　　4　微笑

題2 答案：1

中譯：托大家的鴻福，本店客似雲來，因此決定擴張店鋪。

1　他動有形擴張　　　　2　他動無形擴張

3　自動有形擴張　　　　4　自動無形擴張

解說：只要留意助詞「を」就不難知道這題答案會是他動詞，所以答案只會是在 1 和 2 之中。因「広める」主要用於知識，勢力等「無形東西」上的擴張，店鋪屬於有形，因此得出答案為 1。

題3 答案：4

中譯：不知是不是真的，但部長被辭退的傳聞＿＿＿＿＿＿＿＿。

1　他動有形擴張　　　　2　他動無形擴張

3　自動有形擴張　　　　4　自動無形擴張

解說：這題助詞是「が」，後接自動詞，故知答案只會是在 3 和 4 之中。因「広まる」主要用於「無形東西」上的擴張，傳聞屬於無形，因此得出答案為 4。雖亦有「噂が広がる」這種「有形擴張」的用法，但建議學習者採用以上的分類方法，則能通過系統記住詞彙之間的微妙差異。

題4 答案：3

中譯：你這個概念產品很不錯哦。看起來會流行起來的。

1　不受歡迎　　　　2　趕及

3　受歡迎　　　　　4　趕不及

題5 答案：1

中譯：1　為了防止犯罪發生，重要的是不能存有「自己應該沒問題的」這種僥倖心態。

2　我想防止一些收入，有兼職工作能介紹給我嗎？

3　現正以考入傳統名校大學為防止，每日也挑燈夜讀。

4　怎麼辦，我不知應否接受他的求婚，心情十分防止。

解說：正確案為 1。2 正確用詞應為「増やす」（增加）、3 應為「目指す」（目標）、而 4 應為「悩む」（煩惱）。

27

題1 　**答案**：4

　　中譯：今日的司儀由我山田擔任。

　　　　1　承認　　　　　　　2　工作

　　　　3　要求　　　　　　　4　擔任

　　解說：「勤め」和「務め」的讀法均為「つとめ」，但意思分別為「工作」和「擔任」。

題2 　**答案**：3

　　中譯：小弟上有高堂下有妻房，所以雖然是很任性地的說法，但請讓我避免如此高危的工作吧……

　　　　1　給予　　　　　　　2　憧憬

　　　　3　避免　　　　　　　4　恐懼

題3 　**答案**：4

　　中譯：把書本過分放近眼前，能看到的字便會減少。

　　解說：把書從遠處移進眼前，這涉及「に」那「移動空間」的概念。請參照《3天學完 N5　88個合格關鍵技巧》 **35** に用法②。

題4 　**答案**：1

　　中譯：現在放棄還早吧。

　　　　1　放棄

　　　　2　獻上

　　　　3　夏日的終結

　　　　4　出現

題5 　**答案**：4

　　中譯：1　麻煩你存放行李大概3小時的話費用是多少？

　　　　2　去旅行這段期間，可以請你存放我家的小狗嗎？

　　　　3　先存放 10000 円，再找回你 3750 円。

　　　　4　突然有急事，可以先把孩子存放到你處嗎？

解說：「預ける」和「預かる」的概念其實很像「貸す」和「借りる」，一個「出」一個「入」。「預ける」是「將自己的物品交給別人保管」，而「預かる」則相反，「自己去保管的別人交下物品」。3是典型的「預かる」的用法，表示「保管＝收下對方的金錢」。1和2看起來似乎可用「預ける」，但後面分別接着「てもらう」「てくださいませんか＝てくださる」，意味着「希望得到對方保管（預かる）」這個行為。所以正如前言，當有懷疑時，嘗試用「貸す」代替「預かる」，「借りる」代替「預ける」再套入句子，就會發覺一般來說，我們只會說「借りたいのですが」，而不會說「借りてもらう」或「借りてくださいませんか」，是同一道理的。

28

題1 答案：2

中譯：（馬拉松大賽現場直播：）如今、本來排第2的加藤選手超越了鈴木選手，暫時成為第1。

| 1 邂逅 | 2 超越 |
| 3 追趕 | 4 追上 |

題2 答案：1

中譯：我司引入最新技術後，本月業績比上月上升了2倍之多。

題3 答案：3

中譯：喂，匯款給佐佐木了沒有？

1 騙取

2 向人借

3 付款

4 讓對方還給自己

題4 答案：3

中譯：1 奈奈子，請和我以結婚為前提回頭看吧！

2 昨日回家途中、有幾次被誰回頭看「阿武阿武」的，但附近一個人也沒有。

3 回首過去，開始發現原來曾犯下嚴重錯誤。

4 花了三小時，終於把所有拼圖都回頭看了。

解說：1 正確用詞應為「付き合う」（交往）、2 應為「呼び上げる / 呼ぶ」
（呼叫）、而 4 應為「組み立てる」（組裝）。

題5　答案：4

中譯：1　想問一下，你家中有可能多少人？

2　曾被人說過「明明都是個大人，還像個小孩一樣有可能這些不設實際的夢想」。

3　最近從書本中有可能了不少知識，感覺上變聰明了不少。

4　如果能借給我的話，就算一點兒也不要緊，比方說 3000 元有可能嗎？

解說：1 正確用詞應為「います」（有）、2 應為「持っている」（有）、而
3 應為「得る」（得到）。

29

題1　答案：3

中譯：看，阿武又在英文課打瞌睡了。被老師罵是早晚的事情吧……

1　沒有這個單詞　　　　2　沒有這個單詞

3　打瞌睡　　　　　　　4　沒有這個單詞

題2　答案：1

中譯：昨天想讓我家孩子看到煙花便背起了他，誰不知一下子閃了腰……

1　背起　　　　　　　　2　小狗

3　昆布　　　　　　　　4　大便

題3　答案：2

中譯：出版商請求我撰寫西藏旅行的感想。

1　引用　　　　　　　　2　請求

3　印刷　　　　　　　　4　橫過

題4　答案：3

中譯：睡懶覺某程度上是小孩的特權吧。

1　清早起床　　　　　　2　晚上早睡

3　睡到日上三竿　　　　4　晚上遲遲不睡

題5　答案：3

中譯：1　作為父母當然打從心底報名參加 / 應徵孩子想做的事。

2　雜誌上刊登的職位還在報名參加 / 應徵嗎？

3　我想報名參加 / 應徵雜誌上刊登招聘的職位。

4　幸得父母的報名參加 / 應徵，我才能夠渡過難關。

解說：本題正確答案為 3。答案 1 和 4 都能用「応援する」（支持），而 2 則應改為「募集する」（招聘）。

30

題1　答案：3

中譯：聽說坂本說了「忍耐也總有個限度吧！」後就向公司請辭。

1　肉饅頭　　　　　　2　沒有這個單詞

3　忍耐　　　　　　　4　沒有這個單詞

題2　答案：2

中譯：因未能達成協議，國會又再次解散。

1　解答　　　　　　　2　解散

3　記錄　　　　　　　4　回收

題3　答案：3

中譯：未經許可不准在場內拍攝。

1　歡迎　　　　　　　2　期待

3　許可　　　　　　　4　協力

題4　答案：3

中譯：可以途中下車的小巴真不錯呢！

1　經常乘坐

2　隨時上車

3　隨時下車

4　免費乘車

答案：1

中譯：1 對於是否參加這個計劃，懇請讓我慎重研究其可行性。

2 電腦好像有點問題，所以馬上請專員為我研究可行性了。

3 作為生產部門的經理被上司命令我要研究可行性起責任來。

4 所謂 QC（Quality control）就是研究可行性製成品的部門。

解說：正確答案為 1。2 和 4 的正確動詞應為「検査する」（檢查），而 3 則可改為諸如「責任を持つ」（負責任）或「責任を追及する」（追究責任）。

31

題 1 答案：4

中譯：因入住前一天才取消予約，被酒店索取了 50% 訂金。

解說：「請求」的音讀為何是長音？關於漢字音讀的長短音，請參照《3 天學完 N5 88 個合格關鍵技巧》 10 - 11 普通話與日語⑥⑦。

題 2 答案：3

中譯：申請報讀碩士課程前，請老師給我寫了封推薦信。

1 參考　　　　　　　　2 借錢

3 推薦　　　　　　　　4 存在

題 3 答案：4

中譯：他曾被醫生診斷只剩下 3 個月壽命，但最後卻多活了三十年之久。

1 宣傳　　　　　　　　2 指定

3 指導　　　　　　　　4 診斷

題 4 答案：3

中譯：到你有天出人頭地時再付錢也沒所謂啊。

1 生了小孩後才付錢

2 失業後才付錢

3 升職後才付錢

4 辭職 / 退休後才付錢

題5　答案：1

中譯：1　還沒有切身感受到自己已經成家立室。

2　現在切身感受到足球賽事的是報導員鈴木。

3　人類火星旅行的計劃能在不久將來似乎能切身感受到。

4　只是虛構小說出現的人物，當然不是切身感受的。

解說：正確答案為 1。2 應改為用「実況」，意思是「轉述現場情況」，也即是「運動賽事中的旁述」。而 3 則用「実現」，也即是「實現／夢想成真」的意思。4 的正確動詞應為「実在」，意思為「真實存在」。

32

題1　答案：2

中譯：想要模仿大人言行舉止的嬰兒真是十分可愛。

1　予測　　　　　　　2　模仿

3　判斷　　　　　　　4　發現

題2　答案：2

中譯：因出差而三個月沒見過兒子，終於能見的那一瞬就忍不住上前抱着了他。

1　沒有此字　　　　　2　抱着

3　沒有此字　　　　　4　沒有此字

題3　答案：4

中譯：這類汽車生產數量有限，應該不可能入手吧！

1　放手　　　　　　　2　拖手

3　打手　　　　　　　4　獲得

題4　答案：3

中譯：1　這店不只是聯絡出名好吃，天婦羅也是招牌菜。

2　「十倍聯絡」是他對付對手的一貫作法。

3　雖然與筆友素未謀面，但也一直保持聯絡近 5 年。

4　就算在商業世界而言，做出這種事情，作為一個人，簡直是聯絡。

解說：正確答案為 3。1 應是「焼<ruby>き鳥<rt>や とり</rt></ruby>」（烤雞肉串），而 2 是參考一套著名電視劇的對白，應改用「やり<ruby>返<rt>かえ</rt></ruby>し」，即「報復／奉還」的意思。4 的正確答案應為「やりすぎ」，意思為「做得太過分」。

題 5 答案：3

中譯：1 我不懂英語，可以替我把報告摘要成日語嗎？

2 聽說她有結婚摘要的對象。

3 請把以下文章看完，並摘要／概括成 100 字以內。

4 這間餐廳很有人氣，沒有摘要是不能進入的。

解說：這正確答案為 3。1 應改為用「<ruby>翻訳<rt>ほんやく</rt></ruby>」（翻譯）。而 2 可用「<ruby>約束<rt>やくそく</rt></ruby>」（約定），4 則應為「<ruby>予約<rt>よやく</rt></ruby>」（預約）。

33

題 1 答案：4

中譯：年輕時缺乏勇氣沒有嘗試追夢，現在十分後悔。

1 好／適合 2 詳細

3 貧窮 4 後悔

題 2 答案：1

中譯：他為人沒耐性，肯定這次已經放棄了吧！

1 已經放棄了 2 還在堅持着

3 已經笑了 4 又變長了

題 3 答案：1

中譯：在公司聽到一個令我很羨慕的話題，令我回到家後也難以釋懷。

1 覺得真好 2 覺得麻煩

3 覺得可怕 4 覺得可喜可賀

題 4 答案：2

中譯：1 買水果的話，山田超市賣得最無價值的吧。

2 你也不再是小孩別因這點無價值的事而哭。

3 價錢實在有點無價值，雖然想買但卻付擔不起。

4 那種會毫無價值的家，而在公司一直工作的人實在不多。

解說：這正確答案為 2。1 應改為用「安い」（便宜）。題外話，理論上「下がらない」（不降價）也可以，但日語有的是「値段がなかなか下がらない」，但不太見「なかなか下がらない値段」這種修飾句。而 2 應用「高い」（昂貴），4 則應為「帰らない」（不回家）。

題5　答案：4

中譯：1　浪費的話，明天開始在我司一起工作吧。

2　讓一個讀中一的同學去做大學的入學試題，還真是浪費呢。

3　這次是個免費參加的活動，因此甚麼也不會浪費的哦。

4　好像還能用的，把它掉棄不是很浪費嗎？

解說：這正確答案為 4。1 應改為用「宜しい」（方便），2 可用「難しい」（困難），3 則應為「要らない」（不需要）。

34

題1　答案：1

中譯：都已經是比火更明瞭／明白（證據確鑿的）事實了，你就不要狡辯了。

1　明瞭的　　　　　　2　重大的

3　正式的　　　　　　4　有效的

題2　答案：4

中譯：學弟竹內君的研究成果，是花了相當多的努力和時間換來的吧。

1　合適的　　　　　　2　正常的

3　豐富的　　　　　　4　相當多的

題3　答案：3

中譯：雖然只是一點點的金錢，但請讓我捐贈給貧窮家的小孩吧。

1　一毛不拔的　　　　2　不可思議的

3　一點點的　　　　　4　帶來麻煩的

題4　答案：4

中譯：大家普遍認為川本部長會是下一屆最有希望當選的候選人。

1　大隻　　　　　　　2　被愛戴

3　不被揀選　　　　　4　有勝算

題 5   答案：3

中譯：1   在這個條件底下，生意伙伴比我司更加理所當然。

       2   排理所當然的是班中最矮的渡邊同學。

       3   只是做了理所當然的事而已，不用在意。

       4   這麼難的題目不用 10 秒就能解答，你果然理所當然呢！

解說：這正確答案為 3。1 可改為用「有利」（有利），2 應用「一番前」（最
      前面），4 則應為「流石」（不愧）。

35

題 1   答案：2

中譯：這地方，部落之間屢次發生圍繞土地所有權問題的糾紛。

       1   沒有此字   2   屢次

       3   平常   4   沒有此字

題 2   答案：2

中譯：多次為你添上麻煩，萬分抱歉。

       1   特意   2   多次

       3   各自   4   分別

題 3   答案：1

中譯：親愛的顧客，感謝今天也特意且千里迢迢的光臨本店。

       1   特意 / 千里迢迢   2   多次 / 不久就會

       3   各自 / 愈來愈   4   分別 / 到處

題 4   答案：4

中譯：月亮一天比一天變彎。

       1   昨日是弦月，今日是滿月。   2   昨日是滿月，今日是弦月。

       3   今日比起昨日更圓。   4   今日沒昨日那麼圓。

題 5   答案：1

中譯：1   生是偶然 / 並非必然的事，對比之下，死卻是必然的。

       2   電視節目也只會偶然 / 並非必然，而不是每天都看。

       3   古語有云：「無論多笨的人，偶然 / 並非必然也會說出聰明的話。」

       4   不好意思經常要你破費，偶然 / 並非必然也讓我請客吧！

解說：「偶々」強調的是「非必然」這個概念，與 1 最相符。2、3 和 4
應改為用「偶に」（偶爾 / 有時候）。

36

題 1 答案：1

中譯：最後一個士兵也戰死了。就這樣，這個國家最終也滅亡了。

1 就這樣　　　　　2 順着次序
3 最少 / 最起碼　　4 有條理

題 2 答案：2

中譯：讓我重新介紹一下自己。我是營業部的石原一郎。

1 實在太　　　　　2 重新
3 一剎那　　　　　4 最終

題 3 答案：4

中譯：一邊聽音樂一邊散步，不知不覺間來到了一間大屋前面。

1 似乎杳無人煙
2 平常的話會知道
3 一直也不知道
4 不知不覺間

題 4 答案：3

中譯：雖然得到這份工作很難得，但我還是要辭退。

1 只有我才能做到
2 曾經拼命努力過
3 很難才有
4 要找的話到處都有

題 5 答案：3

中譯：1 究竟 / 到底的條件談得成的話就成功了吧。
2 鐘聲響起的瞬間，他們究竟 / 到底站了起來。
3 這究竟 / 到底是甚麼一回事，你給我解釋！
4 老師所教的，都究竟 / 到底忘記了吧。

解說：正確答案為 3。1 可用「一定」（規定），2 應用「一斉に」（不約
而同），4 則應是「一生」（一生）。

37

題1 答案：2

中譯：雖然已盡力去量度，但或多或少還是會有此誤差，敬請見諒。

1　終於　　　　　　　　2　或多或少
3　因此　　　　　　　　4　立刻

題2 答案：1

中譯：反正急步行還是會被雨淋濕，「何妨吟嘯且徐行」，來個慢步雨中
吧！

1　反正　　　　　　　　2　請務必
3　另外 / 而且　　　　　4　設法 / 勉強

解說：這句說話意譯自蘇軾《定風波》中的「莫聽穿林打葉聲，何妨吟
嘯且徐行。」

題3 答案：4

中譯：做一件事的時候，帶着順道 / 順水推舟的心態，有時候既能幫到
他人，也會有益自己。

1　慢慢地
2　不浪費時間
3　聽取各種意見
4　利用機會

題4 答案：2

中譯：總覺得今天會有好事發生。

1　有理由相信
2　沒有確實理由
3　最好有理由
4　有沒有理由也不緊要

答案：4

中譯：1 設法 / 勉強很美麗的花啊。

2 社長設法 / 勉強只是個 23 歲的女生，聽後嚇了一跳。

3 洋子說戀愛設法 / 勉強暫時都不想，但聽說一週後又認識了一個新男友。

4 不用擔心，人生總能設法 / 勉強（有辦法）。

解說：日語中「なんとかなる」是一個常用熟語，意思類似「船到橋頭自然直」或「柳暗花明」。其餘 1 可用「なんという」（多麼）；2 應是「なんと」，可意譯為「竟然」，強調驚訝心情；而 3 則可以是「なんか」，有一種「不屑」的心態，上文可意譯為「戀愛這東西」。

38

題 1 **答案**：1

中譯：上次味道有點不夠，所以這次嘗試做得濃一點。

1	濃	2	文法錯誤
3	淡	4	文法錯誤

題 2 **答案**：4

中譯：雖然算不上完全解決赤字問題，但公司的業績還是比較穩定。

1	難道 / 真想不到	2	拼命
3	如果	4	比較

題 3 **答案**：4

中譯：母親：有甚麼想要的東西，就儘管說出好了。

孩子：沒有特別想要的⋯⋯

1 雖然想說出口，但有點不好意思。

2 不知道「想要的東西」的意思。

3 想要其他東西。

4 想要的東西？才沒有呢⋯⋯

答案：2

中譯：那個講座嘛，不太學到東西啊，換言之就是浪費時間。

　　1　備受重視

　　2　簡單來說

　　3　重要的是

　　4　似乎沒有也可以

答案：2

中譯：1　家中的貓體型好像，尾巴也很長。

　　2　她筆下所畫的貓栩栩如生，好像活着的一樣。

　　3　因這種小事情而放棄不像你哦。

　　4　贊成的人，請在紙上畫一個圓圈。

解說：首先 3 的中文，譯出來好像也通順，但日語沒有「まるくない」這文法。根據文脈，這情況下應使用「らしくない」才正確，因為日語的「らしい」用於表達事物「應有的特色或性質」。關於「みたい」和「らしい」的不同，請參照《3 天學完 N4　88 個合格關鍵技巧》**44** 的一連串比較。剩餘的 1 應是「丸^{まる}くて」（既圓），而 4 則是「まる」（圓圈）。

39 & 40

題1　答案：2

中譯：在這間大學工作了（經歷了）整整三十年，一想到明天是最後一天在這裏工作，實在感慨萬分。

解說：1　因為在這間學校工作了三十年。

2　在這一間大學工作了（經歷了）整整三十年。

3　基於在這間學校工作了三十年。

4　文法不對。「かけて」的正確文法為「V-stem かけて」、「一年<ruby>一年<rt>いちねん</rt></ruby>をかけて」或「1980 年 - 2000 年にかけて」等。

題2　答案：4

中譯：在看電影的之際睡着了太可惜了吧，那可是電影的高潮所在呢……

解說：1　看着電影的情況不小心睡着。（「<ruby>場合<rt>ばあい</rt></ruby>」用來表達假設未來發生的事情，不能用於敘述過去的事實。）

2　看着電影的期間睡着了。（看起來沒問題，細心留意選擇前面有「<ruby>真<rt>ま</rt></ruby>っ」字，所以只會有「<ruby>真<rt>ま</rt></ruby>っ<ruby>最中<rt>さいちゅう</rt></ruby>」，而無「<ruby>真<rt>ま</rt></ruby>っうち」（奸笑）。

3　雖然可理解為「看電影之際不小心睡着」，但首先沒有「V ている<ruby>際<rt>さい</rt></ruby>」這種文法配搭。

4　在看電影之際睡着了。

題3　答案：1

中譯：昨天一回到家就立即泡澡，然後就舒適地看電視。

解說：1　昨天回到家就立刻泡澡。

2　昨天回到家就立刻泡澡，但文法不對。「<ruby>次第<rt>しだい</rt></ruby>」多接「V たい」或「V てください」等含「意志」，「祈求」甚或「命令」等句子，且不會用於過去。）

3　昨天回到家就立刻泡澡，但文法不對。（「<ruby>途端<rt>とたん</rt></ruby>」後接句不可含有「意志」，「命令」等意思，主要是「變化」。）

4　自從昨天回家就泡澡。

答案：4

中譯：米勒自從返回家鄉美國，就連一次聯絡也沒有，不知道他還好嗎？

解說：1　米勒回到美國，馬上就連一次聯絡也沒有。

　　　2　米勒一回到美國，就連一次聯絡也沒有。

　　　3　米勒一回到美國，就連一次聯絡也沒有。

　　　4　米勒自從返回家鄉美國，就連一次聯絡也沒有。

題 5　答案：3

中譯：疾病就是一種會在不知不覺之中出現和惡化的東西。

解說：1　文法不對，V ている /N の +「最中(さいちゅう)に」。

　　　2　文法不對，V る /V た /N の +「際(さい)に」。

　　　3　疾病就是會在不知不覺之中出現和惡化。

　　　4　文法不對，い形容詞 / な形容詞 /N の +「ころ（に）」。一定
　　　　要用動詞的話，「OO を知(し)らなかったころ」（還不知道 OO 的
　　　　那段日子）或「OO がなかった頃(ころ)」（沒有 OO 的時候）等過去
　　　　式會比較自然。

題 6　答案：1243，★ =4

中譯：這個番茄已經變得很柔軟，而且又發出奇怪的臭味，正在腐爛中。

題 7　答案：1324，★ =2

中譯：面試也好辯論也好，被提問之際，保持冷靜的心境來回答問題是
　　　十分重要的。

題 8　中譯：論語中有「三十而立，四十而不惑，五十而知天命」這句名言。
　　　我身邊有不少人都在煩惱，認為自己「明明已經過了 40 歲，非但
　　　沒有達到『四十而不惑』這種境界，反而一直很迷惘」云云。為
　　　了安撫他們，我便提出我的意見，說「即使是孔子也是三十而立，
　　　到了四十才終於變得不迷惘，所以，即使現在才尋找到自己的目
　　　標也不算太遲哦」，一說完這句，聽到的人似乎都變得輕鬆起來。
　　　的確，我認為人到了 40 歲才發掘到自己的目標也不算太遲，能夠
　　　做到自己真正想做的事，牢牢地獲取自己想獲得的知識和經驗才
　　　是最重要。或者，換一個角度，到了 40 歲才說出諸如「已經太遲」
　　　或者「我還可以做甚麼」這些說話也是無補於事，應該思考 / 預
　　　測一下將來的事情，然後再行動——這見解也是不錯的。

題 8-1 答案：4

　　解說：1　すると = 於是

　　　　　2　しかし = 然而

　　　　　3　なるべく = 盡量

　　　　　4　むしろ = 反而

題 8-2 答案：4

　　解說：1　言うところ = 正準備要說。(V る「ところ」，正準備要 V)

　　　　　2　言わないうちに = 趁着不說。

　　　　　3　言って以来 = 自從說出了。

　　　　　4　言った途端 = 一說完馬上就。

題 8-3 答案：2

　　解說：1　四十になれば遅くないと思う = 人如果到了 40 歲的話都不算

　　　　　　太遲。

　　　　　2　四十になっても遅くないと思う = 人即使到了 40 歲也不算太

　　　　　　遲。

　　　　　3　四十になり次第遅くないと思う = 人一到了 40 歲，馬上就不

　　　　　　算太遲。

　　　　　4　四十にならないと遅くないと思う = 人不到 40 歲，就不算太

　　　　　　遲。

題 8-4 答案：1

　　解說：1　しかたがない = 無補於事。

　　　　　2　忍びがない = 沒有這種說法。

　　　　　3　しらががない = 沒有白髮。

　　　　　4　しばふがない = 沒有草坪。

題1 答案：1

中譯：關於少子化的問題，我認為日本政府今後必須比以往更加認真考慮應對的方法。

解說：1 關於少子化的問題。(N 涉及「問題」，而且後接「考える」，是典型「関して」的組合。)

2 於少子化問題這個層面上。(作為「於某個範疇上」的意思，「かけては」的一般用法是「A にかけては、B より形容詞 C がいない」。參考本文 1.V)

3 於少子化問題這個層面上。(作為「於某個範疇上」的意思，「において」的一般用法是「A において、B より形容詞 C がいない」。參考本文 1.II)

4 對於少子化問題。(似乎可以，「少子化問題」並非對象，而後面亦沒有表明「立場」的敘述。)

題2 答案：3

中譯：由於市場上並沒有太多特意為高級者而設的日語教材，如果出版(特意為高級者而設的日文教材)的話我認為這很不錯。

解說：1 市場上並沒有太多對於高級者的日語教材。

2 市場上並沒有太多根據不同的高級者而設的日語教材。

3 市場上並沒有太多特意為高級者而設的日語教材。

4 市場上沒有太多關於高級者的日語教材。(如果是「上級者が使う日本語」的話則可以。)

題3 答案：4

中譯：對於自己孩子說謊一事，很多父母都覺得應該寬恕他們吧。

解說：1 關於自己的孩子說謊。

2 在自己的孩子說謊這個層面上。(請參照題 1 的解說。)

3 在自己的孩子說謊這個層面上。(請參照題 1 的解說。)

4 對於自己孩子說謊一事。(涉及「事件」且後面有表明立場「大目に見ってやるべきだと思う」的描述，所以是「対して」。)

題 4　答案：1

中譯：出木杉君不止記憶力，於計算能力這個層面上也不會輸給任何人。

解說：1　於計算能力這個層面上「也」不會輸給任何人。

　　　2　於計算能力這個層面上不會輸給任何人。（與 1 比較，基本上就相差一個「も」字。除了記憶力，計算能力「也」。）

　　　3　對於計算力上不會輸給任何人。

　　　4　有關計算力上也不會輸給任何人。

題 5　答案：2

中譯：雖然設計也帥氣，顏色也不錯，但這顯然不是適合工作的服裝。

解說：1　不是於工作的服裝。

　　　2　這不是適合工作的服裝。

　　　3　不是根據不同工作的服裝。

　　　4　不是特意為工作度身訂做的服裝。

題 6　答案：2341，★ =4

中譯：圖書館會根據星期幾的不同，關門的時間或是較遲，或是較早，要小心留意。

題 7　答案：2413，★ =1

中譯：雖然這是一本相比起男性，更是特意為女性而寫的雜誌，但也有男性來購買。

題 8　中譯：我從兩年前開始學習有關日本的社會狀況。使用的教材很昂貴，理應是專門為外國人設計的線上程式，但愈學就慢慢愈發現這並不是特意為外國人設計的。關於這個問題，已經向出版商詢問過幾次，但都得不到滿意的回應。根據在另一間出版商工作的朋友說，這次出版商選擇無視我，似乎是因為我沒有將自己的情況告知大眾傳媒。我正在考慮，是不是也要把情況告知報社或電視台呢？

題 8-1 答案：1

解說：1 有關日本的社會狀況，我從兩年前開始學習。（「について」＝「関して」）

2 對於日本社會狀況，我從兩年前開始學習。

3 於日本社會狀況這個層面上，我從兩年前開始學習。

4 由於日本社會狀況，我從兩年前開始學習。

題 8-2 答案：4

解說：「それほど」＝「不是那麼」。學習者可能會解作「並不是那麼為外國人而設」，然而一定不會出現「それほど実に」（不是那麼其實？）這種結合，所以「するほど」會比「それほど」貼切。

題 8-3 答案：3

解說：因為「我」正在考慮，並表達自己自言自語，所以後面接「かな」。（意向形 ＋ かな～）

題 8-4 答案：1

解說：1 考えている最中 = 正在考慮。

2 文法不對。

3 考えているうち = 在考慮的期間。「最中」可做名詞使用如「考えている最中です」但「うち」則不可，不會有「考えているうちです」這種形態，而且後句沒有任何涉及「變化」的句子。請參照本書 39 時間的表示①。

4 考えている間 = 在考慮的期間。

43 & 44 & 45

題 1 答案：3

中譯：A：喂喂喂，我總覺得後面好像有人跟着我們……

B：那只是你的心理作用吧。

解說：1 文法不對。

2 文法不對。

3 那只是你的心理作用吧。（「気のせい」＝「錯覺／心理作用」。）

4 文法不對。

題2 答案：1

中譯：幸虧成為了基督徒，現在過着比以前更充實的生活。

解說：1 幸虧成為了基督徒。

2 文法不對。（「おかげさまで」多放在句首。）

3 都怪成為了基督徒。

4 文法不對。

題3 答案：1

中譯：A：今天不翹課嗎？

B：吓，不可以吧！很快就要測驗了，不如一起溫習吧？

解說：1 很快就是測驗了。

2 因為很快就是測驗（後面不會接有邀請意思的語句）。

3 因為很快就是測驗（後面不會接有邀請意思的語句）。

4 文法不對。

題4 答案：1

中譯：由於全球暖化，所以導致不同的問題發生。

解說：1 由於全球暖化。　　　　　2 文法不對，「N につき N」。

3 文法不對，「N による N」。　4 文法不對。

題5 答案：1

中譯：由於正在準備的關係，現在請等一等。

解說：1 由於正在準備的關係。

2 文法不對，「N につき」。

3 文法不對。（只有「～中（ちゅう）」而不會出現「の中（なか）」。）

4 文法不對。

題6 答案：3

中譯：鄰居的嬰兒在半夜哭泣，令我完全無法睡着。

解說：1 文法不對。（「泣（な）き出（だ）し」不可作為名詞）。

2 文法不對。（「泣（な）き出（だ）したものです」可理解為「從前經常哭泣」，請參照 N2）

3 鄰居的嬰兒在半夜哭泣，令我完全無法睡着。（句子沒有用敬語，「もんで」比較適合日常會話。）

4 文法不對。

278

答案：1

中譯：由於店舖內部裝修，所以會停業一段時間。

解說：1　由於店舖內部裝修（通告 / 告示）。

2　因為店舖內部裝修。（有無可奈何的意思，不適合對客人說。）

3　拜店舖內部裝修所賜。

4　由於店舖內部裝修（但「により」多配搭「なりました」。）

題 8　答案：3412，★ =1

中譯：也有人認為今次可能會因地震而引發海嘯。

題 9　答案：4213，★ =1

中譯：你已經不是小孩子了，所以自己的房間就自己打掃吧！

題 10　答案：3241，★ =4

中譯：幸虧每日都有看新聞和閱讀報紙，商業日語開始慢慢明白起來。

題 11　中譯：這是我前往某一個貧窮的國家當義工的時候的事情。曾多次被當
地人問及「喂喂喂，你會給我多少錢？」又或者是「總之，你會
給我甚麼？」般難堪的問題，所以即使想提供支援給予當地的兒
童，事情也難以進展下去。更甚的是，跟當地政府說起機場的男
性職員強行索取賄賂一事的時候，他們竟說「難道這有辦法嗎？
這是一個缺乏金錢的國家，【大家】都想要錢哦！」我感到無語之
餘，禁不住悲嘆當地居民的艱辛。

題 11-1　答案：2

解說：1　しまられた = 被迫收起。

2　せまられた = 被迫到陷入困境。(被迫回答一些難堪的問題。)

3　すまわれた = 被迫居住。

4　そめられた = 被染上顏色。

題 11-2　答案：4

解說：文中表達對於那些無法順利進行的對話而感到無可奈何，所以是
「ものだから」，後接着「なかなか話が進まなかった」這結果。

題 11-3　答案：4

解說：表達被男性職員強行賄賂所以是「に」(動作的對象)。

答案：3

解說：1 お前(まえ)もお金(かね)を持(も)つな＝你也不要拿着錢了。(「もので」「もんで」後面不會出現像「Vよう」「Vてください」「Vたらどう」等這些帶有「邀請」、「命令」或「忠告」的語句，下同。)

　　　2 お願(ねが)いだから、お金(かね)をちょうだいよ＝求你請給我錢吧。

　　　3 お金(かね)が欲(ほ)しいんだ＝【大家】都想要錢。

　　　4 同情(どうじょう)するなら金(かね)をくれ＝同情的話就給我錢。(題外話，這句說話是著名電視劇《家(いえ)なき子(こ)》＝《沒有家的女孩》中女主角的名對白。)

題 12 中譯：這是今天早上在看一個新聞節目時的事情。那個新聞節目中，一個能夠流暢地說日語的外國人說了以下的話：「幸虧是Ａ國的總統，種族歧視的問題比以前變得更加嚴重了。」我和妻子的第一下反應是「咦？」，彼此都認為這是一位不太明白如何使用「幸虧」和「都怪」等用法的外國人仕。但再想深一層，「幸虧」除了一貫的意思之外，還有如「都怪」，「拜⋯⋯所賜」這種深層微妙的意思。或許那位外國人說的就是第二個意思（拜Ａ國的總統所賜）。這麼一來，反而開始覺得他對於日語有很深厚的理解。

題 12-1 答案：4

解說：1 ひと＝人。

　　　2 ところ＝地方。

　　　3 もの＝東西。

　　　4 こと＝事情。

題 12-2 答案：2

解說：1 この＝這個。

　　　2 その＝那個。(因為文中的新聞節目只有「我」才知道，讀者並沒有看過，並處於不知道的狀態，所以是「その」。相反，如果正在談論一些共同認識的人物，事物就可以用「あの」。)

　　　3 あの＝那個。

　　　4 どの＝哪個。

題 12-3 答案：1

解說：1 Ａ国の大統領のおかげで＝拜 Ａ 國總統所賜。（文中諷刺 Ａ 國
　　　　　大總統所以「おかげで」較「せいで」合適，且與下文「我和
　　　　　妻子的第一下反應是『咦？』」匹配。）

　　　 2 文法不對。

　　　 3 Ａ国の大統領のせいで＝都怪 Ａ 國總統。

　　　 4 Ａ国の大統領のせいか＝也許是 Ａ 國總統的緣故吧！

題 12-4 答案：4

解說：1 シュート＝投擲

　　　 2 ミュージック＝音樂

　　　 3 チューリップ＝鬱金香

　　　 4 ニュアンス＝深層微妙的意思

46 & 47 & 48

題 1 答案：4

中譯：Ａ：聽說李先生 / 小姐來了日本差不多二十年。

　　　Ｂ：難怪日文這麼流利。

解說：1 「なという」文法不對。　　　 2 所以日文不可能流利。

　　　 3 所以日文並非流利。　　　　　 4 難怪日文這麼流利。

題 2 答案：3

中譯：即使有錢，都不代表絕對會變得幸福。

解說：1 文法不對。　　　　　　　　　 2 絕對不可能幸福。

　　　 3 都不代表絕對會變得幸福。　　 4 絕對不可能幸福。

題 3 答案：3

中譯：那裏有一大群人正在聚集，一定是發生了一些事情。

解說：1 一定會有些事情。

　　　 2 「あっている」文法不對。

　　　 3 一定是發生了一些事情。

　　　 4 一定沒有事情。

題 4	答案：2

中譯：每天都看 5 小時手提電話的話，眼睛一定會變差。

解說：1　文法不對。

　　　2　眼睛一定會變差。

　　　3　文法不對。

　　　4　文法不對。

題 5	答案：1

中譯：目標無論如何都無辦法達成的時候，那也差不多該要放棄了吧，不是嗎？

解說：1　那也差不多該要放棄了吧，不是嗎？

　　　2　文法不對。（「べき」前面不會有過去式，請參照《3 天學完 N4 88 個合格關鍵技巧》 41 「應該」的 V るべき。）

　　　3　那差不多不應該要放棄吧，不是嗎？

　　　4　文法不對。

題 6	答案：3

中譯：最近總是很健忘……我今天來市場要買甚麼來着？

解說：1　「来たっけ」是正確寫法。

　　　2　「よね」不適用於疑問句。

　　　3　我今天來市場要買甚麼來着？（「来たんだっけ」＝「来たっけ」）

　　　4　你今天來市場要買甚麼？

題 7	答案：4321，★ =2

中譯：在香港，這麼豪華的家，即使怎樣努力工作也買不到的吧。

題 8	答案：2431，★ =3

中譯：這款藥物有效是有效，但是會出現諸如發高燒等危害健康的症狀，卻是其最大的弱點吧！

題 9	答案：2413，★ =1

中譯：最近山田先生 / 小姐說他 / 她很忙碌，所以，雖然很可惜，我想他 / 她應該無法出席派對吧！

題 10　中譯：電腦病毒就像人類的疾病一樣，不只是自己（的電腦）會受感染，更有可能感染到其他人的電腦，是非常危險的東西。即使平常看不到它很活躍，但它有機會潛伏在學校以及公司內的互聯網，因此是非常狡猾的東西。萬一受感染的話，有可能轉眼之間就擴散出去，所以必須經常注意。加上，並非某人發送，卻假冒其人所發的信件，即所謂的「假冒電郵」這東西，如果開啟了的話，可能會有一些非常糟糕的事情發生。唉！真是可怕的世界。

題 10-1　答案：2

解說：1　文法不對，應該是「名詞＋の＋ようで」。

　　　　2　「みたいに」，依據自身感覺做的主觀判斷，認為電腦的病毒就像人類的疾病一樣。

　　　　3　「らしく」，根據可靠的客觀情報加以判斷。

　　　　4　文法不對。

題 10-2　答案：1

解說：極めて＝きわめて。

題 10-3　答案：4

解說：1　ネットワークに潜んでいるにちがいがない＝一定會潛伏在互聯網。

　　　　2　ネットワークに潜んでいるおそれがないかも＝應該不會潛伏在互聯網。

　　　　3　文法不對。

　　　　4　ネットワークに潜んでいるおそれがある＝有機會潛伏在互聯網。

題 10-4　答案：1

解說：1　あっという間に＝轉眼之間。

　　　　2　先程＝剛才。

　　　　3　いよいよ＝終於。

　　　　4　きちんと＝準時／恰當。

中譯："Life is not fair; get used to it"，翻譯成為日語的意思是「要習慣人生是不平等」，乃 Bill Gate 的一句名言。這絕不是悲觀，倒不如說就像由於人種的差異而有不同的身高、體格或是肌肉量等一樣，每個人出生的環境以及地方各有不同，故每個人也總有些與他人不同之處──作為常識，這是必須理解的。還有，我們不是要悲嘆，或是憤怒於自己與他人不同之處，而是要在自己生存的環境中，發揮最大的小宇宙，竭盡全力做好──名言也包含了這深層的意義，實在意味深長。

題 11-1 答案：1

解說：1　という＝引用的意思。(引用 Bill Gate 的名言。)

　　　2　というわけ＝因此。

　　　3　というのは＝這是因為。

　　　4　ということは＝就是。

題 11-2 答案：2

解說：1　文法不對。　　　　2　わけではなく＝並非。

　　　3　わけで＝難怪。　　　4　わけがなく＝不可能。

題 11-3 答案：1

解說：1　というわけです＝也就是說。

　　　2　というわけがあります＝有這個理由。

　　　3　わけもない＝不可能。

　　　4　わけじゃない＝並非。

題 11-4 答案：4

解說：「なかなか味がある」＝「意味深長」。

題 12 中譯：現在在一所高中裏當國語老師的我，前幾天收到學生以下的郵件：「老師，我最近在煩惱自己無法有危機感。由於我太沒有危機感，所以經常被父母說自己對『將來的想像力不足夠』。但是，讓我說的話，並非想像力不足，只是認為人嘛，誰也好，一想到將來一些殘酷／辛苦的事情，就會變得害怕，不是嗎？究竟如何才可以能有危機感呢，而且如何成長為一個即使想像未來，也不會變得害怕的人呢？我應該如何是好？」

答案：4

　　解說：1　しあわせ＝幸福。　　　　　2　よろこび＝喜事。

　　　　　3　いかり＝憤怒。　　　　　　4　なやみ＝煩惱。

題 12-2　答案：2

　　解說：「名詞＋がなさすぎる」＝「未免也太沒……了」的意思，文中
　　　　　所表達的是太沒有危機感。

題 12-3　答案：3

　　解說：1　想像力が足りないわけで＝難怪想像力不足。
　　　　　2　想像力が足りないわけがなく＝不可能想像力不足。
　　　　　3　想像力が足りないわけじゃなく＝並非想像力不足。
　　　　　4　想像力が足りないわけもあり＝也是由於想像力不足之故。

題 12-4　答案：3

　　解說：反問「不是人人都對未知的將來感到害怕嗎？」。如不是「じゃ
　　　　　ない」而是「んじゃない」的話意思也一樣，但作為書信，略嫌
　　　　　欠缺對老師的禮貌。

49 & 50 & 51

題 1　答案：4

　　中譯：自從鈴木老師教我日語之後，我的成績進步得令人嚇一跳。

　　解說：1　さっぱり＝清爽／完全不明白。　2　がっくり＝失望。

　　　　　3　やっぱり＝畢竟／果然。　　　　4　びっくり＝嚇一跳。

題 2　答案：1

　　中譯：想說的東西像山一樣多，不知道應該從何說起。

　　解說：「言いたいことは山ほどある」是日語著名的諺語。

題 3　答案：1

　　中譯：時間過得愈久，感覺就愈明白老師贈與自己那句說話的真正意思。

　　解說：1　時間過得愈久，感覺就愈明白老師贈與自己那句說話的真正意思。

　　　　　2　時間愈過日子，感覺就愈明白老師贈與自己那句說話的真正意思。

　　　　　3　時間愈結束，感覺就愈明白老師贈與自己那句說話的真正意思。

　　　　　4　時間愈托付，感覺就愈明白老師贈與自己那句說話的真正意思。

答案：2

中譯：這是個人主觀意見，我認為沒有比 Final Fantasy 更有趣的遊戲。

解說：1　系統。　　　　　　2　遊戲。

　　　3　品牌。　　　　　　4　運動。

答案：3

中譯：不惜離開自己最愛的子女而獨自到異地工作——這念頭從來沒想過。

解說：1　文法不對。

　　　2　直至最愛的子女離開身邊。

　　　3　不惜離開自己最愛的子女。

　　　4　文法不對，「N までして」。

答案：4

中譯：這個世界上，有些壞人會不惜殺人從而獲取利益。

解說：1　就連殺人也。　　　2　文法不對。

　　　3　文法不對。　　　　4　不惜殺人。

答案：3

中譯：雖說很重要，但就連未滿三歲的兒童也有必要接受英文教育嗎？

解說：1　文法不對（「までに」用於時間，範圍）。

　　　2　給未滿三歲的兒童也有必要接受英文教育嗎？

　　　3　就連未滿三歲的兒童也有必要接受英文教育嗎？

　　　4　文法不對。（「3 歳未満の子供」不是方法手段。）

答案：4124，★ =2

中譯：與其甚麼也不做然後後悔，倒不如先行動，再後悔還比較好一點。

答案：4312，★ =1

中譯：曾幾何時喜歡得要命的那個人，愈是了解他的黑過去（不好的過去）就變得愈討厭他。

答案：3421，★ =2

中譯：今次的事件，不但給公司，更給多年信任敝司的客戶添了麻煩，真是萬分抱歉。

中譯：大家有沒有聽過「忙到連貓手也想借來幫忙」這句諺語呢？實在是一句有趣的日文哦。在表達「平常沒有任何作用的貓手也想借來用」這意思的同時，暗示眼前明明有很多事要做，但一起工作的人並不足夠，特別在年尾的時候會經常使用。當然有時候會用來表達「真的很忙很辛苦」這種感情，但有時候也會用在諸如「托大家的福，之前開張的店舖忙到連貓手也想借來幫忙」這樣的情況，顯示高興的心情。但是，本來這句話是含有「【像貓手般】沒用的東西」這個負面的意思，所以直接用在他人身上，會有機會構成失禮。

答案：2

解說：1　やさしい＝柔和。　　　2　いそがしい＝忙碌。

　　　3　むずかしい＝困難。　　4　すばらしい＝了不起。

答案：4

解說：1　実_{じつ}は＝其實。

　　　2　実際_{じっさい}＝實際／事實。

　　　3　文法不對，實際的_{じっさいてき}本身是形容詞，無法直接後接形容詞。

　　　4　実_{じつ}に＝實在。

答案：4

解說：1　から＝因為。

　　　2　ので＝因為。

　　　3　けど＝但是。

　　　4　「Aのに使_{つか}う」＝「為了達到 A 這目的而使用」

答案：3

解說：1　示_{しめ}す＝表示（「〇〇を示_{しめ}す」＝「表示〇〇」）。

　　　2　持_もつ＝持有／抱有。

　　　3　当_あたる＝相當於／構成（「失礼_{しつれい}に当_あたる」＝「構成失禮」）。

　　　4　与_{あた}える＝給予。

題 12 | 中譯：與自己的孩子接觸時，嘗試將小朋友想像成「以前的自己」怎麼樣？「以前的自己」會在牆壁上塗鴉，與同學們吵架，更經常惹老師生氣等等，總之會給父母帶來諸多麻煩吧。所以，孩子弄瀉了杯中的水，或者將器皿打破了的時候，不大聲呼喝，先想想「以前的自己」──「說起來，以前的自己也犯過同樣的過錯呢！」請以這種思維和孩子接觸。畢竟是自己的孩子，相處的時間愈長，無疑就會愈喜歡的吧！

題 12-1 | 答案：2

解說：
1　ちなみに＝順帶一提。　　2　とにかく＝總之。
3　いよいよ＝愈來愈。　　4　まさか＝想不到會。

題 12-2 | 答案：1

解說：
1　こぼしたり（こぼす）＝弄瀉。
2　けしたり（けす）＝關掉。
3　こわしたり（こわす）＝弄壞。
4　やぶったり（やぶる）＝弄破。

題 12-3 | 答案：1

解說：
1　のではなく＝不。(不大聲呼喝。)
2　訳_{わけ}がなく＝不可能。
3　べきである＝應該。
4　必要_{ひつよう}があり＝有必要。

題 12-4 | 答案：4

解說：表達「相處的時間愈長，無疑就會愈喜歡」的只有「すれば……するほど」。

52 & 53

題 1 | 答案：3

中譯：按照早前的通知，下個月敝店將會結業。

解說：
1　文法不對。
2　文法不對。
3　按照早前的通知。（因為早前已經通知了所以是過去式。）
4　文法不對，「V る /V た /N ＋ 通り_{どお}」。

　答案：2

中譯：回想起來，我是通過文化中心的記事板認識我妻子的。

解說：1　伴隨着文化中心的記事板認識我妻子。

　　　2　通過文化中心的記事板認識我妻子。

　　　3　伴隨着文化中心的記事板，與此同時認識我妻子。

　　　4　通過文化中心的記事板認識我妻子。（「を通して」一般接意
　　　　　志動詞。）

題3　答案：4

中譯：如有任何疑問，請透過事務所詢問。

解說：1　請隨着事務所與此同時詢問。

　　　2　請透過事務所詢問。（「を通じて」一般接非意志動詞。）

　　　3　請伴隨着事務所詢問。

　　　4　請透過事務所詢問。

題4　答案：1

中譯：伴隨着政權交替，與此同時新的政策也瞬間制定好了。

解說：1　伴隨着政權交替，與此同時新的政策也瞬間制定好了。（由於
　　　　　後句指出新的政策也同時制定好了，故「に伴って」會比「に
　　　　　從って」更加適合。）

　　　2　對於政權交替來說，新的政策也瞬間制定好了。

　　　3　伴隨着政權交替，新的政策也瞬間制定好了。

　　　4　通過政權交替，新的政策也瞬間制定好了。

題5　答案：1

中譯：隨着成長，小孩子也逐漸不再聽從父母所說的話了。

解說：1　伴隨着成長，小孩子也逐漸不再聽從父母所說的話了。（「に
　　　　　つれ」會比「に伴って」更加適合，因為「につれ」有「伴
　　　　　隨……變得」的意思，配合到後句「親の言うことを聞かなく
　　　　　なる」。）

　　　2　通過成長，小孩子也逐漸不再聽從父母所說的話了。

　　　3　伴隨着成長，小孩子也逐漸不再聽從父母所說的話了。

　　　4　通過成長，小孩子也逐漸不再聽從父母所說的話了。

答案：3421，★ =2

中譯：隨着新冠肺炎，之前一直提倡經濟優先的這個國家，也開始跟隨其他國家實行所謂的「外出禁制令」。（「なる」=「という」）

題 7 答案：2431，★ =3

中譯：那位歌手隨着人氣急升，他 / 她的演唱會門票也會漸漸變得很難入手吧！

題 8 中譯：隨着智能電話的流行，有沒有想過自己的小孩子再不像以前般會自己看書？這恐怕是所有讀小學的小朋友的家長都面臨着的煩惱吧！其實，這並不只是小朋友的問題，就算家長也每天機不離手吧。覺得閱讀書本好沉悶的時候，回想起 10 年前，那時會想「反正沒有其他事情可以做，再多看一點吧！」然後就會繼續看書；但這個年頭，只要一伸手，手機就手到擒來，而裏面可以遊玩的應用程式更是多不勝數。可以說，書本對於現代人來說，某程度上也許已經是過時了。

題 8-1 答案：4

解說：
1 伝達 = 傳達。	2 発達 = 發展。
3 流通 = 流通。	4 流行 = 流行

題 8-2 答案：3

解說：1 いよいよ = 終於。

2 ますます = 愈來愈。

3 なかなか = 怎麼也不。（文中所表達的是「小孩子再不像以前般會自己看書」。）

4 ほどほど = 適可而止。

題 8-3 答案：4

解說：「スマホから手を離せない」=「機不離手」。

題 8-4 答案：1

解說：1 どうせ = 反正。

2 もしかして = 也許。

3 わざわざ = 特意。

4 せっかく = 好不容易。

題1 答案：2

中譯：聽說日文的音讀是基於古代中文的發音而創造的。

解說：1 聽說日文的音讀是撤除了古代中文的發音而創造的。

2 聽說日文的音讀是基於古代中文的發音而創造的。

3 聽說日文的音讀是以古代中文的發音為首而創造的。

4 文法不對，「を本_{もと}に」。

題2 答案：4

中譯：地球以太陽為中心而轉動。

解說：1 地球撤除太陽而轉動。　　2 地球以太陽為代表而轉動。

3 地球以太陽為契機而轉動。　　4 地球以太陽為中心而轉動。

題3 答案：1

中譯：世界各地，以動漫作為契機，對日本文化以至於日文感興趣的學生有很多。

解說：1 以動漫作為契機，對日本文化以至於日文感興趣的學生有很多。

2 以動漫為基礎，對日本文化以至於日文感興趣的學生有很多。

3 以動漫作為契機，撤除日本文化而對日文感興趣的學生有很多。

4 以動漫為基礎，撤除日本文化而對日文感興趣的學生有很多。

題4 答案：3

中譯：以客人的意見為依據，提供比以前更好的服務。

解說：1 文法不對，應該改為「に基_{もと}づいて」。

2 文法不對，應該改為「に従_{したが}って」。

3 以客人的意見為依據。

4 通過客人的意見。（「を通_{つう}じて」一般接非意志動詞。）

題5 答案：4

中譯：現在正在開會，所以請撤除開玩笑（不要開玩笑），快點進入正題吧。

解說：1 以開玩笑為首。　　2 以開玩笑為中心。

3 以開玩笑作為契機。　　4 撤除開玩笑。

題6	答案：4312，★ =1
	中譯：不要抱著「世界以我作為中心」這種想法比較好。
題7	答案：2413，★ =1
	中譯：源自父母給我買了一台最新的電腦這契機，令我開始學習設計。
題8	中譯：16 年前，一部名叫《在世界中心呼喚愛》的電影在日本上映，我卻是最近才有看這部電影的衝動。兩位主角雖是經常出現的電影人物設定──中二病的男生喜歡上患有白血病的女生，但意外的是，【隔了這麼長時間】現在看也覺得這部電影挺不錯的難道只有我一個嗎？老實說，這部電影比起近年那些專為女生度身訂造，改自人氣漫畫的所謂「戀愛電影」好太多了。實際上，那些以漫畫為依據的「戀愛電影」，其目的只是純粹讓觀眾看帥哥而已，並沒有甚麼內容。相比之下，《在世界中心呼喚愛》更能令人產生共鳴吧！
題8-1	答案：3
	解說：「見る気になる」= 這裏意譯為「有看這部電影的衝動」。
題8-2	答案：2
	解說：「なのでしょうか」，表示一點不確定性，問句顯得更加有禮貌，文中的意思是「覺得這部電影挺不錯的難道只有我一個嗎？」
題8-3	答案：2
	解說：「女子向け」=「特意為女性而設」。
題8-4	答案：2
	解說：1 人気漫画にわたって = 經歷人氣漫畫。
	2 人気漫画にもとづいて = 以人氣漫畫為基礎 / 依據。
	3 人気漫画にかけて = 於人氣漫畫這個範疇上。
	4 人気漫画について = 關於人氣漫畫。

56 & 57 & 58

題1	答案：4
	中譯：雖說在日本語能力測試中取得 N1 合格，但並不代表一定可以好好地做到電話應對。

解說：1　既然取得 N1 合格。

2　文法不對。

3　文法不對。

4　雖說在日本語能力測試中取得 N1 合格。

題2　答案：3

中譯：對工作上的熱情而言，伊藤比林更加充滿激情；但是在工作能力的層面而言，畢竟還是林稍稍優勝。

解說：1　文法不對。

2　文法不對。

3　對工作上的熱情而言，伊藤比林更加充滿激情；但是在工作能力的層面而言，畢竟還是林稍稍優勝。

4　不用說其他，光從對工作上的熱情看，伊藤比林更加充滿激情；但不用說其他，光從工作能力的層面而言，畢竟還是林稍稍優勝。

題3　答案：4

中譯：既然作為人類在出生於這個世界，就想活得一日比一日更有意義。

解說：1　不用說其他，光從作為人類出生於這個世界來看⋯⋯

2　文法不對。

3　雖說作為人類出生於這個世界，但是⋯⋯

4　既然作為人類出生於這個世界，就⋯⋯

題4　答案：2

中譯：以在美國居住了長達 20 年的人來說，鈴木先生 / 小姐的英文不是太好。

解說：1　文法不對。

2　以在美國居住了長達 20 年的人來說，鈴木先生 / 小姐的英文不是太好。

3　對於在美國居住了長達 20 年的人來說，鈴木先生 / 小姐的英文不是太好。

4　對於在美國居住了長達 20 年的人來說，鈴木先生 / 小姐的英文不是太好。

答案：1

中譯：既然被那個人知道了秘密，不殺他的話，對我們這一邊來說很不利。

解說：1　既然被那個人知道了秘密，不殺他的話，對我們這一邊來說很不利。

2　文法不對，「N にしては」。

3　文法不對，「N として」。

4　文法不對，「N として」。

題6　**答案**：4

中譯：相比起醫生這身份，橋本醫生更被人廣泛認識的是其作為攝影師的身份。

解說：1　後接文法不對。

2　後接文法不對。

3　文法不對。

4　相比起醫生這身份，橋本醫生更被人廣泛認識的是其作為攝影師的身份。

題7　**答案**：3

中譯：不用說其他，光從電影的標題來看，這部電影似乎很沉悶，看的話也只會浪費時間。

解說：1　文法不對。

2　以電影標題來說，看上去竟然很沉悶，所以看的話會浪費時間。

3　不用說其他，光從電影的標題來看，這部電影似乎很沉悶，看的話也只會浪費時間。

4　這部電影雖然說是電影標題，但似乎很沉悶，看的話也只會浪費時間。

題8　**答案**：4123，★ =2

中譯：我個人的意見是，不應因為某人在電車中沒有讓出座位，而動輒拍照放上社交媒體，進行譴責公審。

題9　**答案**：1423，★ =2

中譯：新人的田中君，以一個缺乏經驗的人來說，工作不是做得很好嗎？你聘請了一個好員工哦。

| 題 10 | 答案：2134，★ =3 |
| | 中譯：在商業的世界，既然說過一句話，就應該貫徹執行——某程度這就是個常識。 |

| 題 11 & 12 | 中譯：就如大家所知道，在日本，有招聘從外國來的留學生作為研修生或實習生，從而讓其在企業或農家工作的制度，這就是所謂的「技能實習制度」。這是一個從海外輸入優秀人才，讓他們學習日本技術，然後將技術帶回本國，旨在為比日本貧窮的發展中國家作出經濟貢獻的一個制度。制度的歷史可以追溯到 1960 年，當時進出海外市場發展的企業，打算進行以經濟活動為首的海外合作，而這個契機促使了制度的出現。但是，作為一個明確的制度，這直至 1981 年才完成，而且最初是研修，即只被允許在日本學習尖端技術，到 1993 年才被認可且以技能實習的身份取得在留資格。根據法務省的 HP，截至 2019 年底，以實習生身份取得在留資格的外國人達到 410,972 人。然而，伴隨着「技能實習制度」的出現，同時也產生一個問題而經常成為城中議論的焦點，那就是實習生的失蹤問題。 |

以上的數據引用自以下法務省的 HP：

http://www.moj.go.jp/nyuukokukanri/kouhou/
nyuukokukanri04_00003.html

| 題 11 & 12-1 | 答案：3 |
| | 解説：「ご存知の通り」 = 「如您所知」。 |

題 11 & 12-2	答案：4
	解説：1 実習生を中心に = 以實習生為中心。
	2 実習生にとって = 對實習生來說。
	3 実習生による = 根據實習生。
	4 実習生として = 作為實習生。

題 11 & 12-3	答案：1
	解説：1 いわゆる = 所謂。　　2 というのは = 可以這樣說。
	3 もしかして = 也許。　　4 実に = 實在。

答案：3

解說：「に」＝動作所指向的對象／目的。

題 11 & 12-5 答案：1

解說：1 経済活動を始めとする海外との協力 ＝ 以經濟活動為
首的海外合作。

2 経済活動を本に ＝ 以經濟活動為基礎，但未能修飾
「海外との協力」。

3 経済活動を抜きに ＝ 撤除經濟活動，且未能修飾「海外
との協力」。

4 経済活動に対する ＝ 對經濟活動的海外合作。

題 11 & 12-6 答案：1

解說：文中的意思是「海外合作作為契機促使了制度的出現」，所
以「切っ掛け」最貼切。

題 11 & 12-7 答案：2

解說：1 もうすぐ ＝ 馬上。

2 ようやく ＝ 終於。

3 ただちに ＝ 立刻。

4 ますます ＝ 逐漸地。

題 11 & 12-8 答案：4

解說：1 につれ ＝ 伴隨……變得。（無法修飾「一つ大きな
問題点」）

2 に関する ＝ 關於。

3 についての ＝ 關於。

4 に伴う ＝ 伴隨……與此同時……（文中的意思是「伴
隨着技能實習制度而產生的一個問題」，所以「に伴う」
最合適。）

59 & 60

題1 答案：2

中譯：昨晚宴會結束後，朋友突然說他沒有帶錢包，所以只能由我來支
付費用。

解說：1　只能由我來支付（現在式）

2　所以只能由我來支付費用。(「（より）ほかなかった」中的「より」可要可不要。)

3　只能由我來支付。（現在式）

4　「よりしかたがなかった」的話是正確答案。

題2　答案：3

中譯：我跟你就有如兄弟一樣，不需要擔心。

解說：1　有擔心／在意的時候。　　　　2　文法不對。

3　不需要擔心／在意。　　　　4　文法不對。

題3　答案：4

中譯：「要向幫助過自己的人報恩」──這是從前爸爸的口頭禪。

解說：1　要打算報恩。

2　【通告：】要對幫助過自己的人報恩。

3　直至報恩之前。

4　【長輩對晚輩：】要對幫助過自己的人報恩。

題4　答案：4

中譯：用不着說，在道路上請勿棄置垃圾。

解說：1　不可能說出來。　　　　　　2　文法不對。

3　文法不對。　　　　　　　　4　用不着說。

題5　答案：4

中譯：這份工作沒有可以拜託的人，所以除了自己嘗試一下做以外就別無他法。

解說：1　有理由自己嘗試做。

2　文法不對，「（より）ほかない」的話是正確答案。

3　不能自己嘗試做。

4　除了自己嘗試一下做以外就別無他法。

題6　答案：2341，★＝4

中譯：雖說是前輩，但不代表可以欺負後輩。

題 7　答案：1324，★ =2

中譯：不能夠輕易認輸——就是抱着這個想法拼命工作，終於由普通社員升為課長。

題 8　中譯：這是我到日本留學才一年時發生的事情。有一天我突然患重病被送到醫院。雖然已經接受了手術，但是還是需要住院兩星期。那時候，我與隔壁床的老伯伯成為了朋友。老伯伯因為有嚴重病患，所以很長時間都要住在醫院，而某天他終於可以出院了。出院當日，一個應該是老伯伯的太太的人來了病房，得知我是留學生之後，立即在錢包裏掏出三萬日元給我，我嚇了一跳，嘗試詢問一下原因，老婆婆就說：「外國人在這個國家入住醫院的話，是一件很艱難的事，不是嗎？這是我的一點心意，請收下吧！」我就說我不能收下而拒絕了。之後，我因為藥物的關係暫時睡着了，起床之後，再次見到桌子上放着三萬日元。想必是已經退院的老伯伯和老婆婆特意為了我而放在那裏的。這份恩情我一輩子也不會忘記，真希望兩人可以長命百歲。

題 8-1　答案：2

解說：「手術をうける」＝「接受手術」。

題 8-2　答案：2

解說：「間」＝ 在～期間。

題 8-3　答案：4

解說：1　文法不對。

2　文法不對，「N1 のような N2」。

3　文法不對，「N1 みたいな N2」。

4　「N1 らしい N2」＝「好像是 N1 的 N2」，據可靠的客觀情報判斷。

題 8-4　答案：3

解說：1　もらわないわけだ ＝ 換言之 / 因此不收下。

2　もらうわけがない ＝ 不可能會收下。

3　もらうわけにはいかない ＝ 不能收下。

4　もらうわけじゃない ＝ 並非會收下。

題 1　答案：4

中譯：只要成了有錢人，任何自己喜歡做的事都能做到──這個想法是錯的。

解說：1　文法不對，「V-stem さえすれば」。

　　　2　如果成了有錢人，照理就應該。

　　　3　文法不對。

　　　4　只要成了有錢人。

題 2　答案：1

中譯：出生在這世上實在太好了，我一直都很感恩父母，同時亦很重視每一天。

解說：1　出生在這世上實在太好了。

　　　2　幸好沒有在這個世界出生。

　　　3　如果能在這個世界出生的話就好了。

　　　4　如果當初沒在這個世界出生的話就好了。

題 3　答案：3

中譯：一早知道的話，你應該早就告訴我……

解說：1　你不告訴我，實在太壞了。

　　　2　謝謝你告訴我。

　　　3　你應該早就告訴我……

　　　4　如果沒有告訴我的話就好了……

題 4　答案：3

中譯：如果是夢的話，那該是多麼的好。但很可惜，這並不是夢……

解說：1　文法不對。

　　　2　文法不對。

　　　3　如果是夢的話，那該是多麼的好。

　　　4　如果不是夢的話，那該是多麼的好。

題 5　答案：2

中譯：如果明天早上地球滅亡的話，最後一晚會如何過呢？

解說：1　とすれば＝如果 A 的話，照理就是 B，重點着重於【照理】。

　　　2　としたら＝幻想如果 A 的話，那麼就會 B，重點着重於【幻想】。

　　　3　とすると＝如 A 的話，將會有怎樣的 B？着重於會有怎樣的【後果】，但如果地球滅亡的話，其實也再也沒有後果……）

　　　4　文法不對。

題 6　答案：2341，★ =4

中譯：如果借了的金錢以每日 500 日元的利息計算，照理一個月的話就要多付 15000 日元。

題 7　答案：4312，★ =1

中譯：只要利益大的話，儘管會對他人造成傷害，你都覺得沒問題嗎？

題 8　中譯：這是一個女性朋友的剖白，她從小時候開始好像一直覺得「如果不是作為女性出生的話就好了。倘若可以轉世的話，來生我希望可以成為男性。」促使她抱着這個想法的最主要原因是因為他的爸爸從小一直跟她說「沒辦法，就是因為你是個女孩子，所以快去幫媽媽的忙！」或是「誰叫你是個女孩子，趕緊幫忙收拾！」她就在這個環境下成長的。明明母親每天都很忙碌地做家務，對於完全不聞不問的父親，她無法理解。「為甚麼父親甚麼家務也不做？」有好幾次都這樣問過，然後母親竟然回答說：「因為父親是男性哦！」將來結婚，如果自己的丈夫對自己說：「沒辦法，就是因為你是個女的，要這樣做那樣做」的話，她說她會感到憤怒並理直氣壯的跟對方說：「雖然我是個女的，但你總不能把所有家務都交給妻子吧！」

題 8-1　答案：2

解說：1　生まれてよかった＝幸好出生了。

　　　2　生まれなければよかった＝沒有出生就好了。

　　　3　生まれなくてよかった＝幸好沒有出生。

　　　4　生まれればよかった＝如果能出生的話就好了。

300

題 8-2　答案：3

解說：1　女の子なんだし＝因為是女孩子。

　　　　2　女の子じゃなくて＝不是女孩子。

　　　　3　女の子なんだから＝就是因為是女孩子。(「なんだから」有
　　　　　一種「誰叫你」「就是因為」的語感，符合文章中父親對女兒
　　　　　說話的語氣。)

　　　　4　女の子じゃないんだから＝就是因為不是女孩子。(與 3 的解
　　　　　釋一樣，請參照本書 44 ▶ 理由的表示②。)

題 8-3　答案：4

解說：1　少しなら手伝ってくれない＝文法不對。

　　　　2　少ししか手伝ってくれない＝只幫一點忙。

　　　　3　少しぐらい手伝ってくれない＝文法不對。

　　　　4　少しも手伝ってくれない＝完全不幫忙。

題 8-4　答案：3

解說：1　女なんだから＝就是因為是女人。

　　　　2　女ならば＝如果是女人。

　　　　3　女だからって＝雖然是女人。

　　　　4　女じゃなければ＝如果不是女人。

63 & 64 ▶

題 1　答案：3

中譯：如果想要精通日語的話，不只是動漫，新聞和書等也要讀。

解說：1　只讀新聞及書的話。　　　2　新聞和書等要讀。

　　　　3　新聞和書等也要讀。　　　4　連新聞和書等都不讀的話。

題 2　答案：1

中譯：那個海歸（回流人士），何止中文，連英文也十分流利。

解說：1　連英文也十分流利。

　　　　2　英文很流利。(沒有強調英文「也」很流利。)

　　　　3　也要學習英文哦。(「ばかりか」不可後接「V たい」「V なさい」
　　　　　「V てください」等意思的句子，下同。)

　　　　4　連英文也很想學。

題 3	答案：4

中譯：說起壽司，先不用說日本人，就連外國也有很多愛好者。

解說：1　文法不對，「Ｖる/Ｖた/Ｎの＋ついでに」。

　　　 2　文法不對，「Ｖる/Ｎ＋とともに」。

　　　 3　文法不對，「Ｎ＋にくわえて」。

　　　 4　說起壽司，先不用說日本人。

題 4	答案：1

中譯：父親：喂！阿武，如果去便利店的話，就順便買酒回來！

　　　 阿武：好，知道了。

解說：1　順便買酒回來！

　　　 2　文法不對，「Ｖる/Ｎ＋とともに」。

　　　 3　文法不對，「Ｎ＋にくわえて」。

　　　 4　文法不對，「Ｎはもとより」。

題 5	答案：1

中譯：出席好友的結婚典禮，順便跟多年沒有見面的同學聊天。

解說：1　出席好友的結婚典禮，順便跟多年沒有見面的同學聊天。

　　　 2　文法不對，「Ｖる/Ｎ＋とともに」。

　　　 3　文法不對，「Ｎ＋にくわえて」。

　　　 4　文法不對，「Ｎはもとより」。

題 6	答案：3421，★ =2

中譯：隨着時間流逝，因父母的離世而感到的悲傷也會慢慢淡化。

題 7	答案：1432，★ =3

中譯：為了要改變形象，不只是剪短了頭髮，亦嘗試將頭髮的一部分染成紅色。

題 8	中譯：學駕駛的時候，駕駛學校會教我們「向前行駛的時候，首先要確認後面的車輛有沒有問題」這事吧！確認同一時間沒有其他車前進的話，才可以安全地前進。換言之，想前進的時候，如果只是注視前方就決定究竟前進與否的話那就太危險了。人生也是一樣，

經常都要回望過去，與此同時需要參考過去以避免現在犯上相同的錯誤。當然，回顧過去可能很花時間，同時亦有可能會勾起一些不愉快的回憶，但如果不這樣做的話，就可能會浪費了至今為止的努力和時間，所以前進的同時，不要忘記要回顧過去。

題 8-1 答案：4

解說：1 確認_{かくにん}してよかった = 幸好確認了。

2 確認_{かくにん}すればよかった = 如果確認了的話就好了。

3 確認_{かくにん}しなくていい = 不確認也可以。

4 確認_{かくにん}しないといけない = 不可以不確認。

題 8-2 答案：3

解說：1 「A には B」=「若果要達到 A 目的，就需要 B」。

2 文法不對。

3 「A では B」=「若果 A 的話，就會出現 B 這負面的事物 / 現象」，例如句子中的「危_{あぶ}な過_すぎ」就是 B。

4 「とは」=「所謂的」。

題 8-3 答案：2

解說：1 ついでに = 順便。

2 とともに = 與此同時。

3 くわえて = 加上。

4 もとより = 文法不對，「はもとより」。

題 8-4 答案：2

解說：1 文法不對。

2 それをしないと = 如果不這樣做的話。

3 それをしておくと = 如果做好了這個的話。

4 それさえすれば = 只要這樣做的話。

題1　答案：3

中譯：儘管那麼努力但最後卻不能圓滿結束，實在很可惜。

解說：1　「としても」用於說明未來的事情。

2　寧可說那麼努力，倒不如說最後卻不能圓滿結束，實在很可惜。

3　儘管那麼努力但最後卻不能圓滿結束，實在很可惜。

4　那麼努力的另一方面卻不順利，實在很可惜。

題2　答案：4

中譯：比起不工作無所事事，埋頭工作的話會感覺到時間過得比較快。

解說：1　對於不工作而無所事事一事。

2　儘管不工作而無所事事。

3　不工作而無所事事的另一方面。

4　比起不工作而無所事事，埋頭工作的話會感覺到時間過得比較快。

題3　答案：4

中譯：雖然那個人的人生很短暫，但另一方面，他卻有很多普通人無法有的體驗。

解說：1　正確文法為「人生(じんせい)の」或「人生(じんせい)である」。

2　「にしては」前面不能用一些抽象的概念。

3　寧可說那個人的人生很短暫，倒不如說是……

4　雖然那個人的人生很短暫，但……

題4　答案：2

中譯：明明是自己的錯，卻怪罪於別人。

解說：「人(ひと)のせいにする」 = 「怪罪於別人」。

題5　答案：4

中譯：老師所說的並不代表一定是正確答案。

解說：1　文法不對。

2　老師所說的不可能是正確答案。

3　文法不對。

4　老師所說的並不代表一定是正確答案。

　答案：2

中譯：並非歧視，但你不認為以殘疾人士的田中君來說，這個作品是超水準發揮嗎？

解說：1　文法不對。

　　　2　以殘疾人士田中君來說。

　　　3　寧可說這個作品是由殘疾人士田中君製作出。

　　　4　文法不對。

題 7　答案：2314，★ =1

中譯：即使向喜歡的人表白失敗，但若能向對方傳達自己真正感受的話，也不枉了吧。

題 8　答案：4312，★ =1

中譯：現代社會，生活富足的另一面，從前人人心靈中擁有的寬宏大量正漸漸消失。

題 9　答案：3214，★ =1

中譯：一到冬天，與其說不想從家中外出，倒不如說是不想離開被窩更貼切。

題 10　答案：4132，★ =3

中譯：明明有戀人，卻竟然與其他女性外出，你給我說一下是怎樣的一回事！

題 11　中譯：前幾天，得到一位朋友介紹的有名占卜師替我占卜，他說了以下的話：「你是一個不惜犧牲自己，盡力奉獻一切予男友的人。但與你這種高尚的情操背道而馳的是，你男友有機會背叛你。【雖然除了你】世界上也有其他女性認為全力以赴奉獻一切是美德，但卻不要做得太過分。迫求自我犧牲的戀愛，愈盡力，自己就變得愈辛苦，對方也就漸漸變成甚麼也做不到的人，結果對雙方而言，是百害而無一利的哦！」聽了占卜師所說的，我非常認同，打算今後照建議所說的去行動。

答案：2

　　解說：1　によって＝由於。

　　　　　2　に反<ruby>反<rt>はん</rt></ruby>して＝相反。（「與你這種高尚的情操背道而馳的是，你男友有機　會背叛你）

　　　　　3　に<ruby>從<rt>したが</rt></ruby>って＝隨着。

　　　　　4　にこたえ＝回應。

題 11-2 答案：2

　　解說：1　しなくてもいい＝不做也可以。

　　　　　2　し<ruby>過<rt>す</rt></ruby>ぎないよう＝不要做太多。

　　　　　3　し<ruby>過<rt>す</rt></ruby>ぎよう＝文法不對。

　　　　　4　しなくてはならない＝一定要做。

題 11-3 答案：4

　　解說：「自己犧牲」是一個名詞，把原本屬於名詞性質的單詞作形容詞使用時可後加 「的な」。請參照《3 天學完 N2　88 個合格關鍵技巧》 **36** 重要な形容詞②〜 〇〇<ruby>的<rt>てき</rt></ruby>な。

題 11-4 答案：1

　　解說：「V ていきます」＝「今後 V 下去」。請參照請參照《3 天學完N4　88 個合格關鍵技巧》 **47** 。

題 12 中譯：1899 年，日本全國由於肺炎而死亡的男性有 23,379 人，女性有 19,934 人，合共 43,313 人死亡，佔總死亡人數 932,087 人中的 4.6%。……中略……自 1945 年以來，由於肺炎而死亡的人大大減少，1964 年，只有 12,186 位男性以及 10,468 位女性因為肺炎而死亡，是有史以來最低的紀錄，近年一直說這個疾病某程度已經受到控制，雖說如此，但是死亡人數比起以前一直在增加，不是嗎？例如在 2016 年，有 65,636 名男性和 53,664 名女性死於肺炎，死亡人數比起以前不但沒有減少，反而增加，也許是因為吸煙人數一直沒有減少這個緣故吧。就着這個問題，日本政府會如何解決，將受到高度關注。

題 12-1 答案：4

解說：1 「により」＝「陳述的由於」。

2 「につき」＝「懇求的由於」。

3 文法不對。

4 「N1 による N2」，陳述的由於，前後接續都是名詞，會比「により」更合適。

題 12-2 答案：2

解說：「総死亡者数(そうしぼうしゃすう)」＝「總死亡人數」。

題 12-3 答案：4

解說：1 文法不對。

2 作為主題「肺炎(はいえん)による死亡(しぼう)」前後並無明顯的正面 VS 反面評價記載。要留意「ある程度(ていど)コントロールされた」不能說是「正面評價」，而只是與「昔(むかし)に比(くら)べて増(ふ)えてきているのではないか」產生矛盾的見解。

3 文法不對。

4 「そのわりには」＝「雖說如此」。

題 12-4 答案：4

解說：1 文法不對，「減(へ)らないため」的話可以。

2 「喫煙者(きつえんしゃ)の数(かず)が減(へ)らないせいで」＝「都怪吸煙者的人數沒有減少」，意思無錯但太過主觀且無任何證據。

3 文法不對，「減(へ)らないことにより」的話可以。

4 「喫煙者(きつえんしゃ)の数(かず)が減(へ)らないせいか」＝「也許是吸煙者的人數沒有減少的緣故吧」，符合文章不太有自信的推測文脈。

68 & 69

題 1 答案：2

中譯：即使是女性，如果剪去一大截頭髮的話，也會有幾分像男孩子的。

解說：1 文法不對，「げ」接形容詞。　　2 也會有幾分像男孩子。

3 沒有「男(おとこ)がち」。　　4 沒有「男気味(おとこぎみ)」。

答案：1

中譯：麗子小姐自大地將最新的手提電話展現給同學看。

解說：1　「自慢げに」＝「自大自滿」。

　　　2　「自慢だらけ」＝「如數家珍」。

　　　3　沒有「自慢がち」。

　　　4　沒有「自慢気味」。

題 3　答案：2

中譯：一直以來都給父母帶來無數的麻煩，所以他日出人頭地的話，想孝順父母。

解說：1　文法不對，「まみれ」只適用於不潔的液體和細小東西。

　　　2　一直以來都給父母帶來無數的麻煩。

　　　3　「迷惑をかけがち」可理解為「最近老是帶麻煩」，但這麼一來就與前文「いままで」不符。

　　　4　文法不對，「N だらけ」。

題 4　答案：4

中譯：他明明有很多缺點，為何還是那麼有人氣？真的不可思議。

解說：1　文法不對。「まみれ」只適用於不潔的液體和細小東西。

　　　2　文法不對，「ずくめ」用於好的東西。

　　　3　「N がち」基本不存在。

　　　4　「欠点だらけ」＝「有很多缺點」。

題 5　答案：4

中譯：今天感覺有點疲倦，不好意思，請讓我先回去。

解說：1　文法不對，「げ」＋形容詞。

　　　2　沒有「疲れっぱなし」。

　　　3　「疲れがち」＝「【雖然此刻不一定疲累，但】最近老是疲累」。

　　　4　「疲れ気味」＝「此刻疲累」，因為想回家，顯然比 3 更有說服力。

題 6　答案：1324，★ =2

中譯：我希望今年是盡是滿滿幸福的一年。

題 7	答案：2413，★ =1
	中譯：奇怪的男子留下了一句引人深思的說話後離開了那個地方。
題 8	中譯：2020 年美國總統大選，出現了很多令人想象不到的發展。拜登的得票數是 7500 萬票，堪稱史上最高票數；而取得 7000 萬票的特朗普總統，亦超越了上屆的總統選舉時的所得票數。而且，投票率竟然是 66%，是美國 120 年以來的新高，可知道這是一場對於美國公民來說極受關注的活動。拜登已經進行了勝利宣言的演講，這個時候，照理說，特朗普總統應該會承認落敗，然後向拜登送上祝福的說話。但特朗普總統仍遲遲未承認落敗，現在依然保持沉默，故本屆堪稱是意想不到的事一浪接一浪的總統選舉。

題 8-1	答案：2
	解說：「上回った」＝うわまわった。

題 8-2	答案：1
	解說：1　「とって」，對美國公民來說。
	2　文法不對，「として」前面不會接「に」。
	3　「基_{もと}づいて」＝「以美國公民為基礎」。
	4　「関_{かん}して」＝「關於美國公民」。

題 8-3	答案：4
	解說：「V た形＋まま」＝「一直 / 持續 V」。

題 8-4	答案：2
	解說：1　文法不對，「まみれ」只適用於不潔的液體和細小東西。
	2　「ずくめ」可用於好的東西。
	3　文法不對，「V-stem っぱなし」。
	4　沒有「異例気味_{いれいぎみ}」。

70

短文1

中譯：

綾瀬先生

警察局的木村先生來電，能夠在 4 月份參觀的時間是 21 日 (三) 下午 2 時及 22 日 (四) 上午 11 時、12 時。木村先生說，決定了參觀的日子和時間後請馬上以電郵聯絡，而且不只是參觀人士的名字，希望你把出生年月日也在參觀前告訴他。就是這樣，麻煩你了。

櫻井

題1　答案：3

中譯：看完這張便條的綾瀬先生必須告知警察局的木村先生甚麼呢？

1　參觀警察局的日期、時間及參觀人士的生日。

2　參觀警察局的人士的名字及電郵地址。

3　參觀警察局的日期、時間、參觀人士的名字及生日。

4　參觀警察局的日期、時間、參觀人士的名字及電郵地址。

短文2

中譯：我在一間名為櫻井 TOUR 的旅行社工作。主要是代替客戶調查火車和飛機的座位、以及酒店房間等是否有空缺，並替客戶買票、預約等。除此之外，聆聽客戶的需求，提供切合客戶喜好和預算等的旅遊情報也是工作內容之一。本來就喜歡調查和比較世界各地的旅遊計劃，故作為旅行社的一員，我很高興能夠為客戶介紹使他們滿意的旅遊計劃。

題1　答案：4

中譯：以下哪個不是「我」的工作？

1　預約機票。　　　　　　　2　調查酒店房間是否有空缺。

3　為客戶提供旅遊情報。　　4　制定使客戶滿意的旅遊計劃。

解說：「我」只是為客戶介紹（「ご紹介」）旅遊計劃，並非制定（「立てる」）旅遊計劃，所以答案是 4。

短文 3

中譯：今天，介紹一下我的朋友瑪莉亞小姐。瑪莉亞小姐在美國出生，出生後一直居住於紐約，但一年前因為工作關係來到大阪。現在，在任天堂的大阪分店擔任遊戲設計師的工作。據她所說，雖然遊戲設計師的工作很有趣，但因工作量大而相當辛苦。每天都沒甚麼空閒時間和身處美國的朋友聯絡，所以偶爾會流露出寂寞表情說出「如果有多啦 A 夢的隨意門 *** 就好了」這樣的話。另一方面，瑪莉亞小姐是一個非常有趣的人，所以和她說話是（a）的。今後也想一直和瑪莉亞小姐做朋友。

*** 多啦 A 夢的隨意門：在漫畫《多啦 A 夢》中，只要輸入打算要去的目的地，就能夠在一瞬間到達那個目的地的道具。

題 1　答案：2

中譯：瑪莉亞小姐偶爾感到寂寞的理由是甚麼呢？

1　因為工作不有趣。
2　因為無法聯絡老家的熟人。
3　因為在日本沒有朋友。
4　因為沒有多啦 A 夢的道具。

解說：瑪莉亞小姐之所以偶爾以寂寞的表情說「如果有多啦 A 夢的隨意門就好了」這樣的話，是因為想念美國的朋友卻因工作忙碌而很少和他們聯絡，所以答案是 2。

題 2　答案：3

中譯：以下哪一個最適合放在（a）中？

1　認真
2　困擾
3　愉快
4　可憐

解說：文中提及瑪莉亞小姐是一個非常有趣的人，所以和她說話應該是愉快的，答案是 3。

71

短文 4

中譯：日本和韓國是從語言到各式各樣的文化都截然不同的國家，但自身國家的文化影響着對方國家的文化，亦被對方國家的文化所影響。舉個例子，在韓國，「壽司沾芥末」變成了連小朋友都知道的常識，芥末的存在被廣泛認知。另一方面，泡菜和韓式拌飯等韓國料理也已經融入日本的飲食文化中。像這樣的文化交流在今後亦會愈來愈盛行，愈來愈多人認為這對彼此國家有正面的影響。

題 1　**答案：**4

中譯：根據這篇文章，以下哪項不正確呢？

　　　1　日本文化已經影響韓國。

　　　2　韓國文化已經影響日本。

　　　3　兩國的文化交流在今後會增多。

　　　4　兩國的文化交流在今後會減少。

解說：文中最後提及兩國的文化交流在今後會愈來愈盛行（「このような文化的交流はこれからもますますさかんになり」），「盛ん」有「盛行／流行」之意，所以答案是 4。

短文 5

中譯：近年，在日本最大的話題之一是「日本人的日本料理疏離」一事。根據某調查，回答「喜歡日式料理」的人，在 1998 年有 65.8%，但 2020 年卻大減至 45.3%。且不論性別，在 20 幾歲～ 60 幾歲的男女當中，都有 2 位數百份比的顯著下降。當中，最「變得讓人討厭」的是醬菜，在同一個調查中，回答「喜歡醬菜」的人，從 1998 年的 64.8%，到 2020 年是 44.4%，下降了 20.4%。大家的身邊，例如有「吃咖喱的時候，會特地剩下加入咖喱中的福神醬菜」這樣經驗的人，特別是 20 幾歲的年輕人不是很多嗎？

*** 福神醬菜：在日本，會和咖喱一起吃的經典醬菜。

以上數據出自《生活定点 1992-2020》https://seikatsusoken.jp/teiten/answer/321.html

　答案：1

中譯：以下哪個詞彙最接近「日本人の和食ばなれ」中的「ばなれ」？

　　　1　討厭　　　　　　　2　忘記

　　　3　選擇　　　　　　　4　親近

解說：「ばなれ（離れ）」有離開 / 遠離的意思。在日本，「XX 離れ」有「對 XX 不感興趣」/「XX 不怎麼流行」的意思，和討厭的意思最為接近，所以答案是 1。

題 2　答案：1

中譯：本文作者的發現是甚麼呢？

　　　1　不喜歡傳統日本食物的年輕人增多了。

　　　2　說「喜歡日式料理」的人比以前多了。

　　　3　與 1998 年相比，覺得不想吃醬菜的人下降了 20.4%。

　　　4　比起男性，討厭日本料理的女性百份比更高。

解說：2　文中提及「喜歡日式料理」的人在 2020 年大減至 45.3%。

　　　3　文中提及與 1998 年相比，下降了 20.4% 的是「喜歡醬菜」的人。

　　　4　文中提及不論性別，「喜歡日式料理」的人都有所減少。

短文 6

中譯：在某個外國人的部落格中看了以下的文章。「日本的烏鴉會為了讓汽車割開堅果，特地把堅果放到斑馬線上，然後汽車駛過的話就可以去吃堅果了，如果那是真的話，烏鴉真是聰明的雀鳥呢。」假如是去過日本的人的話，必定對城市中隨處可見的烏鴉有深刻的印象吧？可是，即使烏鴉會翻找垃圾也好，亦不見日本人對這種雀鳥抱有反感，而所謂的「喜歡烏鴉」是從以往就很著名的說法。與之相比，在中國，烏鴉只被視為不祥的雀鳥。那是因為烏鴉從以前開始就會來吃腐爛了的食物，的而且確，那樣聯想的話，烏鴉被當作壞人也不無道理。

題 1　答案：2

中譯：從讓汽車割開堅果一事來看，可見烏鴉的哪一種特質？

　　　　1　勤奮的一面　　　　2　聰明的一面

　　　　3　殘酷的一面　　　　4　可憐的一面

解說：文中提及烏鴉真是聰明的雀鳥（カラスって頭が良い鳥だね），「頭が良い」有頭腦聰明之意，所以答案是 2。

題2 答案：3

中譯：關於中國人「討厭烏鴉」，本文的作者有甚麼想法？

1 覺得過分了。

2 覺得應該要修正。

3 覺得理所當然。

4 覺得很荒謬。

解說：文中最後一句解釋了烏鴉在中國被視為不祥之鳥的原因，作者認為不無道理（「無理もないよね」），即覺得是理所當然、合理的，所以答案是 3。

72

短文7

中譯：早前的酒會中說了以下的話：「突然發現，再過 1 年半的話就會成為 40 路，即是 40 歲的大叔了，假如 40 歲代表走了人生一半的路的話，這個人生絕不短暫呢。

回想起來的話，20 歲的某天開始教授日本人廣東話是為契機，到今天為止，成為語言老師已經 20 年了。剛在名古屋住的時候，最初是在一家名為『Houmei』的教室中被聘為廣東話老師。雖然學生人數不少，但幾乎都是出來社會工作的人，所以持續一段時間都只在星期六日教書。在那之後，轉到了名為『亞洲超級文化中心』的教室，及後遇到了很多出色 / 傑出 / 優秀的人士。

借此機會向大家道謝。讓我收獲了許多美好的回憶，真的非常感謝！」

題1 答案：2

中譯：本文的作者現在多少歲？

1 37 歲　　　　　　　2 38 歲

3 39 歲　　　　　　　4 40 歲

解說：因為本文的作者還有 1 年半到 40 歲，即現在是 38 歲半，所以答案是 2。

答案：4

中譯：關於「持續一段時間都只在星期六日教書」，可能是因為以下哪個理由？

1 因為沒甚麼經驗。

2 因為從「Houmei」轉到了「亞洲超級文化中心」。

3 因為學生很少。

4 因為學生只在星期六日放假。

解說：文中提及學生幾乎都是「社会人の方」，即從學校或家庭獨立，在社會上工作和生活的人，由此可推斷學生在星期一至五要工作，只在星期六日放假才可以上課。

短文 8

中譯：作為「仙台⇄香港」文化交流會的會長，在早前名為「關於日本與香港今後的發展 2021」的會議提出 3 項議案，即是

1 恢復仙台－香港線的定期航班

2 確立 JR 東北免費通行證

3 製作象徵東北－香港的治癒系吉祥物

兩項是與國家的交通工具相關的內容，恐怕那在成功之前，需要付出巨大的努力和有反復的失敗吧。與之相比，「治癒系吉祥物」，亦即是代表兩地形象的角色設計，似乎比較可能實行，所以預計下星期開始透過報章進行公開募集。對了，說起治癒系吉祥物的話，熊本縣的「熊本熊」是知名度最高的，要比之更出色恐怕是幾乎不可能的，但若是做到能與熊本熊匹敵的話也不錯呢。

題 1 答案：3

中譯：以下哪個是最有可能實現的？

1 恢復仙台－香港線的定期航班

2 確立 JR 東北免費通行證

3 製作象徵東北－香港的治癒系吉祥物

4 完成能與熊本縣的「熊本熊」匹敵的作品

解說：1 和 2 都是與國家的交通工具有關的內容，比較難實行。

3 是「比較的に实行できそう（似乎比較可能實行）」，可見是最有可能實現的。

4 則只是「できるといい（做到的話就好了）」，可推斷有一定難度，因此並非最有可能實現的。

題2 答案：3

中譯：以下哪一個和「與熊本熊匹敵」最接近？

1 勝過熊本熊。

2 和熊本熊不一樣

3 不輸給熊本熊

4 無視熊本熊

解說：「匹敵する」有比得上 / 旗鼓相當之意，與 3 最接近。

短文9 中譯：被某個日文學習者問到，「おおさか」以前的漢字是「大坂」，但為甚麼從明治時代開始以「大阪」代替「大坂」成為正式的標示呢？若在互聯網查一查，會發現有一種說法是拆開「坂」這個文字的話，就會變成「土＋反」或者「士＋反」。傳說由於不論是「土＋反＝在某地發生叛亂」還是「士＋反＝武士發起叛亂」也好，兆頭 / 諧音都不好才被改為現在「阪」，這對於多年來都與漢字打交道的中國人而言，是個相當令人信服的答案呢。

題1 答案：4

中譯：關於「兆頭 / 諧音都不好」，以下哪個最有可能性？

1 因為從前「士」和「反」等都是意思不好的漢字。

2 因為從前「士」和「反」等都是日本沒有的漢字。

3 因為「士」和「反」等的漢字合起來的話會成為沒有意義的詞彙。

4 因為「士」和「反」等的漢字合起來的話會有不好的意味。

解說：文中沒有提及「士」和「反」等個別單字有不好的意味，而是說「土＋反」或者「士＋反」有不好的意味，所以答案是 4。

73

長文1

中譯：儘管對日本的近代文學和畫作並不太了解，不過愈看近代的文學家們和畫家們（繪畫的人）的名字（當然指筆名），愈深刻的感受到以往了解中國文化和中文的文人果然很多。假如要例舉 10 個我喜歡的名字的話，以下的名字想必會被提名吧：

1　尾崎紅葉
2　泉鏡花
3　幸田露伴
4　坪內逍遙
5　永井荷風
6　岡本綺堂
7　三木露風
8　岡倉天心
9　橫山大觀
10　菱田春草

問到為甚麼喜歡的話，不僅是每個漢字均包含着出色的意思，前面的苗字（亦稱為「姓氏」）和後面的名字適當地組合起來，感覺讀音也很優美。例如，「坪內」和「逍遙」在讀音來說是相當合襯的漢字，恕我說一句極端的話，「坪內」後接「逍遙」（a），假如「坪內」後接「鏡花」的話，不知為何會感覺不太合襯呢，抱這種感覺的難道只有我一個嗎？

日本的近代文學家們和畫家們在決定用甚麼漢字作為自己的筆名時，漢字的意思就不在話下，只挑選前後合起來會發出優美讀音的漢字，大概是他們的標準吧。

　答案：1

中譯：作者所選出的近代文學家們和畫家們的名字有甚麼特徵？

　　　1　包括很多含有大自然意味的漢字

　　　2　包括很多含有數字的漢字

　　　3　包括很多含有形容詞意味的漢字

　　　4　包括很多含有動詞意味的漢字

解說：作者所選出的名字當中有「紅葉」、「花」、「田」、「荷」、「風」、「天」、「春」和「草」等，都是含有大自然意味的漢字。

　答案：1

中譯：以下哪一個最適合放在（a）中？

　　　1　不得不

　　　2　希望不

　　　3　不是也可以

　　　4　幸好不是

解說：整句翻譯：例如，「坪內」和「逍遙」在讀音來說是相當合襯的漢字，「坪內」後「不得不」接「逍遙」，假如「坪內」後接「鏡花」的話，不知為何會感覺不太合襯呢，抱這種感覺的難道只有我一個嗎？

　　　1　「坪內」後不得不接「逍遙」，作者想表達因為「坪內」和「逍遙」在讀音來說是相當合襯的漢字，所以「坪內」後不得不接「逍遙」，如果接其他字的話就不太合襯。

　　　2　希望「坪內」後不是接「逍遙」，前句已經指出「坪內」和「逍遙」在讀音來說是相當合襯的漢字，所以作者不會這樣希望。

　　　3　如果作者想表達的意思是「坪內」後不接「逍遙」也可以，但「坪內」後接「鏡花」的話不太合襯，（a）後就應該是表示逆接的助詞如「が」而不是「し」。

　　　4　幸好「坪內」後不是接「逍遙」。

　答案：4

中譯：撰寫這篇文章的人認為「他們的標準」是指？

　　　1　挑選的漢字只有優美的讀音就好，有不好的意思也沒關係。

　　　2　挑選的漢字只有好的意思就好，讀音不優美也沒關係。

　　　3　挑選的漢字有好的意思，並且每一個字都有優美的讀音。

　　　4　挑選的漢字有好的意思，並且連接起來的話有優美的讀音。

解說：文中最後提及不止是漢字本身所包含的意味，選擇前後合起來會發出優美讀音的漢字才是「他們的標準」。3 是指每一個字個別都有優美的讀音，4 則是指漢字連接起來的話有優美的讀音，所以 4 才是答案。

74

長文 2

中譯：1980 年代的日本正正是音樂的黃金時代。民謠也好，流行音樂也好，總之是一個出色的音樂接連誕生的時代。事實上，這個時期誕生的大多數歌曲後來都被香港和台灣的歌手重新演唱，也即是作為「翻唱歌曲」再次登場。例如，Faye Wong（王菲）的「容易受傷的女人」的原曲就是中島美雪的「Rouge」，而代表沖繩的喜納昌吉的名曲「花」亦以「花心」為歌名，被台灣男歌手 Emil Chau（周華健）所演唱。那麼，這些翻唱歌曲為甚麼從 1980 年至 2000 年間如此流行呢？事實上，1980 年之後，特別是隨着香港本地作曲家的短缺，歌曲的生產量難以有所增長，（a）開始有一種聲音，認為「如果能從正迎來黃金時代的日本輸入音樂旋律的話，就能夠解決所有問題吧！」港方的相關人士亦即時聯絡日方的有關人士，以求獲取他們所提供的原創歌曲。

當然，雖然使用翻唱歌曲就必須付費購買日方的版權，但比起聘用作曲家的費用更為便宜，似乎亦是港方繼續購入翻唱歌曲的原因之一。

不過，因為必須重寫中文歌詞去配合日文歌曲的旋律，所以寫了許多與原本歌詞不一樣的新歌詞。於是，從日本人的角度來看，聽着用其他語言和全新的歌詞來演唱熟悉的旋律時，或許能夠發現新的世界觀呢。

　答案： 1

中譯： 1980 年至 2000 年間，香港音樂業界喜歡用日本翻唱歌曲的兩個
關鍵字是甚麼？
1　作曲家和價錢
2　便利性和旋律
3　流行和歌詞
4　歌手和世界觀

解說： 文中提及翻唱歌曲在 1980 年至 2000 年間流行的原因之一為香港
本地作曲家的短缺，另一個原因則是因為購買翻唱歌曲的版權費
用較聘用作曲家更便宜，所以作曲家和價錢是香港音樂業界喜歡
用日本翻唱歌曲的兩個關鍵字。

　答案： 2

中譯： 以下哪一個最適合放在（a）中？
1　在這裏　　　　　　2　在那裏 / 因此
3　在那裏　　　　　　4　從哪裏

解說：「そこで」除了有「在那裏」的意思外，還能針對前項內容
「香港ではローカルの作曲家の不足に伴って歌の生産量がなかな
か伸びなかった」，做出後項結果，多譯為「為此」、「因此」、「於
是」等。

　答案： 1

中譯： 撰寫這篇文章的人對「翻唱歌曲」表現出甚麼態度？
1　「翻唱歌曲」是有價值的態度。
2　「翻唱歌曲」是沒有價值的態度。
3　「翻唱歌曲」存不存在也可以的態度。
4　「翻唱歌曲」必須呈現出從前沒有的價值這態度。

解說： 文中最後提及「從日本人的角度來看，聽着用其他語言和全新的
歌詞來唱熟悉的旋律時，或許能夠發現新的世界觀」，可見作者認
為「翻唱歌曲」是一種有價值的東西。另外，聽「翻唱歌曲」或
許能夠發現新的世界觀，但作者不曾說過它「必須呈現出從前沒
有的價值」，所以 4 不對。

75

長文3

中譯：有聽過「很京都人的表達方式」這句話嗎？沒有的話，舉幾個例子吧。例如，在京都居住時，自己的孩子每天在家裏拼命地練習鋼琴。然後，某天，附近一位地道的京都人對你說了「你的孩子，彈鋼琴進步了呢。」之類的話。(a) 聽到這句話的人，除了京都人以外的話，恐怕會「謝謝你。是啊，正在努力呢，我家的孩子！」這樣回答吧，但京都人期待的答案大概是「鋼琴的聲音經常很嘈吵，十分抱歉」吧。姑勿論彈鋼琴是不是進步了，連住附近的人都能聽到琴音，亦即是暗含「琴音很嘈吵」的意思。

另外，孩子在公園踢足球，如果被說「你的孩子，總是很有活力呢」，或許那句也以「很京都人的表達方式」去理解比較好。想起來的話，以前曾去過京都人的家玩樂，深夜也沒打算回家的我曾被主人問過「要來一碗茶泡飯嗎？」毫不知情的我說「有點餓了，我不客氣了～～～」那次之後，其他地道的京都人告訴我「在這片土地出生成長的人的話，誰也知道，那是絕對不能吃的，而是來自主人讓你快點回家的信息。」自那以後，不用房子的主人說出那句話也會注意要早點回家。

有些人認為「很京都人的表達」含沙射影，很討厭；也有人認為這是為了不讓別人受傷的同時，暗中讓人感到尷尬的京都人的溫柔，大家覺得如何呢？

題1　答案：1

中譯：以下哪一個和「地道的」最接近？

  1　真的

  2　假的

  3　狡猾的

  4　善良的

解說：「生粋の」有「地道的 / 純正的 / 真正的」的意思，和「本物の（真的）」的意思最接近。

答案： 2

中譯： (a)「這個」指的是

1 琴音

2 京都人稱讚的話

3 除京都人以外的人的藉口

4 京都人期待的答案

解說： 文中的「這個」意指前句京都人說「你的孩子，彈鋼琴進步了呢」這句話，亦即是京都人稱讚的話，所以答案是 2。

答案： 3

中譯： 以下哪個是說了「你的孩子，總是很有活力呢」這句話的京都人所期待的答案？

1 下次要一起踢嗎？

2 您很了解呢！

3 今後會盡量不讓他踢球的。

4 真是的，以後不踢的話你滿意了吧！

解說： 京都人說這句話大概有「你的孩子太吵 / 頑皮了，麻煩讓他安靜點」的意思，即是期待對方盡量讓孩子安靜點，所以答案是 3。

答案： 1

中譯： 「很京都人的表達方式」有甚麼特徵？

I 故意不說真話。

II 不令他人感到尷尬。

III 令他人自覺的一種行為。

IV 使他人愉快的行為。

1 I, III

2 II, IV

3 I, III, IV

4 II, III, IV

解說： 從以上例子可見，I「故意不說真話」是「很京都人的表達方式」的本質，旨在希望 III「令他人自覺」。因為他會「暗中讓人感到尷尬 / 害羞」，所以 II 是不對的，而 IV 因為沒有特別明言。

「新皮洛百貨　開店 5 周年記念優惠　開幕」

中譯： 承蒙顧客的支持，新皮洛百貨在今年迎來 5 週年了。為了答謝各位顧客，將會舉辦 5 週年記念優惠活動。由電子產品至日常用品都準備充足，請務必蒞臨選購。

優惠期間：2021 年 2 月 18 日（一）～ 2 月 24 日（日）

時間：10:00 ～ 20:00　　（星期五・星期六至 21:00）

地點及優惠詳情：

新皮洛百貨	
5 樓～ 9 樓	全部產品半價
1 樓～ 4 樓	全部產品 8 折
地下 B1	全部產品 9 折

＊每消費 5000 日元可獲贈 9 折優惠券乙張。優惠券由 2 月 25 日起 3 個月內有效。

＊新皮洛百貨會員特別優惠：優惠期間，可獲取購買總金額 10% 的積分獎賞。積分可於下次購物時以 1 積分 =1 日元使用。

題 1	答案：1

中譯：石原小姐在優惠活動期間，於 5 樓買了原價（＝原來的價格）6,000 日元的裙子以及地下 B1 買了原價 3,000 日元的食品，總共是多少錢呢？

1　5,700 日元　　　　　　2　7,200 日元

3　7.800 日元　　　　　　4　8,700 日元

解說：優惠活動期間，5 樓全部產品半價，所以裙子是 6,000 x 50% = 3,000 日元，而地下 B1 全部產品 9 折，所以食品是 3,000 x 90% = 2,700 日元。合共是 3,000 + 2,700 = 5,700 日元，答案是 1。

題 2	答案：2

中譯：山本先生是新皮洛百貨的會員。優惠活動期間，他於 4 樓買了 15,000 日元的遊戲以及於 9 樓買了 3,000 日元的書，總共可獲取多少積分？

1　1,200 積分　　　　　　2　1,350 積分

3　1,500 積分　　　　　　4　1,800 積分

解說：優惠活動期間，4 樓全部產品 8 折，所以遊戲是 15,000 x 80% = 12,000 日元，而 9 樓全部產品半價，所以書是 3,000 x 50% = 1,500 日元，合共是 12,000 + 1,500 = 13,500 日元。會員於優惠活動期間可獲取購買總金額 10% 的積分獎賞，所以山本先生可獲取 13,500 x 10% = 1,350 積分，答案是 2。

題 3	答案：2

中譯：鈴木先生在 3 月用一張優惠券買了 2,070 日元的鞋。那雙鞋（含稅）原來是多少錢？

1　2,200 日元

2　2,300 日元

3　2,400 日元

4　2,500 日元

解說：優惠活動所贈送的是一張 9 折優惠券，所以那雙鞋的原價是 2,070 ÷ 90% = 2,300 日元，答案是 2。

77

「自閉症的典型症狀」

中譯： 以下是自閉症的檢查表。如果有和您的孩子相似的行為，請在□處加上✓。

☐ 能清晰地認路。
☐ 喜歡看旋轉中的事物，如車輪。
☐ 會希望把物件整齊地擺放。
☐ 一切都必須是第一的。
☐ 對數字和文字有興趣，年紀雖小但對火車車種之類的非常了解。
☐ 對聲音、風、臭味之類很敏感。
☐ 較常以自我為中心來行動。
☐ 經常與朋友吵架。
☐ 不能理解言語省略（簡短）的話，不詳細具體說明就不明白。
☐ 會打自己的頭或咬其他人等。
☐ 會以打、踢等攻擊其他人。
☐ 不會騎三輪車，會以兩腳觸地前進。
☐ 較常自言自語，如重複電視中的台詞等。
☐ 不能理解笑話。

當然，為了確保準確無誤、必須作更詳細的檢查，不過 3 歲左右有 6 項以上的症狀就有可能患自閉症，建議到有發育障礙專科的醫院作診斷會比較好。

（根據幻冬舍 Online「『發育障礙』急升……14 項簡易診斷檢查表」作部分修改）

　答案： 2

中譯： 佐藤先生的孩子，一郎（三歲）可以數出比卡超的全部角色，晚上一個人睡覺時經常會哭，跟他說「把那個拿過來」他也不知道要拿甚麼過來。最近，其他小朋友對他說「你家沒有三輪車嗎？好窮呢！」他就大哭起來。那麼，一郎的行為有多少項是和以上的檢查表吻合的？

1　一項
2　兩項
3　三項
4　四項

解說： 可以數出比卡超的全部角色和「對文字有興趣，雖是那個年紀但對火車車種之類的非常了解」吻合，因為普通三歲小孩不可能背出比卡超的全部角色。跟他說「把那個拿過來」他也不知道要拿甚麼過來和「不能理解言語省略（簡短）的話」吻合。

　答案： 3

中譯： 齋藤先生的孩子，和也（三歲）只會穿黃色的衣服，是一個必定會把洗完的衣服放在固定地方的小孩。看見車輪旋轉的話一定會很興奮，問他「爸爸的名字是甚麼？」也回答不了，經常會打自己的頭。那麼，和也的行為有多少項是和以上的檢查表吻合的？

1　一項
2　兩項
3　三項
4　四項

解說： 必定會把洗完的衣服放在固定地方和「希望把物件整齊地擺放」吻合。看見車輪旋轉的話一定會很興奮和「喜歡看旋轉中的事物」吻合。經常會打自己的頭和「會打自己的頭或咬其他人等」。

78

投資專家，火舞德威<ruby>か<rt></rt></ruby>（火舞德威＝株得意＝擅長投資股票）的股票分析

股票名稱	2020 年 1 月 31 日的股價 (每單位股份數量)	2021 年 1 月 31 日實時的股價 (每單位股份數量)	評論
汪汪旅行社	1220 日元 (100)	330 日元 (100)	若然 2021 年 8 月會完成新型冠狀病毒疫苗接種的傳聞屬實，股價可能會從 2021 年 5 月開始急劇上升，但儘管如此主流意見還是認為今年內能回到 2020 年 1 月的水平 の 2/5 的話已經很不錯了。
喵喵銀行	1562 日元 (1000)	1120 日元 (1000)	由於世界各國的投資減少，一度跌到 1000 日元以下，但由於這半年間基於新型冠狀病毒的封關有所緩和，所以逐漸回復至正常價格。
咩咩食品	562 日元 (100)	1859 日元 (100)	隨着禁止外出，自己做飯變得流行，而且今後似乎也會成為年輕人的一種新的生活方式，即使新型冠狀病毒疫情過後，對食品的需求依然很高。不過，1800 日元還是感覺太高了，不久的將來會下降 300 日元 -400 日元左右吧。

股票名稱	2020 年 1 月 31 日的股價 （每單位股份數量）	2021 年 1 月 31 日實時的股價 （每單位股份數量）	評論
哞哞酒店	4414 日元 （100）	1202 日元 （100）	僅次於航空業，可說是不幸的一年。不過，最近隨着國內的旅遊業逐漸復甦，雖一度跌至 800 日元水平，但在那之後就有所回升。只是，今年內到 1800 日元是極限了。
吱吱航空	5789 日元 （100）	950 日元 （100）	的確可說是黑暗災難的一年吧。跌至 950 日元是任何人都難以想像的吧。可是，這可能不是最低的價格，恐怕很大機會會再下降吧。

題 1　答案：4
中譯：有多少個股價曾經從四位數跌至三位數？

1　一個　　　　　　　　2　兩個

3　三個　　　　　　　　4　四個

解說：參考現股價，汪汪旅行社從 1220 日元跌至 330 日元，而吱吱航空從 5789 日元跌至 950 日元。但除了股價，評論中也提及到喵喵銀行「一度跌到 1000 日元以下」，而哞哞酒店「一度跌至 800 日元水平」，所以答案是 4。

題 2　答案：3
中譯：山本先生考慮從 2021 年 2 月開始進行 2 個月左右的短期投資，根據火舞德威先生的股票分析的話，哪一個是最有可能獲利的股票？

1　汪汪旅行社　　　　　2　咩咩食品

3　喵喵銀行　　　　　　4　吱吱航空

解說：1　分析指股價可能會從 2021 年 5 月才開始急劇上升，但山本先生在 4 月左右已經完成投資，所以可推斷它不是最有可能獲利的股票。

2　分析指咩咩食品的股價在不久的將來會下降至 300 日元 -400 日元左右，所以可推斷它不是最有可能獲利的股票。

3　分析指喵喵銀行在這半年間的股價逐漸回復至正常價格，所以它是最有可能獲利的股票。

4　分析指 950 日元可能不是最低的價格，未來恐怕很大機會會再下降，所以可推斷它不是最有可能獲利的股票。

題3　答案：1

中譯：在火舞德威先生對股價的評論當中，以下哪一項是正確的？

1　某些股價異常地上升了。

2　某些股價的下降有可能在 2021 年間回到 2020 年的同樣水平。

3　吱吱航空股價急劇下降一事，一早就被預測到了。

4　咩咩食品的股價走勢與世界各國的投資狀況有很大關係。

解說：1　分析指咩咩食品股價 1800 日元感覺太高了，不久的將來會下降 300-400 日元至 1400-1500 日元左右，相差頗大，可推斷咩咩食品股價異常地上升了。

2　幾乎所有股價下降的股票都不能在 2021 年間回到 2020 年的水平，如分析指汪汪旅行社的股價在今年內回到 2020 年 1 月的水平の 2/5 的話已經很不錯了。最有可能回到 2020 年 1 月水平的當屬喵喵銀行，但筆者沒有確切說到。

3　分析指吱吱航空「跌至 950 日元是任何人都難以想像的吧！」可見這突如其來的急跌並非一早就被預測到的。

4　分析指與世界各國的投資狀況有很大關係的是喵喵銀行。

79

題1 答案：1

Q：「好きな女性に振られた友達を慰めるとき、何と言いますか？」（安慰遭心儀的女性拒絕的朋友時，應該怎樣說呢？）

1 「よく頑張ったんじゃない！？」（不是已經很努力了嘛！）

2 「もっと頑張ればよかったのに……」（如果當初再努力一點不就好了……）

3 「頑張らなくてよかったね！」（不用努力實在太好了！）

解說：因為要帶出安慰的感覺，所以答案是1，有肯定朋友努力的意思。

題2 答案：2

Q：「親友の結婚式にお祝いの言葉を言うとき、何と言いますか？」（要在好友的結婚儀式上致祝福語時，該怎樣說呢？）

1 「次回もまた呼んでくださいね！」（請下次再叫我來喔！）

2 「幸せになりますように！」（祝你倆幸福！）

3 「上手くいくといいですね！」（兩人能夠好好相處就好了！）

解說：目的是要祝福對方，所以答案是2。「なります」的意思是「變得」，而「ように」的意思是「像這樣」，整體意思是能夠「變得像這樣幸福」。3似乎也可以，但說這句話的人大前提是擔心兩個人能否合得來，有點不符合「致祝福語」的要求。

題3 答案：1

Q：「ミラーさんと話したいのですが、別の人が電話に出たとき、何と言いますか？」（想要跟米勒先生通話，但是電話由其他人接聽了，應該怎樣說呢？）

1 「ミラーさんに代わってもらっていいですか？」（可以讓米勒先生來聽電話嗎？）

2 「ミラーさん、おかわりお願いします！」（米勒先生，請幫我添飯！）

3 「ミラーさんに代わってお話ししたいのですが……」（我想代替米勒先生說話……）

解說：「OOに代わって」是「代替OO」的意思，即英語的「on behalf of OO」，是「代替米勒老師說話」，所以不對。

題4　答案：1

Q：「庭の木が風に吹かれて大変な状況になったとき、お母さんに何と言いますか？」（當大風吹到庭園裏的樹木變得非常糟糕時，應該如何跟母親說呢？）

1 「お母さん、木が倒れちゃったよ！」（媽媽，樹木倒下了。）

2 「お母さん、木が破れちゃったよ！」（媽媽，樹木爛掉了。）

3 「お母さん、木が潰れちゃったよ！」（媽媽，樹木被壓扁了。）

解說：首先撇除選項2，選項3中「潰れた」強調有東西受外物的影響而壓扁或擠破，顯然與樹木倒塌形象不符，所以答案是1。涉及「物事自他動詞配對」的概念，特別是「災難的群組」，請參照《3天學完N4　88個合格關鍵技巧》 20 - 21 自（不及物）他（及物）動詞表①②。

80 ▶

題5　答案：2

Q：「先生にも飲み会に来ていただきたいと思うとき、何と言いますか？」（我希望老師都來喝酒聚會的時候，應該怎樣說呢？）

1 「ぜひ参加させていただければうれしいです！」（如能讓我參加的話，我必定很高興接受的！）

2 「ぜひご参加いただきたいです！」（請您務必參加！）

3 「ぜひ参加しないわけにもいかないんですか？」（無這句日語。）

解說：「ごＶいただきます」是有禮貌地請求對方Ｖ的敬語。有關「尊敬語謙遜語」的概念，請參照《3天學完N4　88個合格關鍵技巧》 67 - 68 尊敬語轉換表／尊敬語轉換表。

題6　答案：3

Q：「今度の仕事をやってみたいと思うとき、部長に何と言いますか？」（我想要試一下做這次的工作，這時候應該怎樣跟部長說呢？）

1 「部長、ぜひ挑戦してみて下さい！」（部長，請您務必挑戰一下！）

2 「部長、挑戦されると嬉しいです！」（部長，如果您挑戰的話我會很開心的！）

3 「部長、挑戦してもいいですか？」（部長，我想挑戰一下可以嗎？）

解説：選項 1 和 2 是叫部長挑戰，所以答案是 3。同樣，請參照《3 天學完 N4　88 個合格關鍵技巧》 67 - 68 尊敬語轉換表 / 尊敬語轉換表。

題7 答案：2

Q：「教え子がスポーツ大会で優勝したとき、何と言いますか？」（學生在運動大會中獲獎時，應該怎樣說呢？）

1 「嬉しくなるわけでもないです！」（並非會感到開心！）

2 「これほど嬉しいことはないです！」（沒有比這更開心的事了！）

3 「嬉しくなるまでもないです！」（沒有必要變得開心吧！）

解説：選項 1 和 3 沒有讚美的意思或恭喜的感覺，所以答案是 2。「N1 ほど adj N2 はないです」表示「沒有比 N1 更 adj 的 N2 了」。

題8 答案：1

Q：「先生の助けでスポーツ大会で優勝したとき、何と言いますか？」（有賴老師所以能在運動大會獲獎時，應該怎樣說呢？）

1 「先生のおかげで、優勝したんです。」（有賴老師，我獲獎了。）

2 「先生のせいで、優勝したんです」（都怪老師，我獲獎了。）

3 「先生のくせに、優勝したんです」（明明只是老師，卻獲獎了。）

解説：選項 2 及 3 都帶有貶義，只有選項 1 帶有感謝之情，所以答案是 1。

81

題1 答案：1

A：「もしもし、山本さんはいらっしゃいますか？」（你好，請問山本先生 / 小姐在嗎？）

1 「山本は今席をはずしておりますが……」（山本現時不在位裏……）

2 「山本は今会議を開いていらっしゃいますが……」（山本現在去開會了……）

3 「山本は今どこにいるかご存知じゃないですが……」（雖然您不知道山本現在在哪裏……）

解説：選項 2 向客人說山本「会議を開いていらっしゃいます」是錯用尊敬語，而選項 3「ご存知じゃないですが」一般不用，勉强要解釋的話，是「雖然您不知道山本現在在哪裏……」，故不符合情景要求。如要表達「我 / 小的不知道啊」這意思的話，應該是「存じ上げませんが」才對。

題2 答案：3

A：「先輩、すみません、またミスを犯してしまって……」（前輩，不好意思，又再犯錯誤了……）

1 「ね、どうすればいいの？」（喂，應該怎麼辦才好呢？）

2 「あら、仕事はうまくいってるの？」（哎唷，工作進行得還好嗎？）

3 「まったく、今度気を付けろよ！」（真是的，下次注意點喔！）

解説：身為前輩，一般情況下會幫助後輩，所以只有選項 3 能配上句子語境。

題3 答案：1

A：「この前助けてくれてありがとうございました！」（前陣子謝謝你幫助了我！）

1 「当たり前なことをしただけですよ！」（我只是做理所當然的事喔！）

2 「お前にしてはよくやったぞ！」（以你來說做得很好喔！）

3 「ありがとうじゃなくてごめんなさいでしょう！」（不是要多謝，而是要道歉才對啊！）

解説：選項 2 及 3 的意境與整個對話不配，A 是受到幫助的那一位，並非幫助人的那一位，但選項 2 感覺是讚 A 做得不錯；選項 3 更在斥責對方，所以答案是 1。

答案：1

A：「私をあなたのチームに加えてくださいませんか？」（請加我到你的隊伍中，可以嗎？）

　　1 「もちろんですよ、お入り下さい！」（當然可以咯，加入入吧！）

　　2 「もちろんですよ、お帰り下さい！」（當然可以咯，請回吧！）

　　3 「もちろんですよ、お別れ下さい！」（當然可以咯，請離開吧！）

解說：這裏面「もちろん」帶有當然、肯定的意思，願意接受他人的加入，所以「お帰り」和「お別れ」都不適宜接續「もちろん」之後。

82

題 5　答案：3

A：「今我慢ができないと将来大変だぞ！」（現在不忍耐的話將來會好辛苦喔！）

　　1 「いつもおしゃれですね！」（你甚麼時候都很時髦呢！）

　　2 「マンガだけじゃなくて本も読んでいますよ！」（不只是漫畫，我也有讀書喔！）

　　3 「おっしゃることは分かりますが……」（您說的話我很明白，但……）

解說：根據 A 所說，應該是在談論為將來現在要努力的事，選項 3 最能匹配語境，表示諸如「您說的話我很明白，但我卻有很多身不由己的地方啊」的意思。2 的「漫画」和「我慢」發音類似，顯然是陷阱。

題 6　答案：1

A：「おかげさまで、もうすぐ退院できそうです。」（有賴你，我差不多可以出院了。）

　　1 「よかったですね。」（實在太好了。）

　　2 「そうですか、悩みますね。」（是這樣啊，的確很煩惱呢。）

　　3 「やってみないと分かりませんが......」（不試的話又怎麼會知道呢？）

解說：按 A 的說話，回答應該要帶恭喜、喜悅的感覺，所以選項 1 最貼近語境。

題7 答案：2

A：「君にやるくらいなら、捨てたほうがいい！」（要給你的話，倒不如丟掉更好！）

　　1　「感謝します。」（好感謝你啊！）

　　2　「ひどいわ。」（好過分啊！）

　　3　「恥ずかしいですね。」（好害羞喔！）

解説：由於 A 的說話帶有攻擊感覺，所以只有選項 2 最貼近原文語境。

題8 答案：2

A：「あっ、びしょびしょになっちゃった～～」（啊、全身都濕濕的～）

　　1　「傘を持っていってよかったでしょう！」（幸好你有帶傘去，不是嗎？）

　　2　「傘を持っていけばよかったのに……」（如果你有帶傘去的話就好了……）

　　3　「傘を持っていってもいいけど……」（你帶傘去也是可以的……）

解説：「V て＋いけばよかった」帶有後悔的意思，而語境配合後悔沒有帶傘導致全身濕透的意思，所以答案是 2。

83

題1 答案：1

男の学生と女の学生が話しています。

男：今度の日曜日みんなで日本海に行こうって話があるんですけど……

女：日本海？いいね！楽しそう！

男：そうそう、海でバーベキューもするし、花火もする予定なんだけど、一緒に行かない？

女：行きたいけど、来週の月曜日に国語のテストがあるのよ。テストがなかったらいいのになあ……

男：日曜日までに頑張って勉強すればいいんじゃない？俺、教えてやるよ。国語得意だし。

女：本当に？うれしい。じゃあ、日曜日皆について行っちゃおうかな。

女の学生は日曜日に日本海へ行くことについて、どう思っていますか？

1 次の日に試験があるけど、行くことにした。

2 次の日に試験がないから、行くことにした。

3 次の日に試験があるから、行かないことにした。

4 次の日に試験がないけど、行かないことにした。

男學生跟女學生正在談話中。

男：話說大家說這個星期日一起去日本海……

女：日本海？很好呢！好像很好玩的！

男：對對，會在海邊燒烤，也打算玩煙花，你要一起來嗎？

女：雖然我想來，但是下週一有國語測試啊。沒有測驗的話就好了……

男：星期日之前努力溫習不就好了？我教你吧，我很擅長國語的。

女：真的嗎？好開心。那麼，星期日就跟大家去吧。

女學生對於星期日去日本海一事時怎樣想呢？

1 雖然第二天有測驗，還是決定去了。

2 因為第二天沒有測驗，所以決定去了。

3 因為第二天有測試，所以決定不去了。

4 雖然第二天沒有測試，但是決定不去。

題2 答案：4

男の人が女の人の家に来ています。

女の人：はい、どちら様ですか？

男の人：佐藤ですが、仕事帰りのついでに来ちゃって今大丈夫ですか？

女の人：ぜんぜんいいよ。ちょうどおつまみも買ったし、良かったら部屋に入って一緒にビールでも飲みながらおしゃべりしない？

男の人：せっかくだけど、用事があるからすぐ帰るね。あのう、申し訳ないけど、この前貸したお金なんだけど、とりあえず半分ぐらい返してもらえないかな？

女の人：えっ、来月までに返せばいいって佐藤くんが言ってなかったっけ？

男の人：ええ、でも実は急にお母が病気になってその治療費がかなり高くてどうしても必要なんだ……

女の人：そうか、わかった。明日お金振り込んでおくね。

男の人：ありがとう！ほんとにごめんね！

男の人は女の人の家に何をしに来ましたか？

1　仕事帰りにビールを飲みに来ました。
2　お母さんのことで感謝しに来ました。
3　お金を返しに来ました。
4　お金を返してもらうように言いに来ました。

男人來到女人的家裏。

女人：來了，請問哪位？

男人：我是佐藤，下班了順路過來了，現在方便嗎？

女人：完全沒問題喔。剛好買了下酒小吃、不如進來一起邊喝酒邊聊天？

男人：難得你邀請，可惜我有事要立刻回去了。那個，不好意思，之前借給你的錢，可以先還一半給我嗎？

女人：誒、佐藤先生不是說下個月前還清就可以了嗎？

男人：是的，但其實我媽突然病了，而醫藥費非常昂貴，無論如何都需要那筆錢……

女人：原來如此，我明白了。明天會去存錢給你。

男人：謝謝你！真的不好意思啊！

男人是為了甚麼來到女人的家裏呢？

1　下班回家來喝啤酒的。
2　有關母親的事來道謝的。
3　為了還錢給女人而來的。
4　為了叫女人還錢而來的。

題3　　答案：1

男の人が話しています。

男の人：去年の1月からずっとコロナが続いてるんですね。どこに
　　　　も旅行に行けず精神的に病んでいることもそうなんですけれ
　　　　ども、何といっても自分の子供が学校に行けないのが最も困
　　　　っているんです。コロナのせいでたくさんの死者が出ている
　　　　状況の中でおかげさまで、体も今のところ丈夫だし、仕事も
　　　　ないわけじゃないから、何とかなりそうですが……

男の人にとってコロナの間、一番辛いことは何ですか？

1　子供が学校に行けないこと。
2　旅行に行けないこと。
3　仕事がないこと。
4　たくさんの死者が出たこと。

男人正在說話。

男人：去年一月開始持續發生新冠肺炎。雖然去不了任何地方旅行，精
　　　神上快要崩潰，但話雖如此，最困擾的就是自己的孩子不能去學
　　　校。在很多人因肺炎去世的情況下，托賴身體至今都不錯，而且
　　　也並非沒有工作，相信總能挺過去的……

對男人來說在肺炎期間最辛苦的事是甚麼呢？

1　小孩不能去學校一事。　　　2　不能去旅行一事。
3　沒有工作一事。　　　　　　4　很多人去世一事。

84

題4　　答案：2

男の子と女の人が話しています。

男の子：お母さん、見てこれ！スピードも早いし、一個ずつつながっ
　　　　ていて色も鮮やかだし、しかも何よりも動いているときに
　　　　カタンカタンって音、人を元気にさせてくれるんだよね。
　　　　飛行機も好きだけど、それよりずっとこっちが好き。

女の人：あんたって本当にマニアだね。お父さんも若い頃自転車が好
きだったんだよね。誰に似たのかしら。ねねね、いつまで見
てんの？早く行かないと写真の展示会に遅れちゃうよ。お母
さん、ずっと楽しみにしてたよ。

男の子は何のマニアですか？

1 飛行機
2 電車
3 自転車
4 カメラ

男子和女人在談話。

男人：媽媽，看啊！這個速度又快，一節接着一節的色彩也十分搶眼，
最吸引的是它動起來時隆隆聲的，聽後簡直令人精神為之一振。
雖然我也喜歡飛機，不過比起飛機，我更加喜歡這個。

女人：你真是個狂迷呢。爸爸年輕時也曾是單車的狂迷，真是有其父必
有其子。喂喂，還要看到何時？還不快點出發就趕不上攝影展了。
這是媽媽期待已久的攝影展啊。

男子是甚麼的狂迷？

1 飛機
2 火車
3 單車
4 相機

題5 **答案：4**

これからできる駅の前で、男の人と女の人が話しています。

女の人：こんな山奥に電車の駅ができるなんて夢みたいだね。電車は
1日4本来るんだっけ？

男の人：ええ、毎日行きも帰りも2本ずつしかなくて物足りないんだ
けど、行きと帰りの時間に合わせて乗りさえすれば便利かも
しれないよね。しかも、聞いた話では、緊急の場合は、人間
だけじゃなくて、牛とか馬も乗れるんだって！

女の人：本当に？

男の人：冗談に決まってるじゃん、このおバカ！

男の人は山奥の電車をどう思っていますか？

1　まだ夢の話だと思う。

2　他の動物も乗れて便利だと思う。

3　1日に合計2本しかなくて少ないと思う。

4　使い方によって便利になるかもしれないと思う。

在即將完工的車站前，男人和女人在談話。

女人：在這種深山地區竟然會有車站落成，真是發夢也想不到。是不是一日有四班車啊？

男人：對啊、雖然每日只有來回各兩班車實在太少，不過只要配合來回時間乘坐的話可能也會很方便哦。另外，聽說緊急情況的話，有機會會人畜同車哦！

女人：真是嗎？

男人：當然是說笑啦，您這個傻瓜！

男人對深山地區的火車有何看法？

1　覺得是痴人說夢。

2　覺得動物也能乘車十分方便。

3　覺得一日只有兩班車實在太少。

4　覺得因應 / 配合使用方法的話，有可能變得很方便。

題6　答案：2

お母さんが息子と娘のテストの話をしています。

お母さん：先週国語のテストがあったんだけど、娘のほうはお兄ちゃんよりもずっと成績が良かった。お兄ちゃんはもともと勉強が好きで私が何も言わなくてもよく頑張ってるんだ。それに比べて、妹は朝から晩まで遊んでばかりいて、あんまり勉強しないけど、成績は逆にお兄ちゃんよりも上なんだよね。やっぱり勉強したからって、絶対に良い成績が取れるわけでもないね。

お母さんは息子と娘の成績について、どう思っていますか？

1 息子はよく頑張ってるから、成績も娘より優秀だ。

2 息子はよく頑張ってるけど、成績は娘のほうが優秀だ。

3 娘はよく頑張ってるから、成績も息子より優秀だ。

4 息子も娘も結構頑張ってるけど、成績はどちらも優秀じゃない。

媽媽正與兒子和女兒談關於測驗的事。

媽媽： 上星期的國語測驗，妹妹比哥哥的成績好出不少。哥哥本身就喜歡學習，不用我說甚麼也會自己努力。相比之下，妹妹整天只掛着玩樂不太會學習，但成績反而比哥哥好。果然就算多學習也不一定會取得好成績呢。

媽媽對兒子和女兒的測驗成績有何看法？

1 兒子一直也很努力，成績也比女兒優秀。

2 兒子雖然一直也很努力，但成績是女兒比較優秀。

3 女兒一直也很努力，因此成績也比兒子優秀。

4 子女兩人雖然一直也很努力，但成績卻不算優秀。

85

題 1 答案：1

男の人と女の人がレンタルの部屋を見ながら話しています。彼らが見ている部屋はどれですか？

女の人： なかなかいい部屋ですね。

男の人： そうでしょう、お客さん、58,000 円でこんな広い 2dk の部屋が借りられるのはここだけですよ。

女の人： でもお手洗いとお風呂が一緒になってるのはちょっと……

男の人： 気持ちは分かりますが、この金額ですと、どうしてもこうなってしまうんですよね。あと 10,000 円ぐらい出していただくと、セパレートのお部屋はご紹介できますが……

女の人： セパレート？

男の人： つまり、お手洗いとお風呂が別々になってるものです。

女の人：まぁ、この金額ならこれぐらいは我慢しないとね。じゃあ、ここにします。

彼らが見ている部屋はどれですか？

男人和女人在看租屋樓盤。他們正在看哪一個樓盤？

女人：這間不錯的啊。

男人：不錯吧，小姐。月租 58,000 円能有這麼大的 2 房單位，這裏是絕無僅有的了。

女人：不過浴廁合併好像有點⋯⋯

男人：明白的，不過這個金額就只有這種設計的盤。如果願意每月多付 10,000 円的話，就能向你介紹到分離式設計。

女人：分離式？

男人：即是浴廁分離。

女人：這個價錢底下也只有忍耐一下吧。好的，就決定這個。

他們正在看哪一個樓盤？

題2 答案：4

女の人が話しています。ラーメンの作り方は、どの順番ですか？

女の人：今回ご紹介するラーメンの作り方ですが、ちょっと今までのと少し違いますね。まず、お湯が沸いたら、通常ならラーメンを入れますが、今回はそうじゃなくて、必ず特製の粉末を最初に入れてください。そうしないと、美味しいスープは出来上がりませんよ。その後、蓋をして 30 秒ぐらい待ちましょう。すぐ煮える特別なラーメンなので、お鍋に入れる前に、お肉や野菜などを入れることがポイントです。

ラーメンの作り方は、どの順番ですか？

女人在作介紹。製作拉麵的步驟是？

女人：這次跟大家紹介拉麵的做法，但這次的做法會與以往的有點分別。首先待水沸騰後通常會馬上放入拉麵，但這次卻不然，請記緊要先加入特製粉末，否則就做不出美味的湯底。然後、把蓋蓋上 30 秒左右。因這款拉麵特別快熟，所以秘訣是放入拉麵前，先加入肉和菜等材料。

製作拉麵的步驟是？

答案：4

お父さんと娘が話しています。娘がお父さんに注意された封筒はどれですか？

お父さん：封筒に名前はもう書いたよね？

娘：　　　うん、高橋洋子って。

お父さん：住所も？

娘：　　　書いたに決まってるじゃん、しかも郵便番号もバッチリ！もう郵便局へ出しに行っていい？

お父さん：ほら、一つ書き忘れてない？名前だけじゃ失礼でしょう。いくら友達でも。

娘：　　　あ、そうだった、ごめん。

娘がお父さんに注意された封筒はどれですか？

父親正與女兒對話。女兒被爸爸提醒要留意的信封是哪一個？

父親：在信封上寫了名字吧？

女兒：嗯，寫了高橋洋子。

父親：地址呢？

女兒：當然寫好了，郵政編號也沒問題！可以去郵局寄出了嗎？

父親：看，寫漏了一點。只寫上別人名字沒禮貌啊，就算是朋友也好！

女兒：對對對，不好意思。

女兒被爸爸提醒要留意的信封是哪一個？

答案：2

会社で女の人と男の人が話しています。二人は今度の休みに何をしますか？

女の人：明日から3連休だけど、何をする予定？

男の人：ちょうどメガネが壊れてるんで、新しいのを見に行こうかなと思ってさ、君は？

女の人：今は秋でしょう。郊外に行って、色が完全に変わったかどうかわからないけど、あれを見ないとね……、一緒に行かない？

JPLT

N

男の人：行きたいんだけど、メガネが壊れていてあんまりはっきり見えないんだよね……

女の人：今晩見に行こうよ、一緒に。おじさんがメガネ屋さんだから、安くしてくれるよ。終わったら、ついでに一緒に食事でもしよう。

男の人：じゃあ決まりだね。

二人は今度の休みに何をしますか？

在公司中男同事和女同事正在交談。兩人下次放假時會做甚麼？

女：明日開始連放3日假，你有甚麼打算？

男：剛好眼鏡壞了，所以打算去眼鏡店看看，你呢？

女：現時正好秋天，打算去野外郊遊。秋天一定要看那個，不知完全變色了沒有呢……要不一起去？

男：雖然很想去，但眼鏡弄壞了，去了也看不清楚……

女：那麼今晚一起去看【眼鏡】吧。我的叔叔是開眼鏡店的，會算你便宜一點。買完眼鏡後一起吃個晚飯吧。

男：就這樣決定吧。

兩人下次放假時會做甚麼？

86

題5　答案：3

お母さんと娘が話しています。娘のこれから会う男の人はどれですか？

娘：　　　お母さん、お見合いは行かなくちゃいけないの？

お母さん：あんたはもうそろそろ35でしょう？早く結婚してもらわないと困るのよ。相手の写真もらってきたけど、この中に一度会ってみても良さそうな男っていない？

娘：　　　はっきり言って、私ガリガリ好きじゃないからね。かといって中年太りもねえ……あと薄い人もどうかなと思ってさ。

お母さん：じゃあ、この人しかいないね。一度会ってみたら？

娘： でもこの人はなんだか怖そう。将来もしかして毎日殴られそうな感じがする。だったら、ツルツルのほうがまだまし。

お母さん： じゃあこの人ね、代わりに連絡しとくよ。

娘： はいはい、わかった。会ってくればいいでしょう。

娘のこれから会う男の人はどれですか？

母親和女兒在談話。女兒接下來會見的是哪個男人？

女兒： 媽媽，非要去相親不可嗎？

母親： 你今年都 35 歲了吧？拜託你趕快找住好人家。我收到了幾個相親對象的照片，你看看當中有沒有覺得可以一試的對象。

女兒： 先說清楚，我對骨瘦如柴的實在沒有興趣。話雖如此，中年胖子也是……還有頭上稀疏的也有點抗拒。

母親： 那麼就只剩下他了。要見面看看嗎？

女兒： 但這人看起來很恐怖。總覺得將來會被他每日家暴似的。這樣的話，寧願是頭上稀疏的。

母親： 那就這個人吧，我替你聯絡他。

女兒： 好的好的，見了回來你就滿意了吧！

女兒接下來會見的是哪個男人？

題6 答案：1

男の人と女の人が話しています。男の人は女の人に何を渡しましたか？

男の人： 裕子、俺と結婚してくれ！

女の人： あたしでいいの？

男の人： 俺の中には君しかいないんだ。これも準備してきたんで、受け取ってくれ！

女の人： 指輪と思えばいいよね？

男の人： ごめん、将来就職したら必ず百万円ぐらいの本物をあげるんで。とりあえず、今日はこれだけ受け取ってくれ！

女の人： うん、でも約束は、絶対に忘れないでね！

男の人は女の人に何を渡しましたか？

男人和女人對話。男人將甚麼交給女人？

男人：裕子，和我結婚吧！

女人：我可以嗎……

男人：我的心中就只有你。我已經準備好這樣東西了，請接受吧！

女人：你想我把它當做是戒指？

男人：對不起，待我將來找到工作後一定會送你值一百萬円的戒指。但今天請你先收下這個！

女人：嗯，但不要忘記你的承諾啊！

男人將甚麼交給女人？

題7

答案：3

おとこ ひと おんな ひと はな いま
男の人と女の人が話しています。今 2 人はどこにいますか？

おんな ひと きおん ど うそ すず
女の人：気温は 35 度もあるけど、ここは嘘みたいに涼しいね。

おとこ ひと べつ い すず にん
男の人：そうそう、別にデパートに行かなくたって涼しいし、人もそ
としょかん ほんだな
んなにいないから、わりと好き。図書館もいいけど、本棚に
なら ほん み ねむ
並んでいる本を見るとなんだか眠くなっちゃうよね。

こども く ばしょ
女の人：それにしても、子供が来る場所というイメージのわりには、
としょ ほう あっとうてき おお しょくご さんぽ き
お年寄りの方が圧倒的に多いよね。みんな食後の散歩に来て
るのかしら？

いま
今 2 人はどこにいますか？

男人和女人對話。兩人現在身處何方？

女人：雖是 35 度，但這裏卻不可思議的清涼呢。

男人：對啊，就算不去百貨公司也很清涼呢，更喜歡這裏不擁擠。雖然圖書館也是個好選擇，但一看到書架上放着滿滿的書就會充滿睡意。

女人：不過就這地方嘛，一般感覺會是小朋友來的地方，但竟然老人家超多呢。我想大家是來飯後散步吧？

兩人現在身處何方？

男の人と女の人が話しています。女の人はどのセーターが気に入りますか？

男の人：いろんなセーターがあるんだけど、どれがいい？

女の人：そうだね、首がそとに出るタイプが好きかも。

男の人：首ってセーターの？洋子ちゃんの？

女の人：ふんふん、あたしの首に決まってるじゃない。

男の人：へえ、出たら寒くならない？

女の人：この地域はそんなに寒くないし、平気平気。

男の人：じゃ、この英語のＶみたいなタイプはどう？

女の人：悪くないけど、胸を出しすぎ。もう、たけしのエッチ！やっぱり こういう丸くなっているシンプルなものが一番いいかもね。

女の人はどのセーターが気に入りますか？

男人和女人對話。女人喜歡的是哪一件毛衣？

男人：毛衣也有很多選擇哦，選哪一款好呢？

女人：對啊，不過我比較偏好頸露出來的。

男人：頸是指毛衣的？還是洋子的？

女人：哈哈，當然是我的啦。

男人：但露出來的不會冷嗎？

女人：這地區又不會太冷，沒問題沒問題。

男人：那麼這件Ｖ領的呢？

女人：不錯啊，但胸部好像露出太多了吧。阿武你這個色鬼！還是這種 圓領且簡單的設計最好。

女人喜歡的是哪一件毛衣？

87

題1　答案：1

会社で女の人と男の人が話しています。女の人はこの後まずどうしますか？

女の人：課長、書類はもうできましたが、確認をお願いします。

男の人：ちょっと見せて。うん、新しいお客様向けの書類だから、もう少し詳しく丁寧に書かなきゃいけないなあ。

女の人：はい、分りました。今すぐ直します。出来上がり次第、もう一回確認お願いできませんか。

男の人：確認はいくらでもできるけど、それよりも、もっと重要なのは、このデザインは去年のものでしょう。これをお客様のところに送ると、大変なことになるよ。部長に見せたら、めちゃくちゃ怒られるよ。とりあえず、正しいやつに直しなさい。

女の人：ごめんなさい、今すぐ直します。

女の人はこの後まずどうしますか？

在公司中男同事和女同事正在交談。女同事接下來會做甚麼？

女：課長，文件已經準備好了，請幫忙檢查一下。

男：讓我看看。嗯，這是送給新客戶的文件，所以用詞要正式和客氣一點。

女：明白，讓我馬上更改。改好之後再麻煩部長檢查一下。

男：檢查文件這些都是小問題。比起用詞，更重要的是這個設計是去年的吧。就這樣發給客戶會造成大問題吧。被部長看到的話，會被罵個狗血淋頭。首先你先更改這個部分吧。

女：對不起，馬上就去做。

女同事接下來會做甚麼？

1　更改成今年的設計。　　　　2　想新的設計。

3　寫禮貌的文章。　　　　　　4　把文件給部長看。

題2　答案：3

会社で男の人と女の人が話しています。男の人はどうして社内旅行はやっぱり楽しくなかったと言いましたか？

女の人： 先週の社内旅行どうだった？あたしはちょっと風邪をひいちゃって、行けなかったけど……

男の人： 料理は俺の好きな肉料理じゃなかったけど、食べ物にそんなにこだわるようなタイプじゃないから、特に問題なかった。ホテルもサービスが良かったし、自由時間たっぷりで買い物がしすぎでほとんどのお金を使ってしまったけど、買いたいものが買えてよかったよ。でも、僕的にはやっぱり楽しくなかったよ。

女の人： えっ、どういうこと？

男の人： 君が来なかったから、寂しかったんだよ。

男の人はどうして社内旅行はやっぱり楽しくなかったと言いましたか？

在公司中男同事和女同事正在交談。男同事為何會說公司旅行結果還是感到沒趣？

女： 上星期的公司旅行如何啊？我有點感冒未能參與……

男： 雖然沒有我這個食肉獸喜歡的食物，但我又不是對食十分執着的人，所以也不是大問題。酒店的服務倒是十分周到，自由時間好充分，來了個大出血，花了很多錢，但想買的東西總算買到。不過我個人還是覺得這次旅行沒趣。

女： 為甚麼？

男： 因為你沒有參加，當然會感到有點悶。

男同事為何會說公司旅行結果還是然到沒趣？

1　因為不是自己喜歡的肉料理。　　　2　因為好像有點感冒似的。

3　因為女孩子不在。　　　　　　　4　因為大量購物，錢用得太多。

題3　答案：3

女の人が話しています。面接の時にどんな服を着ていくべきですか？

女の人： 面接のときの服装は、どんな服装が良いかとよく聞かれるのですが、そうですね、別にどんな服でも構わないよという会社が最近増えてきたようですが、やはり新人なものですから、スーツが一番良いでしょう。ただし、時代とともに、ネク

タイの必要性も少し変わってきてるんですよね。今は別にあってもなくてもいいんじゃないかと個人的に思いますが……

女の人が話しています。

面接の時にどんな服を着ていくべきですか？

女人正在說話。面試時應穿怎樣的衣着去？

女人： 說到面試，經常有人會問面試時應穿怎樣的衣着？的確最近有不少公司也不再拘泥於服裝之上，但畢竟是新人嘛，最好還是穿西裝，給人一個整潔的印象。不過隨着時代變遷，領帶也不再是必需品。而我個人認為面試時領帶是可有可無……

面試時應穿怎樣的衣着去？

1 怎樣的衣服也可以，但必須繫領帶。

2 怎樣的衣服也可以，也不需繫領帶。

3 西裝比較好，但不需繫領帶。

4 西裝比較好，且必須繫領帶。

題4 答案：4

大学の校長が話しています。これからの大学の名前はどうなりますか。

校長： 皆さん、ご存知の通り、来年の新学期までには、新しい大学名を決めなければならないです。我々の大学は100年前に東京のお金持ちの方によって作られたのですが、その作った方を記念するために、「東」という文字に、もともと農業を勉強するための大学だったので、苗字の田中の「田」を加えて、大学の名前として今まで使ってきたんです。しかし、これからは「東京」2つの文字の中でまだ使われていないもう1つのほうに変更したいし、それと10年前から大学では農業だけじゃなくて工業や漁業などの「技術」も勉強できるようになったので、「技術」の「技」という文字に変えて、今までの大学と違ったこれからの大学の特徴を象徴していこうと思います。と言うわけで、この2文字が我々の大学の新しい名前になります。

これからの大学の名前はどうなりますか。

大學校長正發表致辭。這所大學之後會改名為？

校長：大家好，相信大家都知道，來年新學期開學前，我校需要改個新
　　　校名。我校是於 100 年前由東京的一個富人所創立，因此校名有
　　　「東」字以作紀念。另外初創校時我們是以修讀農業為主，因而又
　　　採用了姓氏田中的「田」字，一直沿用至今。可是，今後將會採
　　　用「東京」二字中未使用的另外一字，此外 10 年前我校不再只是
　　　修讀農業的大學，而是加入了工業漁業等「技術」學科，所以也
　　　會採用「技術」二字中的「技」字作校名，以表示近年的發展和
　　　改變。因此學校將會採用這兩個字作為校名。

這所大學之後會改名為？

1　東田大學　　　2　東技大學

3　京田大學　　　4　京技大學

88

題5　答案：1

お母さんが子供を怒っています。子供はどうして怒られましたか？

お母さん：土足はダメでしょ！

子供：　　土足？

お母さん：靴を履いたまま部屋に入ること。あれほどダメって言って
　　　　　たのに……

子供：　　ごめんなさい。公園から帰ってきてちょっと疲れちゃった
　　　　　からついつい。これから気をつけます。

お母さん：まったく。ゴミ捨てに行くから、あんたも手伝って。

子供：　　まだ宿題やってないけど、行かないとダメ？

お母さん：ついて来い！

子供はどうして怒られましたか？

一名母親正在罵她的孩子。小孩因何被責罵？

母：不要「土足」入屋！

孩：土足？

母：穿着鞋進屋的意思。明明都說了無數次……

孩：對不起。剛從公園回來，玩得太累才一時忘記了，下次會記得。

母：真是啊。我出去倒垃圾，你也來幫忙。

孩：可是我還有功課要做，可以不去嗎？

母：馬上跟我來！

小孩因何被責罵？

1 因為沒有脫鞋　　　　　　2 因為還沒寫作業

3 因為去了公園玩　　　　　4 因為跟了媽媽出去

題6　答案：2

テレビ番組を見ています。明日東京の温度は何度だと推測されていますか？

テレビ番組：皆さん、今年の暑さは異常といってもいいでしょう。今日の東京は 35 年ぶりに最高気温が更新されたんですが、なんと 42 度でしたよ。信じられますか？明日の天気ですが、東京湾の漁師さんの話では、昼に大雨が降る可能性が高いので、そうすると今日より 5 度ぐらい下がるんじゃないかと推測されていますが。本当にそうなってくれるのかな。

明日東京の温度は何度だと推測されていますか？

正在收看電視節目。預計明天東京氣溫將會是多少度？

電視節目：各位好，相信大家也感到今年的氣溫異常地高。今日是東京 35 年以來錄得最高溫的一天，最高錄得竟有 42 度之高。簡直令人難以置信。根據東京灣的漁民說，明天下午很大機會會下大雨，因此預計明天氣溫會比今天低 5 度。是真的話就好了。

預計明天東京氣溫將會是多少度？

1 35 度　　　　　　2 37 度

3 40 度　　　　　　4 42 度

答案：3

男の人と女の人が貯金について話しています。男の人は今日の時点で
貯金はいくらになりましたか？

女の人：いよいよ来年留学に行かれるんですね。お金は大丈夫です
か？

男の人：大丈夫というわけじゃないですが、なんとか最初の半年は
生活できそうです。

女の人：失礼ですが、いくらぐらい貯めたんですか？

男の人：2年前から本格的に貯金し始めたんですが、今年の初めは
700,000円が達成しました。ただ、そのあとコロナで仕事を
失った親に半分貸して欲しいと言われたので、貸してあ
げたんですね。ずっと返してもらってなかったので、別に
他人じゃないし返してもらわなくても良いかなと思っていた
ら、昨日いきなり倍でかえって来たんです。父親が宝くじで
1,000,000円に当たったらしくて、多かった分は利子だった
ということでね。

女の人：良かったですね。

男の人は今日の時点で貯金はいくらになりましたか？

男人和女人在談關於儲錢的問題。男人直至今天一共儲了多少錢？

女：來年終於可以去留學呢。金錢方面沒問題嗎？

男：雖然算不上完全沒問題，但應該勉強足夠半年的生活費吧。

女：冒昧一問，你大概儲了多少？

男：兩年前開始認真儲錢，到今年年初達到 700,000 円目標。可是，
因肺炎影響而失業的父母說想要借錢，我就借了他們一半的積蓄。
他們一直也未還我，我還跟自己說自己父母嘛，就算不還也無所謂
啦。怎料昨天他們竟然不只還我，還突然給了兩倍。聽說是爸爸中
了 1,000,000 日元的彩票，他說多出的那些就當是利息給我。

女：那太好了。

男人直至今天一共儲了多少錢？

1　700,000 円　　　　　　2　750,000 円

3　1,050,000 円　　　　　4　1,400,000 円

題8　答案：4

女の人が話しています。女の人は最終的に何になりたいと言っていましたか？

女の人：子供の頃、花屋の店長になるのが夢でしたが、中学校に入ってから、ハリウッドの女優に憧れ、アメリカやイギリスの映画にはまったことがきっかけで、英語に興味を持つようになりました。その時、暇さえあれば、いつも英語の歌を聴いたり、アメリカの映画を見たりしていました。英語の先生も悪いくないなぁと思い始めたのですが、大学は英語学部に入り、やっぱり将来は通訳の仕事ができるように勉強し始めて今に至っています。思い出せば、花屋の店長と今の夢と、相当違ったものですが、女の子なら、誰でも一度ぐらいは花屋になりたいと思ったことがあるでしょう。

女の人は最終的に何になりたいと言っていましたか？

女人正在說話。女人說最終想成為甚麼？

女：小時候我的夢想是開一間花店。到了中學之後，開始憧憬荷里活女星，亦因喜歡看英美兩國的電影，而開始對英語產生興趣。那時一有時間就會聽英文歌曲，又會看英文電影等，開始覺得當英語老師也不壞。之後進入了大學專攻英文，為將來成為出色的翻譯員做好準備直至今天。現在回想起，現在做的事和當時開花店的夢想實在大相徑庭呢。不過應該所有女孩子都曾有過成為花店店長這個夢想吧。

女人說最終想成為甚麼？

1　花店老闆　　2　荷里活女明星

3　英語老師　　　4　翻譯

げんごちしき（もじ・ごい）

題1 　答案：1

中譯：想請問一下，貴店的招牌菜是甚麼？

解說：拆開「看板」2 字，「看」是「かん」而「板」是「はん」，合併起來是屬於「ＡんＢん」的形態，則相比起半濁音，Ｂ 變濁音的機會大。可參照本書 **5** 音便⑤～（半）濁音便。

題2 　答案：2

中譯：「鬼滅之刃」能獲得如此人氣是原作者也沒有想過的事吧！

解說：「刃」源自「焼_{やき}」＋「刃_ば」的演變。「焼き（ます）」屬於 Ib 類動詞，後續「て / た型變化」時，「き」會變成「い」。可參照《3 天學完 N5　88 個合格關鍵技巧》 **43** Ⅰ類，Ⅱ類，Ⅲ類動詞的て / た型變化及本書 **1** 音便①～い音便。

題3 　答案：3

中譯：在電光閃閃、雷聲隆隆的夜晚，沒有比安坐在家中更安心的事。

解說：「稲」本來讀音為「いね」，與後項「妻_{つま}」在合併過程中，前項末尾的「え」母音變成「あ」母音「いな」，可參照本書 **10** 母音交替（轉音）。古代的日本人認為閃電能孕育稻子結穗，故賦予「稲妻」這個稱呼；也有一種說法是中國神話有「雷公電母」之說，古代日本亦為了配合「雷_{かみなり}」這個丈夫，故找來「稲妻_{いなづま}」這個妻子。最後，「稲妻」無論寫「いなずま」或「いなづま」皆可，前者雖是主流，但後者更見「妻＝電母」說之承傳，故用之。

題4 　答案：3

中譯：日語的「春雨」不但是自然現象，亦是食物的名稱。

解說：「春雨」其實就是食用的「粉絲」。「春_{はる}」＋「雨_{あめ}」→「はるさめ」＝ haruame → harusame，是典型的「母音添加」現象，可參照本書 **6** 音韻添加①的「母音添加」。

題5 　答案：4

中譯：提到迪士尼動畫，無疑《白雪公主與七個小矮人》是代表作之一。

解說：作為「母音交替／轉音」，日語的「白」字在與後項合併過程中，會有機會又「お」母音「しろ」變成「あ」母音「しら」，所以「白」＋「雪」→「白雪」＝ shiroyuki → shirayuki，可參照本書 **11** 母音交替（轉音）②。

題6　答案：1

中譯：小孩的背影與父親一樣，果然是親子呢！

題7　答案：4

中譯：邊觀察學生的反應邊調整課程的內容，是教師重要的工作。

解說：「反応」本來是源自「反」的「はん」和「応」的「おう」，但如以廣東話發音，前面字的尾音是 n（反 =fan）而後面字詞的第一個字是「あ行」如「おう」，則「あ行」有機會變成「な行」「のう」。可參照本書 **13** 連聲。

題8　答案：2

中譯：偶而會有人稱自己的妻子為「女房」。

解說：「女房」本來可分拆為「女」的「にょ」和「房」的「ぼう」，由於前者屬於 2 拍而後者屬於 2 拍的「短長」音節關係，日本人會將本來不存在的母音延長，即「にょ」→「にょう」。可參照本書 **16** 長母音的短音化和短母音的長音化。

題9　答案：4

中譯：居住海外的時候，經常自言自語地說着「回想起來，已走了這麼遠，離開故鄉已是第六年」。

解說：「思えば遠くへ来たもんだ、故郷離れて六年目」是日本樂隊海援隊的「思えば遠くへ来たもんだ」的名歌詞，也即是香港歌手徐小鳳「每一步」的原曲。

題10　答案：4

中譯：無論在家中還是學校，都應實行讓學生感受到「生命的重要」的教育。

1　祈禱

2　靈魂

3　運氣

4　生命

答案：1

中譯：新婚旅行時，會有人只買單程的機票嗎？

    1　單程

    2　嫁他三千（無此字）

    3　來回

    4　過多未知（無此字）

解說：選項 2、4 理論上都能讀到「かたみち」，但均為字典上沒有的虛
構單詞。

題 12　答案：2

中譯：同樣犯下錯誤，為甚麼只我一個被責罵？

    1　無此字

    2　責罵

    3　無此字

    4　綁緊 / 總計

題 13　答案：3

中譯：用人的時候，如果對他有懷疑的話，就不要採用他較好。

    1　付款

    2　不同、錯誤

    3　懷疑

    4　窺視

解說：即中文成語的「用人不疑，疑人不用」。

題 14　答案：2

中譯：靈感這東西，雖可以找，但也不代表一定會出現。

    1　厲寒（無此字）

    2　靈感

    3　冷汗

    4　令官（無此字）

解說：選項 1、4 理論上都能發到「れいかん」，但均為字典上沒有的虛
構單詞。而根據文中意思，只會說找靈感，不會說找冷汗。

答案：1

中譯：你知道「不倒翁先生跌倒了」（即「一二三，紅綠燈，過馬路，要小心」遊戲）這個遊戲嗎？

　　1　達磨 / 跌倒

　　2　怠馬（無此字）/ 涉及

　　3　駄車（無此字）/ 圍上、包圍

　　4　樽魔（無此字）/ 滅亡

解說：選項 3、4 前者不能讀到「だるま」，為字典上沒有的虛構單詞。而選項 2 理論上讀到「だるま」，但亦為字典上沒有的虛構單詞。

題 16　答案：3

中譯：每次看到野外的花正堅強生長，我都許下終有一日要用自己的手抓住幸福的誓言。

　　1　咬

　　2　無此字

　　3　抓住

　　4　無此字

解說：選項 2、4 均為字典上沒有的虛構單詞。此為日本歌手松山千春名曲「大空と大地の中で」的一節歌詞。

題 17　答案：3

中譯：無論是甚麼東西，只要曾經流行過，最後也只會成為過時的東西。

　　1　迷路

　　2　分開

　　3　流行

　　4　求愛 / 追求

題 18　答案：3

中譯：只要在電腦上安裝了這個軟件，就應該能防止最新的電腦病毒。

　　1　報導員（announcer）/ 安裝（install）

　　2　報導員（announcer）/ 回收（recycle）

　　3　軟件（software）/ 安裝（install）

　　4　軟件（software）/ 回收（recycle）

答案：3

中譯：隨着經濟不景，我已經做好今年未必有獎金的準備。

1　和諧

2　等級

3　獎金

4　時裝

題 20　答案：4

中譯：都在說這個針劑藥物，如果不保持一定溫度的話，就會很快失去
效用。

1　不爭取

2　不指示

3　不跟從

4　不保持

題 21　答案：2

中譯：尊敬的顧客，由於座位正在收拾中，請你稍等一會。

1　不久將來

2　稍微

3　常常

4　特地

題 22　答案：3

中譯：我並不是不能喝酒，如果是啤酒的話能喝到兩杯的程度。

1　實力

2　狀況

3　程度

4　平均

題 23　答案：3

中譯：不但會帶給人麻煩，還會弄傷自己，所以不要插隊上車。

1　想出 / 靈感

2　取消

3　插隊

4　接受

題 24　答案：4

中譯：做出那樣殘虐的事的傢伙，他們除了神以外，已經沒有害怕的東西了。

1　放棄

2　超越

3　支持

4　害怕

題 25　答案：4

中譯：寫論文的時候，引用其他人的文章或書籍時，必須加上備註。

1　許可

2　依賴

3　援助

4　引用

題 26　答案：4

中譯：這間學校，如果有醫生發出的診斷書的話，有機會讓學生進行補考。

*** 補考：為不能如期應考的人，於往後日子特別進行的考試。

1　判斷書（無此字）

2　調查書

3　賬單

4　診斷書

題 27　答案：2

中譯：觀察力敏銳的人會立刻察覺到其他人察覺不到的事。

1　詳細

2　敏銳

3　遲鈍

4　明亮

| 題 28 | 答案：2 |

中譯：為甚麼會產生大量的海洋塑膠垃圾呢？

    1　很重

    2　很多

    3　不需要

    4　不乾淨

| 題 29 | 答案：3 |

中譯：A：昨天去的拉麵店好吃嗎？

       B：馬馬虎虎啦！

    1　正如想像般那樣好吃

    2　比想像中更好吃

    3　不是非常好吃但算是好吃的

    4　一點也不好吃

| 題 30 | 答案：3 |

中譯：要完成那偉大的建築，最少也要一年吧？

    1　3 個月

    2　11 個月

    3　1 年 3 個月

    4　13 年

| 題 31 | 答案：3 |

中譯：順帶一提，那對夫婦由高中開始已經交往了 15 年了。

    1　驚訝的是

    2　舉例來說

    3　順帶一提

    4　眾所周知

| 題 32 | 答案：1 |

中譯：4 號線的電車馬上就會進站。由於危險關係，請站在黃線後。

1 立刻
2 慢慢地
3 按照預定
4 突然

| 題 33 | 答案：4 |

中譯：淨是發牢騷而甚麼都不做的話會被解僱喔！

解說：1 可改為「文」＝句子

如果改一改幾句句子，文章會更好喔。

2 可改為「文法」＝文法

日語當中最困難的是文法，只有我這樣想嗎？

3 可改為「プレゼント」＝禮物或「連絡」＝聯絡

昨天收到很久沒見面的朋友的禮物 / 聯絡，十分開心。

| 題 34 | 答案：2 |

中譯：如果你那條長褲太緊的話，我們還有大一點的尺碼。

解說：1 可改為「気が短い」＝急性子

田中君是個急性子，電影的話最多只能看一個小時【就呆不下了】。

3 可改為「面白くない」或「つまらない」＝不有趣 / 沒意思

那本雜誌一點也不有趣，我覺得不看也沒所謂。

4 可改為「目出度い」＝可喜可賀的

能夠出席木村先生那可喜可賀的頒獎典禮，我覺得十分光榮。

| 題 35 | 答案：4 |

中譯：在電郵中附上（主要用在檔案）照片，希望您能參考，不勝榮幸。

解說：1 可改為「ついている」＝附上

如果你煮麵的話，請一定要加入隨袋附上的調味料。

2 可改為「添加」＝添加

這個食物並沒有添加附腐劑之類的，似乎對身體很好。

3 可改為「増加」＝增加

甚麼？下年又增加稅金，實在太過分了！

| 題 36 | 答案：1 |

中譯：這間大學前往市中心的交通十分方便，所以很受學生歡迎。

解說：2　可改為「アクセサリー」＝首飾

　　　　她好似喜歡自然的生活，所以很少配戴首飾。

　　　3　可改為「アクセント」＝口音

　　　　約翰先生的英文有美國南部的口音。

　　　4　可改為「アクション」＝動作

　　　　說到 80-90 年代的香港電影，首先浮現在腦海的是動作片。

| 題 37 | 答案：3 |

中譯：喝酒的期間，原本很少說話的鈴木君也漸漸一個勁兒的向我搭話。

解說：1　可改為「<ruby>権力<rt>けんりょく</rt></ruby>」＝權力

　　　　在這個國家，比起國王，部下掌握更多的權力。

　　　2　應改為「<ruby>原動力<rt>げんどうりょく</rt></ruby>」＝動力

　　　　對伊藤先生來說，自己子女努力的樣子和笑容就是他工作的
　　　　動力。

　　　4　可改為「<ruby>学力<rt>がくりょく</rt></ruby>」＝學識 / 水平

　　　　對學習不感興趣的大學生的國語學識 / 水平下降已成為社會
　　　　問題。

言語知識（文法）・読解

題 1	答案：2

中譯：跟着說明書組裝高達模型時，發現有幾塊零件不夠。

題 2	答案：1

中譯：對我來說，只要有你在就很幸福了。

題 3	答案：2

中譯：與其說有留學經驗，但也只不過是僅僅三星期的寄宿家庭生活而已。

題 4	答案：2

中譯：爺爺：你剛剛才病好，今天就哪裏也不要去，好好休息吧！

孫兒：是，知道了……

題 5	答案：1

中譯：下樓梯時，要注意腳邊。

題 6	答案：4

中譯：自從上次和她在酒會見面後，就一直沒聯絡。

題 7	答案：3

中譯：佐藤君當面對對自己不利的事情時，會馬上裝作甚麼也不知道。

題 8	答案：3

中譯：這份工作明明又要有技術，又責任重大，但相比之下薪金卻太少了吧！

題 9	答案：3

中譯：不同的國家，打招呼的方法或姿勢等都不一樣。

題 10	答案：2

中譯：有要事的時候明明打電話給我便可以了，沒有必要特地到我家來啊。

題 11	答案：1

中譯：昨天剛買的 iPhone 摔到地上破裂了。唉，如果一早有用手機殼就好了……

題 12　答案：3

中譯：不好意思，站員哥哥，我把一個黃色的，大約這個大小的袋忘了在電車內。

題 13　答案：3

中譯：學生 A：英語報告的限期是後天嗎？【有點不肯定……】

學生 B：吓？不是明天嗎？【其實我也沒自信……】

題 14　答案：1

中譯：和父母的期待不同／意願相反，中學畢業後的他沒有升讀香港大學，而是決定了去日本修讀語言。

題 15　答案：3

中譯：最近外出用膳的次數多了，亦常常吃菜不足，再加上不知是否這個原因，老是便秘，十分苦惱。

題 16　答案：3

中譯：是誰把喝到一半的咖啡就這樣放在桌上？

題 17　答案：4231，★ =3

中譯：明天從北海道到沖繩【的廣大範圍】會下很長時間的雨吧！

題 18　答案：1324，★ =2

中譯：如果木村是真正犯人的話，究竟他為甚麼目的而犯罪呢？

題 19　答案：4132，★ =3

中譯：所謂取捨，意思是得到一樣東西的同時，就必須捨棄另一樣東西。

題 20　答案：2314，★ =1

中譯：喉嚨痛，再加上前所未見的高燒，所以不得不向公司請假。

題 21　答案：1432，★ =3

中譯：曾經有過「只要去了海外，就能過幸福生活」這樣的想法。

問題三（1）

中譯：一般而言，「外貌出眾」的話，在多數的情況下是對那人有利的，但並非一定能獲得幸福也是事實。最近，社會心理學者們發表了以下的論文。

BBC - Future - The surprising downsides of being drop dead gorgeous
http://www.bbc.com/future/story/20150213-the-downsides-of-being-beautiful

根據社會心理學者的研究，我們得知「外貌出眾」的學生相比「並非如此」的學生，更易從老師那裏得到「這人應該有才能、有智慧吧」等評價，亦更易得到好成績。

不僅是學校，在工作地方，「外貌出眾」的人被評價為「有能力吧」等，容易有正面的影響。以上的論文指出，相比外貌並不出眾的人，外貌出眾的人，如果是學生的話就容易得到好成績，是社會人士的話就容易加薪升職，以環顧整個人生來說有利的地方也較多。

另一方面，也不能說沒有缺點。「外貌出眾」的男性容易被認為是誘惑女性、玩弄感情的人，偶爾亦有無法就高位的事情發生。而且，不分男女，「外貌出眾」的人亦「容易被孤立」，當中更有實際被人討厭的例子。也許就是因為樣子美貌吧，據說這個形容詞裏包含着一種「很難與人親近」的意思。

但是，也許可以說是「外表是一瞬，內在是一生」吧 ***，相比外表的美麗，追求精神上的美才是精彩的人生──這句話看來是沒有錯的。

*** 「外表是一瞬，內在是一生」是筆者自創的語句。

題22	答案：2		
	1　有……的樣子	2　常常	
	3　總是 / 只是	4　只有	
題23	答案：2		
	1　一定	2　不一定	
	3　或多或少	4　就這樣	
題24	答案：1		
中譯：	1　並非如此	2　並不一定是這樣	
	3　就是這樣吧	4　或許是這樣吧	
題25	答案：2		
中譯：	1　按照	2　透過 / 環顧	
	3　作為	4　根據	

題 26 答案：2

解說：「人生全体をを通して」有一種「環顧整個人生」的意思。

1 托賴 　　　　　2 另一方面／那邊廂

3 因此 　　　　　4 伴隨

題 27 答案：4

中譯：1 似乎是錯的。 　　　2 據說將會是錯的。

3 文法錯誤。 　　　4 似乎是沒有錯的。

解說：有關「～そうです」是「似乎」還是「聽聞／據說」，請參照《3 天學完 N4　88 個合格關鍵技巧》42 。

問題四（1）

中譯：這是一封由出版社發給讀者的電郵。

親愛的讀者，我們將會舉辦新書發布會。如果閣下有空的話，歡迎參加。

【日期和時間】2021 年 2 月 18 日（四）15:00-16:00（14:50 開始登記，先到先得，名額 100 個）

【地點】：網上舉行（使用 zoom）

【內容】：

1. 出版社總編輯的歡迎詞

2. 新書介紹

I『歌后～鄧麗君不同凡響的一生』、鄧麗五　著

II『敬語甚麼的都不需要啊』、芙蓉圭吾　著

III『從沉沒的 12 小時前追蹤鐵達尼號』玲央鳴門・出嘉振男　共同著作

3. 問答環節（利用 zoom 的舉手功能發言。事前請確認已設定麥克風及網絡連接環境。）

【出席者】

鄧麗五（已故鄧麗君的摯友）

芙蓉圭吾（香港恒生大學、日本語學系教授）

玲央鳴門（自由攝影師）

出嘉振男（美國　傑克通信社、編輯委員）

邊秀喜來（香港恒生出版社、總編輯）

題28 **答案：3**

從這封電郵得知的事情是甚麼？

1 活動於星期六舉行

2 不但介紹文科的書，也會介理科的書。

3 沒有預先下載軟件的話，就不能參加。

4 無論多少人都可以參加。

解說：在這篇文章裏，筆者嘗試向日語學習者展現日語「当て字」，即「假借字」的有趣之處。「芙蓉圭吾」、「玲央鳴門」、「出嘉振男」和「辺秀喜来」等除了是虛構且比較特別的人名，從他們名字的發音上亦可窺知一些隱藏的意思：「芙蓉圭吾＝ふようけいご＝不要敬語（和其新書《敬語甚麼的都不需要啊》呼應）」、「玲央鳴門＋出井嘉振男＝れおなるどでいかぷりお＝レオナルドディカプリオ＝李奧納多・狄卡皮歐（這個不用多說吧！）」和「辺秀喜来＝へんしゅうきらい＝編集嫌い（雖然他是總編輯……）」，其他關於日語「假借字」的結構，可參照《3天學完N2　88個合格關鍵技巧》 **8** 漢字知識⑧〜当て字。此外，鄧麗君的日語是「テレサ・テン」，當中「テン」既可以代表「鄧」，也可以理解為英語「Ten」的片假名，故其好友是「ファイブ＝Five」。

問題四（2）

中譯：被朋友邀請參加婚禮的話，賀金，即是為了向朋友表示「恭喜」之意的金錢就有必要送出了。在日本，從以前開始說到賀金的金額，3 萬日元、5 萬日元等單數都受人歡迎，偶數的話由於會讓人聯想到「除得盡＝分開」，所以被人討厭。但是也有例外，單數中，「9」和「苦」的發音很相似，所以 9 萬日元是禁忌；相反，偶數中，8 萬日元因為有賴那句「末端寬廣的八」*** 的吉祥說話而備受歡迎。事實上，當初 2 萬日元也被人討厭的，但由於 2 會讓人聯想到「Pair（一對）」，從而與夫婦的形象完美配搭，所以成為最近的潮流。當然「4」不單是偶數，更讓人聯想到「死」，所以 4 萬日元的賀禮一定要避免。

*** 若看漢字「八」的字形，不難發現「八」的撇和捺會不斷向外
擴展。基於這個愈前進愈擴展的特點，「八」被賦予未來發展
以至於運程會愈變愈好的吉祥兆頭。

題 29 **答案：3**

日本人的賀金金額說明中，正確的是哪項呢？

1 因為「9」是一位單數中最大的數字，所以受人歡迎。
2 因為「8」的發音和中文吉祥的發音相似，所以受人歡迎。
3 雖然「2」以前是禁忌，但最近漸漸被人接受。
4 因為「4」的形狀會讓人聯想到不吉利的意思，所以被人非常
討厭。

問題四（3）

中譯： 大家聽過「肝心」這個詞語嗎？實際上，那是從「肝藏」和「心
臟」各取一字組成的詞語。取材自中國的醫學認為相比其他器官，
肝臟和心臟是更重要的器官這觀念，所以在日本用以表示「重要」
的意思。當中，肝臟更被稱為「沉默的器官」，這是由於頑強的肝
臟即使受到損害，亦不會立刻出現症狀，但當察覺時一般都為時
已晚之故。飲酒過量的話，不用說一定會為肝臟器帶來重大的負
擔，但儘管是不好酒精的人，也並不代表不會患上肝臟的疾病，
倒不如說因為現代沒規律的飲食生活的錯，患上「脂肪肝」的人
也確實不少。

題 30 **答案：4**

肝臟被稱為「沉默的器官」是原因是甚麼呢？

1 因為肝臟很堅固，所以在普遍的情況下很少患上疾病。
2 因為沒規律的飲酒食而導致「脂肪肝」的人，會變得說不出話
來。
3 如果喝酒的話，平常難以察覺的異常或痛楚會漸漸出現。
4 它給予人類「你患病了哦」這訊號時往往都過遲。

中譯：即使不熟悉日本史的人，恐怕也曾經看過以上的照片吧？戰後，1945 年 9 月 29 日的新聞刊登了昭和天皇和道格拉斯・麥克阿瑟將軍的二人合照。以比較文化論的研究者而聞名的真嶋亞有氏就這張照片帶給日本人的效果一事，寫了以下文章：

「看到這張照片，日本人受到的衝擊是，無容置疑天皇的確擁有軀體，穿着西服，那只達麥克阿瑟將軍肩寬的瘦小體型，更是作為一個人而被拍攝出來的。昭和天皇在一九四六年一月一日發表了『人間宣言』，之後，就穿着西服出巡全國，但若說昭和天皇成為『人』的話，應該就是從這張照片被流傳出去的那瞬間開始。」（『文藝春秋 SPECIAL』2015 年春號刊登的「天皇・麥克阿瑟合照的衝擊」）

換句話說，戰爭中以「天皇是上帝」而被神化的昭和天皇，通過這張照片，表示了自己原來也只是一個「人」。

題 31　答案：1

「昭和天皇變為『人』」這句是甚麼意思？

1　國民清楚得知，與其說昭和天皇是神，倒不如說他也只不過是一個人。

2　天皇讓國民知道比起麥克阿瑟將軍，自己更接近人。

3　天皇拍下自己樣子的相片，第一次察覺自己也是人。

4　天皇認為自己的軀體很適合西服，所以覺得能成為一個人實在太好了。

中譯：以下是一首著名的歌，名叫「Zoo」的歌詞。

主唱：蓮井朱夏

作詞：辻仁成

作曲：辻仁成

我們是這條街上喜歡當夜貓子的貓頭鷹

也是把真心隱藏的變色龍

早上睡過頭的公雞　徹夜不眠的紅眼兔子
還有跟誰都相處融洽的蝙蝠

看啊　是不是跟某人長得很相像？
聽啊　那個總是在吠叫向着率直的你

StopStopStop stayin'
StopStopStop stayin'
StopStopStop stayin'
想成為天鵝 不想當樹懶的企鵝
即使失戀 也要以單腳站立的紅鶴
過於客氣的眼鏡猴 被蛇盯上的雨蛙
只向獅子和豹低頭屈服的鬣狗

看啊　是不是跟某人長得很相像？
聽啊　那個總是在吠叫 向着率直的你

看吧 和你長得一模一樣的猴子正指着我
一定 在某地某個角落 還有另一個我在生存
請給我愛 oh⋯請給我愛 ZOO
請給我愛 oh⋯請給我愛 ZOOZOO

愛說話的九官鳥 即使向牠打招呼也不回應
心情好的時候 也會嘮叨着說很寂寞
"說太多話的隔天早上 總是常常情緒低落"
那傢伙的心情 我明白到不能再明白了

看啊　是不是跟某人長得很相像？
聽啊　那個總是在吠叫 向着率直的你

看吧 和你長得一模一樣的猴子正指着我

一定 在某地某個角落 還有另一個我在生存

請給我愛 oh…請給我愛 ZOO

請給我愛 oh…請給我愛 ZOOZOO

題 32　答案：2

在「Zoo」這首歌中，除了人類外，還出現了多少種動物？（*** 「眼鏡猴」和「猴子」是兩種動物）

1　16

2　17

3　18

4　19

題 33　答案：4

「是不是跟某人長得很相像？」這部分，作者最想表達甚麼？

1　即使是不同動物，也有外表互相相像的地方。

2　即使是不同動物，也有性格和想法互相相像的地方。

3　在外表這層面上，人類和其他動物有互相相像的地方。

4　在性格和想法等層面上，人類和其他動物有互相相像的地方。

題 34　答案：1

九官鳥為甚麼情緒低落？

1　因為盡是說一些無必要說的話。

2　因為有時向其他動物打招呼但得不到回應。

3　因為明明不想理解，但對於人類的感情卻明白到不能再明白了。

4　因為身體不但虛弱，而且經常被其他動物吠叫。

解說：「愛說話的九官鳥……說太多話的隔天早上，總是常常情緒低落」等描述可見，九官鳥總愛說太多話，而隔天由於懊悔自己說太多話的關係而總會變得情緒低落。

中譯： 以下記載了文人芥川龍之介寫給妻子小文的情信一部分。

小文。……在黃昏、晚上會變得掛念東京。所以我想快點再次到那個燈光很多、又熱鬧的大街走走。但是，掛念東京的原因並非只掛念東京這個城市，也掛念在東京的人。在這種時候，我就有時想起小文您。我把我想到小文您這事向您的哥哥說了以後，已經過了多少年呢？想得到的原因，就只有一個。那個原因就是我喜歡小文您。當然從以前就喜歡，到了現在仍然喜歡。除此之外並無其他原因。……我從事的工作，是現在在日本最賺不到錢的買賣（賣文換錢）。加上，我也並非很有錢。因此，從生活的程度來說，無論甚麼時候也只是捉襟見肘。……重複再寫一次，只有一個理由，就是我喜歡小文您。若果你不介意的話請來這裏。這封信給不給人看都是小文您的自由。一之宮已經愈來愈有秋天的氣息了。

題35 答案：4

寫這封信時，芥川龍之介和小文身處哪裏？
1 兩人都在東京。
2 兩人都在東京以外的地方。
3 芥川龍之介在東京，而小文在東京以外的地方。
4 小文在東京，而芥川龍之介在東京以外的地方。

題36 答案：2

芥川龍之介向小文的哥哥說了甚麼？
1 他想跟小文哥哥結婚。　　2 他想成為小文的丈夫。
3 他想再一次去東京。　　4 他現在的工作很難賺到錢。

題37 答案：1

作為芥川龍之介的情感，下列哪項是正確的？
1 深信自己的工作是在日本最賺不到錢。
2 希望不要把這封信給別人看。
3 掛念東京的原因只有一個。
4 想得到小文的原因有兩個

中譯：某個日本人寫的關於日本的聲優和配音版電影的文章。

在近年的中國，日本的動漫、手機遊戲並非由中國的聲優配音，使用日語原來的聲音，加上中文字幕的做法已成為主流，這讓非常多的人意識到日本聲優的厲害。從某篇文章得知，對於「對中國的智能電話用家來說，日語的聲優重要嗎？」這條問題，

中國人的 A 先生：「重要。日文聽起來比較優美。相反，中文的配音不知道是不是未能完全理解本來的意思，總覺得有少少不自然。」或是

中國人的 B 君：「日語的音節袖珍壓縮，確實對比中文更容易表達（角色的）感情。」或是

中國人的 C 妹妹：「比起中文，日本語的表達方式更易投入感情，讓人徹底代入登場角色的感覺很強」等，

整體來說，對聲優或是日語的評價正面居多。從中，亦可順藤摸瓜的得知對日本聲優抱有濃厚興趣的中國粉絲有很多。實際上，充滿熱情的粉絲中，女性的人數佔有壓倒性的優勢，從而可以推測到「在中國，得到較高人氣的日本聲優是男性多於女性」一事。另外，最近在中國，為了吸引很多動漫或遊戲粉絲前來，主辦單位會經常特意舉辦邀請日本聲優前來的活動。從粉絲角度看，聽說最興奮的莫過於與自己憧憬的「偶像」進行「握手會」或「簽名會」等，但在中國，由於使用簽名板的習慣不算普及，因此據聞主辦單位更會在活動前特地從日本入手這些簽名板。

順帶一提，在香港上映的《鬼滅之刃》分別有日語版和配音版，但香港人的朋友告訴我：「自己的父母覺得日語聽起來很舒服所以看了日語版」，作為日本人，這畢竟很自豪的事情。

以上 1-3 的意見從以下的報導摘錄：

http://www.acgn-globalbiz.com/entry/2016/12/21/203318

題 38　答案：2

從中國粉絲的留言，我們得知甚麼？

Ⅰ　日語是一種使人聽得舒服的語言。

II　無論通過中文或是日語，也能容易表達角色的感情。

III　中國的聲優行業今後不得不發展。

IV　業界人士有時候會用錯誤的中文翻譯日語的意思。

1　I, II

2　I, IV

3　III, IV

4　I, II, IV

解說：A 先生和朋友的父母的意見中分別提及「日本語は比較的に美しく聞こえるから（日文聽起來比較優美）」和「日本語のほうが聴き心地が良い（日語聽起來很舒服）」，所以選項 I 正確。另外，「中国語による吹き替えは本来の意味を完全に理解していないせいか、いつも少し不自然だ（中文的配音不知道是不是未能完全理解本來的意思，總覺得有少少不自然）」，所以選項 IV 也正確。

題 39　答案：1

為甚麼會被人認為「在中國，得到較高人氣的日本聲優是男性多於女性」？

1　因為女性的粉絲比男性的粉絲多。

2　因為男性的粉絲比女性的粉絲多。

3　因為說到日本的動漫或遊戲的聲優，男性的形象比女性強。

4　因為向中國輸入的日本動漫或遊戲，源自女性聲優的產品很多。

題 40　答案：1

在「經常邀請日本聲優出席活動」中，遇到最大的問題是甚麼？

1　物資不足　　　　2　粉絲的打招呼方式

3　聲優語言的障礙　4　參加人數不足

解說：文中提及中國沒有使用簽名板的習慣，需要特地從日本入手，這反映簽名板不足，所以選項 1 是正確答案。

題 41　答案：1

寫這篇文章的人對於日本配音的電影有甚麼意見？

1　沒有辦法　　　　2　值得自豪

3　覺得憤怒　　　　4　變得消極

中譯：以下是關於幼稚園運動會的通告。

《貓見幼稚園》運動會的通告

- 今年度由於作為防止新型冠狀病毒感染擴大的對策，將暫停一般觀眾參觀，希望閣下理解及合作。

- 每年一般人士也能參加的「4 人 5 足」，今年度為了配合防止新型冠狀病毒感染擴大的一系列對策，將只招待來年入讀貓見幼稚園共 12 組的參賽小朋友。

- 希望參加的人士請於 2021 年 4 月 4 日（日）早上 10:30 來臨。

  晴天：貓見幼稚園的單車場

  雨天：請從貓見幼稚園的門口進入。

- 進入會場前需量度體溫。

- 另外，請合作戴上口罩。

- 不遵守以上的人士將不被允許入場。

題 42　答案：4

下年度入讀貓見幼稚園的小朋友大約有多少人？

1　大約 20 人

2　大約 30 人

3　大約 40 人

4　大約 50 人

解說：活動「4 人 5 足」的參加者每 1 組有 4 人，而今年只招待「來年入讀貓見幼稚園共 12 組的參賽小朋友」，所以共有 4 人 X12 組 =48 人。四捨五入後，答案是選項 4。

題 43　答案：3

以下誰看似最能夠入場？

1　在門口突然大叫「我討厭戴口罩」的次郎弟弟。

2　說「我沒有發燒」並不讓老師們作體溫檢查的哲也弟弟。

3　雖然是晴天，但故意從門口進入的由美子妹妹。

4　下年決定入讀犬飼幼稚園而並非貓見幼稚園的春奈妹妹。

題1　答案：3

女の人と引越し屋さんが話しています。女の人の部屋はどれですか？

引越し屋さん：お嬢ちゃん、この机はどこにおけばいいですか？

女の人：ベッドの向かい側に運んでもらってもいいですか。

引越し屋さん：はい、わかりました。ベッドの向かい側ですね。ヨッシャー、これめっちゃ重い！ハアハア、や〜、これでよろしいですか？

女の人：あっ、これだとせっかく窓があるのに、光がブロックされますね。すみません、やっぱり扉の左に運んでもらっていいですか？

引越し屋さん：えっ、まじですか？しょうがないなぁ、ヨッシャー、わ〜、頑張ろう。やっぱりめっちゃ重い。ハアハア、これでいいですよね。

女の人：うん、今度は扉を開けるときに邪魔になりますよね。おじいちゃん、ごめんなさい、やっぱりベッドの右側に移してもらえませんか？

引越し屋さん：本当にそれがファイナルアンサーね。これが最後ですよ。よっし、女の心って変わるものですね、ハアハア、でも机がめっちゃめっちゃ重いことに変わりはないです。ハアハア、もう限界です。あっ、もう大丈夫ですよね。

女の人：パーフェクトですよ！

女の人の部屋はどれですか？

女士跟搬屋公司職員正在對話中。女士的房間是哪一間呢？

搬屋公司職員：小姐，這張桌子放在哪裏才好呢？

女士：　　　　可以搬到床的對面嗎？

搬屋公司職員：好的，明白了。床的對面對吧。嘿喲，這個很重呢！哈啊哈啊，這樣可以嗎？

女士：　　　　啊，這樣的話難得有窗戶，陽光卻被遮住呢。不好意思，還是搬到門的左邊可以嗎？

搬屋公司職員：欸，不是吧。沒辦法吧，嘿喲，加油吧。還是覺得很重呢。這樣子可以吧？

女士：　　　　嗯……這次是會妨礙開門呢。叔叔，對不起啊，還是幫我移到床的右邊可以嗎？

搬屋公司職員：真的是最後答案了吧。這次是最後了喲。女人心真的是善變呢，但是桌子很重很重的事實就沒有變。哈啊哈啊，快要支持不住了。這樣沒有問題吧。

女士：　　　　很完美哦！

女士的房間是哪一間呢？

題2	答案：4

観光バスでバスガイドが話しています。一番びっくりした忘れ物は何だと言っていますか？

バスガイド：皆さん、これからはレストランでの昼ごはんタイムです。なんと和牛が出てきますよ。午後はこのバスではなく、別のバスに乗ることになりますので、このバスを降りるときに、荷物はお忘れのないように全部お持ちいただきますか。忘れ物といえば、眼鏡や財布を始め、よくあるのは携帯電話ですが、中でもご先祖様の写真を忘れられた方がいるとは夢にも思いませんでしたよ。どうせ忘れるんだったら、ダイヤモンドの指輪を忘れてくださいね。私がいただきますよ、はははは！

一番びっくりした忘れ物は何だと言っていますか？

觀光巴士上導遊正在說話，最嚇人一跳的遺失物是甚麼呢？

巴士導遊：各位，接下來是在餐廳享用午餐的時間，將會有和牛吃喔！
下午不會坐這輛巴士，而是坐另外一輛，所以下車時不要遺
漏任何物品，記得全部帶走。說起遺留物品，由眼鏡和錢包
開始，常見的有手提電話，但是發夢也沒想到竟然會有忘記
祖先的相片的客人。反正都要忘記的話，不如請忘了帶鑽石
戒指，因為我會收下的，哈哈哈！

最嚇人一跳的遺失物是甚麼呢？

題3　答案：1

カンフーの先生が生徒に話しています。先生は生徒にどのカンフーの
ポーズを教えていますか？

カンフーの先生：皆さん、中国カンフークラス「酔拳」にようこそ。
これから皆さんに初心者向けのポーズを教えます
よ。まず皆さんの右手をゆっくり伸ばして頭の後ろ
に載せておくこと。もうできましたね。じゃ次はで
すね、左の足を動かして左の耳のところに伸ばすこ
と。えっ、左の耳に届かないって！じゃ、胸のあた
りでも構わないです。この時の体はまっすぐにせ
ず、前に斜めにするのがポイントです。最後に、ど
の指でも構いませんが、左手の２本の指を鼻の穴に
入れたら完成です。これが「酔拳」の最初のポーズ
ですよ。

先生は生徒にどのカンフーのポーズを教えていますか？

功夫老師正在對學生說話。老師在教學生打哪一個功夫的姿勢呢？

功夫老師：各位，歡迎來到中國功夫「醉拳」的教室。現在開始會教各位擺初學者為對象的姿勢。首先，各位請慢慢伸直右手擺在頭的後方。已經做到了吧。那之後，把你的左腳伸直到左耳邊。欸，去不了左耳那邊？那胸口附近都可以。記住，這個時候身子不要伸直，向前微微傾斜是重點。最後，哪一根手指都沒所謂，左手的 2 根手指插進鼻孔裏就完成了。這就是「醉拳」第一個姿勢了。

老師在教學生打哪一個功夫的姿勢呢？

題4　答案：1

男の人と女の人が話しています。男の人はどの果実酒を選びましたか？

男の人：果実酒って結構種類が多くて迷っちゃうね。

女の人：甘いお酒が好きだったなんて意外。ビールしか飲まないのかなと思ってさ。

男の人：いや、結構甘党なんで、甘いお酒もたまに飲むよ。ようこちゃんはどれが好き？

女の人：あたしはゆずが一番好き。濃厚なゆず味がたまらないわ。

男の人：ゆずって結構酸っぱそう。僕のベストチョイスじゃないかもしれない。どうしようかなぁ、ぶどうにしようかなぁ、でも抹茶もいいよね。

女の人：「ゆず」が好きじゃない人って結構「優柔」不断だね、なんちゃって！

男の人：今のダジャレはベリーグッド、まあ、イチゴもストロベリーグッドだな。ねえねえねえねえ、代わりに決めてもらえる？

女の人：え、あしたが？じゃ、あたしの好みになっちゃうけど、いいかしら？

男の人：そうだね、1回ぐらい試してみないとわからないよね、そうしよう。

男の人はどの果実酒を選びましたか？

男士跟女士正在對話。男士選擇了哪一種水果酒呢？

男士：水果酒種類蠻多的，很難選擇啊！

女士：很意外你原來喜歡甜的酒，還以為你只喝啤酒呢。

男士：不是啦，因為我是個甜味控，偶爾也會喝甜的酒喔。洋子喜歡哪一個？

女士：我最喜歡柚子。那種濃濃的柚子味實在是抵擋不住。

男士：柚子好像挺酸的，可能不是我的最佳選擇。怎麼辦呢，不如選葡萄好了，但是抹茶也挺好的。

女士：不喜歡柚子的人真是「柚疑」不決呢，説笑而已！

男士：剛剛這句幽默話很好，而草莓 strawberry 也 very 美好。吶吶吶，你幫我決定好嗎？

女士：欸，我嗎？那，我會選我喜歡的，可以嗎？

男士：也是啦，不試過一次也不知道的嘛，就這樣做吧。

男士選擇了哪一種水果酒呢？

題5 答案：3

おじいちゃんとお医者さんが話しています。おじいちゃんはこれからどの順番で病院に行きますか。

医者：　　　　おじいちゃん、おじいちゃんはこれかれ心臓と耳と足の検査を受けなければなりません。

おじいちゃん：腰？ワシの腰は大丈夫じゃ！

医者：　　　　腰じゃなくて足です！明後日空いてるので、まずそれを見てもらいましょう。その次の日に耳のチェックの予約も入っています。心臓は予約する人が多いので、来月にならないと見てもらわないから、最後にしましょう。

おじいちゃん：腎臓は大丈夫やから、検査しなくてもいい。

医者：　　　　腎臓じゃなくて、心臓ですよ。だから早く耳を見てもらったほうがいいと思いますよ。あっ、明日皮膚科で1人の患者がキャンセルしたので、お肌の調子も悪いから、ちょっと見てもらったら？

おじいちゃん：はいはい、ワシの体はあなたたちにお任せするよ。

おじいちゃんはこれからどの順番で病院に行きますか。

爺爺跟醫生正在對話中。爺爺接下來會按哪一個次序去醫院呢？

醫生：老伯伯，你接下來必須接受心臟、耳朵和腳的檢查。

爺爺：腰？我的腰沒問題！

醫生：不是腰，是腳！因為後天有空，就先看腳吧。接著的一天已經預
　　　約了耳朵的檢查。預約心臟檢查的人有很多，不到下個月都檢查
　　　不了，就安排在最後吧。

爺爺：腎沒問題啦，不用檢查也可以！

醫生：不是腎，是心。所以我覺得就早點看看耳朵比較好喔。啊，對了，
　　　明天有個皮膚科的病人取消了預約，你的皮膚狀態也不好，不如
　　　都看看吧？

爺爺：好的好的，我的身體就交給你們處理吧。

爺爺接下來會按哪一個次序去醫院呢？

題6　答案：4

2人の男が話しています。たけし君はどんな顔の人ですか？

さとし君：昨日たけし君にそっくりの人をテレビで見ましたよ。

たけし君：えっ、私に似ている人ってことですか？

さとし君：そうですね、その人がね、坊主で……

たけし君：おいおい、僕は髪の毛は短いですが、ないわけじゃないで
　　　　　すよ。

さとし君：それぐらいは分かりますよ。でもね、なんと言ってもホク
　　　　　ロが2つあって、しかも右目の真下に、こっちから見れば
　　　　　右目ですが、本人からすれば左目ってことですね。

たけし君：えっ、じゃ、僕のホクロの位置と全く逆ってことですね。
　　　　　チャンスがあるなら、一度会ってみたいですね、自分に似
　　　　　ている人と。

たけし君はどんな顔の人ですか？

兩個男人正在對話中。小武的外貌是怎樣的？

小智：昨天在電視看到跟小武長得一模一樣的人喔。

小武：欸，是跟我長得很像的意思嗎？

小智：是這樣的，那個人，是光頭的⋯⋯

小武：喂喂，我的頭髮是很短，但不是沒有！

小智：這個我當然知道啦。但是呢，就是說有兩顆痣，而且是在右眼正下方，我這邊望過去是右眼，本人看的話就是左眼。

小武：欸，那，和我的痣的位置完全相反啊。有機會的話，真想跟這個跟我長得很像的人見一次面啊。

小武的外貌是怎樣的？

題7 答案：2

2人の留学生が話しています。男の人はどうしてコンビニで漫画を読みますか？

女の人：陳さん、これからどこに行くの？

男の人：コンビニに漫画を読みにいくよ。バイトの友達と。

女の人：あっ、例の人気漫画「気絶の八重歯」でしょう。

男の人：あれの新しいやつはまだ出てないよ。読みたいけど。

女の人：いつもアパートの近くのコンビニで漫画とか読むの？

男の人：別にどこのコンビニでも構わないよ。お金さえかからなければ。

女の人：読めば読むほど日本語の面白さがわかってくるって前言ってたもんね。そういえば、毎日たくさんの人がコンビニの漫画コーナーの前に集まって、漫画を買わずに読んでるけど、店にとっては困らないのかな？

男の人：さあ⋯⋯

男の人はどうしてコンビニで漫画を読みますか？

兩名留學生在對話。男子為何要在便利店看漫畫？

女：陳同學，你接下來會去哪裏？

男：我和一起兼職的朋友會到便利店去看漫畫。

女：啊，是去看那個人氣漫畫「氣絕之八重齒」吧。

男：雖然很想看，但是它還未更新啊。

女：又是去你家公寓附近的便利店嗎？

男：不用花錢的話在哪裏看都可以。

女：嗯，還記得你說過看漫畫後愈來愈了解日文的有趣之處。說開又說，每日大家都站在漫畫書架前只看不買，對店來說會是一件很困擾的事吧。

男：不知道呢……

男子為何要在便利店看漫畫？

1　因為家附近有便利店

2　因為是免費的

3　因為能學習到日語

4　因為能和朋友一起去看

題8　答案：1

歯医者が患者に話しています。数字の話が出ていないのはどれですか？出ていないほうです。

歯医者：では、口を開けてください。左側の歯は確かに汚いんですが、これといった虫歯は見られないですね。まあ、これからは毎日最低でも2回歯を磨いてくださいね。しかし、それに比べて、右が問題です。虫歯は一番奥の歯だけかと思っていたら、よく見ると、その2つ前にもあったんですね。今日はとりあえず虫歯だけを治療しますが、歯を白くするのは、3日後にしましょう。

数字の話が出ていないのはどれですか？出ていないほうです。

牙醫和病人在對話。哪項話題是跟數字無關？注意是跟數字無關。

牙醫：請張開口。左邊的牙齒的確有點髒，但是沒有發現有特別的蛀牙。不過總之今後請記得每天最起碼刷兩次牙。相比之下，右邊有大問題。本來以為只有最裏面的一隻是蛀牙，但看清楚原來在它兩隻前面的也蛀了。今日先補牙，洗牙就約你3天後吧。

384

哪項話題是跟數字無關？注意是跟數字無關。

1 人數

2 次數

3 位置

4 日子

題9 答案：3

夫婦が生まれた子供の名前を考えています。奥さんはどんな名前を提案しましたか？

奥さん：ねねね、あなた、子供の名前考えてくれた？あたしはね、伝統的な名前より、面白い名前のほうがいいかなと思ってさ。

ご主人：伝統的な名前というと？

奥さん：最後に「子供」の「子」がつく名前とか、昔と違って、最近はぜんぜん流行ってないんじゃない！

ご主人：じゃ、英語っぽい名前にしてみない？イザベルとか？漢字の当て字も付けてピッタリ！

奥さん：それじゃ絶対イジメに遭うよ。ねねね、「回文」にしてみない？

ご主人：「回文」って？

奥さん：前から読んでも、後から読んでも一緒ってこと、うちは山田だから……

奥さんはどんな名前を提案しましたか？

兩夫婦為生下的孩子取名。妻子提議的名字是？

妻：喂喂老公，你為孩子想好了名字沒有？比起傳統的名字，我希望改個有趣的名字。

夫：傳統的名字是指甚麼？

妻：例如名字最後一個字用「孩子」的「子」字之類，最近都不見有人以此命名！

夫：那麼，改個類似英語名的名字呢？好像 Isabel？再想一個中文假借字就好了。

JPLT N3

妻：一定會被同學取笑的啦。如果改成「回文」如何？

夫：甚麼是「回文」？

妻：即是從前面開始讀也好，從後面開始讀也好都一樣的，我們姓山田所以⋯⋯

太太提議的名字是？

1　山田胃挫辺瘻（やまだ　イザベル）

2　山田魅血子（やまだ　みちこ）

3　山田魔爺（やまだ　まや）

4　山田邪馬堕（やまだ　やまだ）

題10　答案：3

男の人と女の人が話しています。男の人が何年間も同じ喫茶店に通い続けている最大な理由はなんですか？最大な理由です。

女の人：ここのコーヒーおいしいわね。さすが鈴木くん。いい店を紹介してくれてありがとう。

男の人：コーヒーももちろん美味しいし、値段も手頃ですが、なんといってもこの雰囲気に気にいっちゃいますね。誰にも邪魔されないところが良いですよね。

女の人：それで何年間も通い続けているわけですね！

男の人：と言いたいところですが、本音を申し上げますと、ここが初恋の人と初めてデートしたところなんで、なかなか忘れられず⋯⋯

女の人：それが一番の理由だったの？

男の人：ええ、どうか笑わないでください。

女の人：鈴木くんって、クールな見た目に反して、すっごくロマンチックですね。

男の人が何年間も同じ喫茶店に通い続けている最大な理由はなんですか？最大な理由です。

男人和女人在交談。男人多年來都一直來這間咖啡店最大的原因是？注意是最大的原因。

女：這裏的咖啡很好喝呢。真不愧是鈴木君，謝謝你介紹這間咖啡店給我。

男：咖啡當然好喝，而且價錢亦相當平民，但最重要的是我相當喜歡這裏寧靜的環境。不受任何人打擾可以享受自己的時間。

女：就是因為這樣才多年來都堅持來這間咖啡店吧！

男：也不完全因為這個理由，說穿了其實這裏是和初戀情人第一次約會的地方，充滿了回憶……

女：所以說這才是最大的原因？

男：是啊，不要取笑我啦。

女：鈴木君你，雖然外表冷酷但其實卻很懂得浪漫呢。

男人多年來都一直來這間咖啡店最大的原因是？注意是最大的原因。

1. 因為咖啡很好喝
2. 因為便宜
3. 因為充滿回憶
4. 因為喜歡咖啡店寧靜的環境

題 11 答案：3

お父さんと娘が話しています。お父さんはどうして一緒に住まないと言っていますか？

娘：お父さん、これから一緒に住もうよ。

お父さん：一緒に暮らしたいって言ってくれたのは本当に嬉しいけど、俺はまだ1人でやっていけそうだから心配しなくていい。あんたは旦那さんと結婚したばかりでこれから新しい家庭を築くでしょう？それに伴って、いろいろやらなくちゃいけないことがあるよ。わかる？自分の娘だから、一緒に住みたくないって言ったらウソになるけど、あんたには迷惑かけたくないし、そればかりか、あたんのこれからの成長を見るのが俺の楽しみだからね。頑張って自分の家庭を築きなさい。

お父さんはどうして一緒に住まないと言っていますか？

父親正和女兒對話。為何父親不會和女兒一起居住？

女：爸爸，我們今後一起居住吧。

父：雖然你說想和我一起住，我很高興，但我現時還可以自己照顧自己，所以不用擔心我。你和你丈夫剛剛新婚不久，正要共築新家庭吧。之後還會有很多事要忙的。知道嗎？你是我的女兒，說不想和你一起居住的話那一定是撒謊，但是我不想打擾到你們。而且，我更希望看到的是你之後學會獨立和成長。你日後要好好努力建立自己的家庭哦！

為何父親不會和女兒一起居住？

1　因為舊居比較好

2　因為喜歡獨居

3　因為不想麻煩女兒

4　因為之後自己會建新房子

女の人と男の人が話しています。女の人は男の人に何を頼みましたか？

女の人：お休みのところ、すみません。

男の人：いいえ、大丈夫ですよ。何か御用ですか？

女の人：実は明後日から1週間ほど国に帰らなければならなくて。

男の人：故郷は確か香港でしたっけ？

女の人：ええ、そうなんです。何年間も帰ってなくて急に親の顔が見たくなってしまって……

男の人：なるほど。気持ちは分かりますよ。たまに会いに行かないとね。

女の人：あのう、実は、いない間にちょっとお願いがありますが……

男の人：毎週来る郵便物のことでしょう？

女の人：いや、それは間に合っています。今週来る予定だった荷物が再来週届くようにお願いしてあるので、大丈夫です。

男の人：あっ、分かった。猫ちゃんの世話でしょう？餌でもトイレ掃除でも何でもできますから、任せてください。

女の人：ありがとうございます。助かります。でもそれよりも、明後日の夜、台風が来ると聞いてたんですが……

男の人：ええ、かなり強い台風らしいですよ。

女の人：うちのにゃんこは、ちょっと怖がり屋なんで、その日だけでもいいから、預かってもらってもよろしいでしょうか？

男の人：全然大丈夫ですよ。どうせ1人じゃ寂しいですから。ところで、明後日は何時の飛行機ですか？空港まで送ってあげましょうか？

女の人：お気持ちありがとうございます。でも、もう空港ゆきのバスが予約してあるので、大丈夫です。いろいろありがとうございます。

女の人は男の人に何を頼みましたか？

女人和男人在對話。女人想男人幫忙做甚麼？

女：打擾你休息，真不好意思。

男：不要緊，有甚麼事嗎？

女：其實後天開始我要回家鄉一週。

男：沒記錯你老家好像是香港吧？

女：對啊。都很多年沒有回香港探親，突然想見見家中兩老……

男：原來如此。我很明白你的感受，偶爾也要見見家人呢。

女：其實在我回港的一週，有一事想要拜託你……

男：每星期的定期收件吧？

女：不是，那個處理好了，我已經聯絡對方安排送件延期一星期，沒問題。

男：哦，我知道了。是照顧你家的貓咪吧？餵食也好清潔廁所也好我甚麼都能做到，放心交給我吧。

女：謝謝你，實在是幫了個大忙。不過比起這件事，後天晚上好像會有颱風到來……

男：對啊，好像還是個挺強烈的颱風。

女：我家的貓咪十分膽小，所以可以接貓咪到你家中嗎？哪怕一天也可以。

男：完全沒問題。反正我自己一個人也很悶。說起來，後天是幾點的飛機？不如我送你到機場吧！

女：謝謝你的心意。不過我預約了機場巴士，所以不用了。謝謝你種種幫忙。

女人想男人幫忙做甚麼？

1　幫忙買貓糧回來

2　幫忙把貓接到他的家中

3　幫忙取件

4　幫忙送自己到機場

男の先生と女子生徒が話しています。

男の先生：周さん、お食事中すみませんが、今ちょっといいですか？

女子生徒：こんにちは、先生、今は大丈夫ですよ。

男の先生：実は今度責任者として、学部の日本語の動画を撮ることに
　　　　　なっていますが、1人だけでは大変なので、周さんに録音係
　　　　　りをお願いしようかなと思っているところなんですが……

女子生徒：私がですか？

男の先生：ええ、確か香港で声優をやってたと聞いた覚えがあります
　　　　　し、そんなに仕事の量もないと思いますが、手伝ってくれ
　　　　　ませんか？

女子生徒：はい、もちろん喜んでやらせていただきたいんですが、ま
　　　　　だ日本語の授業で勉強していますし、アルバイトでお客さ
　　　　　んとも同僚とも日本語で話していますが、まだまだ日本語
　　　　　が流暢じゃなくてあんまり自信がありませんが、本当に私
　　　　　で大丈夫でしょうか？

男の先生：君なら大丈夫だと思って今誘っている訳でしょう。ちゃん
　　　　　と自信を持ちなさい。じゃあ、よろしくお願いします。

男の先生は女子生徒にどのようなことを誘いましたか？

1　食事に行くこと
2　アルバイトに行くこと
3　日本語の動画を撮ること
4　声優の面接に行くこと

男老師和女學生在對話。

男：周同學，不好意思午飯時間打擾你，現在有空嗎？

女：老師好，現在可以啊。

男：其實這次找你，是因為我作為負責人，要拍攝學系裏關於日語的短
　　片，但一個人做好像有點吃力，所以想找周同學幫忙錄音……

女：找我？

男：對，好像聽說你曾在香港做過配音，而這次的工作負擔也不算太大，所以這次可以請你幫個忙嗎？

女：當然可以，這是我的榮幸。我在修讀日語，兼職時也會跟同事和客人以日語溝通。但我還沒有自信可以說得很流利，我真的可以擔任嗎？

男：就是相信你能做到，因此才找你哦！你也要相信自己！那麼就拜託你了。

男老師邀請女學生幫忙做甚麼？

1　一起用餐

2　去做兼職

3　拍攝關於日語的短片

4　參加配音員面試

題14 | 答案：3

おとこ ひと はな
男の人が話しています。

おとこ ひと
男の人：昨日電車に乗っていた時、ちょうど反対側に10代後半らしい女の子が2人座っていました。1人はとてもきれいな子でしたが、いきなり「最近うちのおやじがさ、とにかくうるせぇんだよ」といって、私も含めて周りの人間がみんなびっくりしました。勝手に思いますが、最近の若者は結構「チキショー」とか「やべくねえ」とかそういう乱暴な言葉を平気に言いあっていますが、おそらくインターネットで簡単にそれを見つけられて真似できるからだと思います。インターネットは影響がとても大きいので、特に子供がいる親が、一番気を付けないといけませんね。

おとこ ひと もっと い
男の人が最も言いたいことはどれですか？

1 電車に乗っているとき、大きい声で話してはいけないこと。
2 両親を大切にしなければならないこと。
3 言葉遣いに注意しないといけないこと。
4 子供がインターネットを使うべきじゃないこと。

男人在說話。

男：昨天乘地鐵時，對面坐了兩個貌似十多歲的少女。其中一人相當漂亮，但突然說了一句「我家那老不死的，真是囉嗦得讓人發瘋」，把周圍的人包括我都嚇了一跳。純粹個人意見，最近的年輕人動輒把「畜生！」「腦筋進水呢？」等粗言穢語若無其事的掛在嘴邊，相信是因為受到網絡世界的耳濡目染而致的。網絡世界的影響深遠，尤其是各位家長，一定要注意小孩接收的是甚麼資訊才好。

男人最想表達的是？

1　乘車時切勿高聲說話。

2　要孝敬父母。

3　要注意言詞。

4　小孩不應使用網絡。

題15 答案：4

おんな ひと おとこ ひと はな
女の人と男の人が話しています。

おんな ひと
女の人：できましたよ、ちょっと味見して。

おとこ ひと
男の人：いただきます。わあ、まずい、何だ、この味。

おんな ひと
女の人：一生懸命作ったのに、まずいってひどくない？

おとこ ひと
男の人：じゃあ、あんたも食べてみなさい。

おんな ひと
女の人：おぇ、本当にまずいね。でも、どうしてこんなにまずくなったんだろう。

おとこ ひと
男の人：醤油入れたからじゃない？

おんな ひと
女の人：醤油を入れないとまずくなるって書いてあるよ、レシピに。

おとこ ひと
男の人：じゃあ、入れすぎだったんじゃない？

おんな ひと
女の人：いや、書いてある通りに入れただけ。

おとこ ひと
男の人：あっ、入れたのは甘醤油じゃなくて？

おんな ひと
女の人：えっ、どういうこと？

おとこ ひと
男の人：入れるべきなのは甘醤油って書いてあるけど、あんたが入れたのは、ほら、刺身醤油だったでしょう。

女の人：「しょうゆ」ことだったのか。

どうして男の人は料理はまずくなったと言っていましたか？

1 女の人が醤油を入れなかったからです。
2 女の人が醤油を入れる量が少なかったからです。
3 女の人が醤油を入れる量が多かったからです。
4 女の人が醤油の種類を間違えたからです。

女人和男人在對話。

女：做好了，來試試味吧。

男：我不客氣了。嘩，好難吃，你這是甚麼味道。

女：我很努力做的菜，你一來就說難吃，太過分了。

男：你自己試試看。

女：（嘔）真的很難吃！為甚麼會如此不行？

男：因為加了豉油？

女：食譜上寫着不加豉油才會不好吃。

男：那是因為倒入太多吧？

女：不是啊，也是按照食譜上的分量。

男：啊，你不是用甜豉油？

女：甚麼意思？

男：食譜上寫着要倒入的是甜豉油，但你使用的是，看，是刺身豉油。

女：原來「豉」這樣啊。

男人為何說食物十分難吃？

1 因為女人忘了倒入豉油。

2 因為女人倒入太少豉油。

3 因為女人倒入太多豉油。

4 因為女人弄錯豉油種類。

題 16 答案：1

Q：「子供の顔に血がたくさん付いているとき、なんといいますか？」

（小朋友臉上流了很多血，會怎樣說？）

1 「どうしたの？顔中に血だらけになって……」（你怎麼了？滿臉都是血……）

2 「どうしたの？顔中に血ずくめになって……」(你怎麼了？滿臉
都是血……)

3 「どうしたの？顔中に血ばかりになって……」(你怎麼了？臉上
淨是血……)

解說：日文中表示滿臉血只會用「だらけ」或「まみれ」，不會使用「ば
かり」。「だらけ」用於表示「大量不好的東西 / 液體 / 抽象概念」；
「ずくめ」用於表示「大量好的東西 / 滿身相同顏色」，血是不好
的東西，所以只有選項 1 才是正確答案。可參照本書 **68** 強調的
表示①。

題 17 答案：1

Q：「道を通りたいとき、なんといいますか？」(想過路 / 從別人身旁經
過時，要說甚麼？)

1 「すみません、通ります。」(不好意思，我要過一過路。)

2 「すみません、その通りです。」(不好意思，就是這樣。)

3 「すみません、そこを通って下さい。」(不好意思，請從那裏過。)

解說：日本人若果想從別人身邊經過，希望對方讓一讓路時會說「すみ
ません、通ります」。3 的「すみません、そこを通って下さい」
是要求對方走別的路。

題 18 答案：2

Q：「意見を求められたとき、なんといいますか？」(被詢問意見時，會
說甚麼？)

1 「私だからと言って、大丈夫だと思いますよ。」(雖說是我，我
覺得沒問題。)

2 「私から見れば、大丈夫だと思いますよ。」(在我的角度來看，
我覺得沒問題。)

3 「私にしては、大丈夫だと思います。」(以我來說，我覺得沒問
題。)

解說：選項 1、3 前後句意思不搭，故只有 2 是正確答案。「私にしては」
有一種「以我這種人來說，想不到 / 竟然」的語感。

題 19 答案：1

Q：「前の人の落ちた物を拾って届けたとき、なんといいますか？」（面前的人掉下了東西，你拾起交給他時，會說甚麼？）

1 「これはそちらのものじゃありませんか？」（這不是你的東西嗎？）

2 「これはこちらのものになるといいですね！」（這能成為我的東西就好了！）

3 「これはどちらのものになるんでしたっけ？」（這會變成是誰的東西呢？）

解説：「こちら」/「そちら」除了有「這邊」/「那邊」的意思外，還可引申為「我」/「你」的意思。

題 20 答案：1

Q：「コンビニで 2000 円の買い物をしたお客様に 10000 円を渡されたとき、なんといいますか？」（在便利店買了 2000 日元東西的顧客付了 10000 日元時，店員會說甚麼？）

1 「10000 円お預かりします！」（收你 10000 日元。）

2 「8000 円のおつりは要りますか？」（需要 8000 日元的找贖嗎？）

3 「6000 円をお借りします！」（借我 6000 日元。）

解説：在日本買東西時，當你付錢給店員，店員會先向你確認收下的款項，說「〜円お預かりします」，然後才找同零錢並說「〜円のおつりです」，當然不會詢問顧客是否需要找贖。

題 21 答案：2

Q：「これ、全部捨てようか！？」（這些，全都要扔掉嗎？）

1 「貧しいね！」（太貧窮了吧！）

2 「もったいないね！」（太浪費了吧！）

3 「うらやましいね！」（我很羨慕你啊。）

解説：只有「もったいないね」才能回應全都扔掉這浪費行為。

| 題 22 | 答案：1 |

Q：「君に素敵なお土産を買ってきたよ。」（我買了很棒的手信給你喔！）

1 「わざわざすまないね！」（要你特意破費，真不好意思。）

2 「たまたまありがとう！」（偶爾謝謝你。）

3 「日に日に申し訳ありません！」（日復一日，真不好意思。）

解說：對方買禮物送給自己，「わざわざすまないね」能表示一定的感謝和歉疚。

| 題 23 | 答案：1 |

Q：「あっという間に、授業が終わってしまったね！」（不一會兒，課堂就結束了。）

1 「ええ、実に面白かったね。」（是的，實在太有趣了。）

2 「ええ、いよいよ始まるね！」（是啊，差不多要開始了！）

3 「いったい、いつ終わるんだろう？」（究竟甚麼時候才會完結呢？）

解說：由於問題表示了課堂結束了，所以與選項 2 說差不多開始和選項 3 詢問甚麼時候才會完結的回答出現矛盾，故只有選項 1 才是正確答案。

| 題 24 | 答案：2 |

Q：「今日の夕食、何か食べたいものある？」（今天的晚飯，你有想吃的東西嗎？）

1 「まるで、あるみたい。」（仿佛，好像有。）

2 「べつにないけど……」（沒有特別的耶……）

3 「まさかあったの？」（不會真的有吧！）

解說：「べつに」是個有趣的單詞，可以是「我沒欠甚麼的，OK 啊」的正面意思，但隨着文脈，也有機會帶有不屑或不高興的語氣像「哼，才沒有呢！」

題25 答案：3

Q：「なんだか雨降りそう……」（總覺得會下雨……）

　　1 「降らないと帰らないね！」（不下雨的話就不會回家。）

　　2 「降らないなら帰ろう！」（如果不下雨的話就回家吧！）

　　3 「降らないうちに帰ろう！」（趁還沒下雨回家吧！）

解說：「降らないうちに」可理解為「降る」的否定形「降らない」＋「うちに」，表示「趁還沒下雨」。可參照本書 **39** 時間的表示①。

題26 答案：3

Q：「いったい誰がこんなことをしたんですか？」（究竟是誰做了這樣的事？）

　　1 「えっ、たけしくんですか？」（咦，真的是小武嗎？）

　　2 「えっと、名前は洋子ちゃんだっけ？」（我看看，名字是叫洋子對吧？）

　　3 「さあ、誰でしょう？」（天曉得，究竟是誰？）

解說：「さあ」的其中一個意思是「表示難以判斷，不能明確」，後多續否定句或疑問句如「知りません」、「分かりません」或「どうだろう」等。

題27 答案：2

Q：「お客様、店内でお召し上がりですか？」（親愛的顧客，您是在店內用餐嗎？）

　　1 「はい、これこら上がります。」（是的，現在開始上升。）

　　2 「いいえ、テイクアウトです。」（不是的，外賣的。）

　　3 「そうね、飯行こう！」（是喔，一起去吃飯吧！）

解說：作為餐廳用語，經常會聽到「店内でお召し上がりですか」這句話，「お召し上がりですか」是「食べます」的尊敬語，用於客人身上再貼切不過。

題 28 答案：2

Q：「この色、女^{いろ おんな}っぽくない？」（這個顏色，不會很女性化嗎？）

1 「はい、男^{おとこ}の人^{ひと}にはぴったりだよ。」（是的，實在非常適合男人。）

2 「まあ、そうかもしれないね。」（啊，或許是吧。）

3 「いいえ、そのままでいいよ。」（不，【甚麼也不用做】就那樣可以了。）

解說：問題用了反問句，認為「這個顏色很女性化」。1先答「はい」，表示贊同說話者的意見，認為這個顏色很女性化，理應只適合女性，但後句又說適合男人，前後句意思矛盾。3的回答與問題意思不搭。故只有表示附和的選項2是正確答案。

題 29 答案：3

Q：「温^{あたた}かいうちに召^めし上^あがって下^{くだ}さいね！」（請趁熱品嚐吧！）

1 「いいえ、まだ冷^{つめ}たいですよ。」（不是，還是很冰冷。）

2 「ええ、そろそろ家^{うち}に帰^{かえ}ります。」（是的，差不多要回家了。）

3 「はい、いただきます。」（好的，我不客氣了。）

解說：「温^{あたた}かいうちに」表示「趁熱」＋表示「品嚐」的「召^めし上^あがります」。可參照本書 39 時間的表示①。

日語考試
備戰速成系列

日本語
能力試驗
精讀本

3 天學完 N3・88 個合格關鍵技巧

編著

 CENTRE FOR ASIAN LANGUAGES AND CULTURES 香港恒生大學 THE HANG SENG UNIVERSITY OF HONG KONG

香港恒生大學亞洲語言文化中心、
陳洲

責任編輯
林可欣

裝幀設計
鍾啟善

排版
何秋雲、辛紅梅

插畫
張遠濤

中譯
陳洲、劉子頌、杜欣樺、羅彥昕、陳文欣、史穎生

錄音
陳洲、周敏貞

出版者
萬里機構出版有限公司
香港北角英皇道499號北角工業大廈20樓
電話：2564 7511　　傳真：2565 5539
電郵：info@wanlibk.com
網址：http://www.wanlibk.com
　　　http://www.facebook.com/wanlibk

發行者
香港聯合書刊物流有限公司
香港荃灣德士古道 220-248 號荃灣工業中心 16 樓
電話：2150 2100　　傳真：2407 3062
電郵：info@suplogistics.com.hk
網址：http://suplogistics.com.hk

承印者
中華商務彩色印刷有限公司
香港新界大埔汀麗路 36 號

出版日期
二零二一年五月第一次印刷

規格
特 32 開（210 ×148 mm）